1004번의
파르티타

1004번의
파르티타
p a r t i t a

이은희 소설

문학동네

차례

선긋기

*

새 아파트가 아니었다.

엄마는 우리가 새 아파트로 이사 갈 거라고 말해왔다. 그 말은 알고 보니 새로 살게 될 집이 아파트라는 뜻이었다. 도시고속도로 바로 옆, 지은 지 삼십 년 된 여덟 동짜리 새 아파트 뒤쪽은 달동네였다. 나는 아파트 단지 인근이 영화에서 본 할렘 같다고 말했다가 엄마를 언짢게 했다. 우리집 베란다에서 내려다보면 을씨년스러운 동산과 거기에 납작 붙은 빈집들이 훤히 보였다.

시에서 도시미화 사업을 한다더니 정말로 동네 곳곳에 원색의 그림들이 있었다. 금간 담벼락을 뚫고 병아리가 나오려 하는 모습이라든가 콩나무가 블록을 쪼개고 자라나 비스듬한 전봇대를 휘감는 장면이 그려져 있었다. 피아노 건반이 그려진 계단 너머 언덕길에 무지개가 칠해져 있고, 무지개 너머에는 부수다 만 빈집들과 '생존권을 보장하라'라는 붉은 글귀들이 있었다. 그것에 관해 이야기했다가 엄마에게 아주 혼이 났다. 절대로 그곳에 가지 말라는 말을 들었다.

이사를 오자마자 엄마는 예민해졌다. 동대표가 은근히 텃세를 놓는다며 불만스러워했다. 이웃집 사람들도 마음에 들지 않는다고 했다. 앞집 사람은 쓰레기봉투를 현관문 앞에 내놓는 습관이 있었는데 때론 거기에서 액체가 흘렀다. '저 사람들 왜 저러는 거야, 쓰레기 국물이 흐르잖아, 쓰레기 국물이'라고 엄마가 신경질을 내서 나는 밥을 몇 숟갈 못 먹었다. 국그릇을 보자마자 메스꺼웠다.

위액이 울컥거리는 것을 느끼며 버스를 탔다. 가방을 열고 버스카드를 꺼냈을 때 생리대가 쏟아져버렸다. 나는 구둣발들 사이에 쪼그리고 앉아 생리대를 전부 주웠다. 총 일곱 개를 가지고 나왔는데 어찌된 건지 한 개가 보이지 않았다. 먼지를 털어 챙기는데 마음이 급했다. 누군가가 '학생, 여기'라고 말해서 돌아보니 생리대 한 개와 내가 담배를 보관하는 주머니가 떨어져 있었다. 전부 집어넣고 일어섰을 때 기묘한 표정의 아저씨들과 눈이 마주쳤다. 얼굴 한가운데에 홍조가 몰린 듯도 하고 뭔가 냄새를 느끼기라도 하는 듯한 표정이었다.

등굣길을 잊기 위해 나는 그림에 집중했다. 오전 아홉시 이십분의 빛을 놓치면 안 되었다. 아홉시 이십분에서 오십분까지의 빛은 형태의 가장자리를 넓고 투명하게 만드는데, 서서히 엷어지다가 투명해지는 그 지점을 자연스럽게 그려내는 것이 내 목표였다. 커튼 틈으로 들어온 직선의 빛이 선생님의 머릿결과 귓불, 어깨와 팔에 부딪혀 곡선으로 튕겨나가는 장면을 기억해두었다. 가르마에서 반사되는 빛은 아주 투명하지만 머리칼의 경계 때문에 그리는 것에 한계가 있었다. 가장 눈부시고 투명한 빛은 불룩한 옆구리에서 반사되는 빛이었는데 그게 참 안타까웠다.

쓸개즙 같은 국을 먹고 온 것이 문제였을까, 전부 엉망이었다. 나는 몰래 그리던 그림을 빼앗겼다. 아침부터 짜증낼 작정으로 내 곁에 다가왔던 선생님은 그림을 보고 잠시 말을 잃더니 이내 가져가버렸다. 칠판에 적힌 유리수 지수 문제를 전부 그렸기 때문에 혼내지 않겠다고 말했지만 아마도 빛에 감동한 듯한 표정이었다. 분필 글씨의 질감을 내기 위해서 지우개질을 한 것이 문제였다. 힘을 뺀 채 슬쩍 밀다가 가장자리에서 문질러버려야 투명함이 표현되는 건데, 마침 그걸 할 때의 팔동작을 들키고 말았다. 수업이 끝나고 반 아이들은 왜 문제까지 다 그린 거냐고 내게 물었다. 문제를 푼 것이 아니라 그린 것일 뿐인데도 보지도 못한 그림에 대해 호들갑이었다. '그거야 뭐, 유리수 지수니까'라고 대답했는데 누가 알아들을 거라고는 생각하지 않았다.

*

금간 담벼락에는 비어져나온 팔다리를 그리는 것이 더 나을 뻔했다. 콩나무 그림 같은 것보다 멍든 팔이 블록을 깨고 나와 전봇대를 부여잡는 것이 훨씬 어울릴 것 같았다. 엄마가 가지 말라고 했어도 나는 그 동네에 자주 갔다. 몰래 담배 피우기에 적당한 곳이 있었고 유치한 그림들도 볼 수 있었다. 내가 자주 찾는 장소는 꽃이 그려진 노란 담벼락과 파랑새가 그려진 하얀 담벼락 사이였는데 한 사람이 겨

선긋기 11

우 통과할 정도의 좁은 곳이었다. 동네는 지나치게 조용했다. 서늘한 것이 등덜미를 훑는 긴장 속에 쪼그리고 앉아 나는 담배를 피웠다. 다 피우고 나면 어느새 긴장이 가시고 쓸쓸한 위안이 찾아왔다. 그 느낌에 알 수 없이 가슴이 아파지기도 했다.

그 장소에는 가끔 고양이가 나타났다. 듬성한 털이 더러운 삼색고양이였는데 왼쪽 입가의 큰 점을 비집고 수염이 나 있었다. 노란 칼눈으로 훔쳐보는 모습이 기분 나빴다. 날 우습게 여기는지 도망가지도 않았고 입을 벌리고 얄미운 소리로 울었다. 고양이에게 주려고 가방에 참치캔을 넣어 다니기 시작했다. 엄마에겐 학교 급식이 맛이 없어서 참치를 가져다 먹는다고 했다. 그랬더니 엄마는 고추장맛 참치캔을 사다 놓았다. 나는 가게에 가서 고추장맛 참치를 보통 참치로 바꾼 뒤 고양이에게 주었다. 노란 담장과 하얀 담장 사이에 서서 나는 못생긴 고양이가 참치 먹는 장면을 훔쳐보았다.

그런데 이상한 것은 빈 캔이 매번 없어진다는 점이었다. 나와 고양이 말고는 좁은 틈에 아무도 들어가지 않을 터였다. 고양이가 먹고 난 캔은 매번 사라지고 없었다. 내가 버린 담배꽁초도 누군가가 치우는 것 같아서 신경이 쓰였다. 오래지 않아 나는 한 할머니가 그 캔을 가져간다는 것을 알게 되었다.

걸음을 뗄 적마다 입술에 힘을 주고 무릎을 짚는 할머니였다. 할머니가 큰 비닐봉지를 이끌고 무지개언덕 너머로 사라지는 것을 본 적이 있다. 시끄러운 비닐봉지 안에는 페트병과 콜라캔 같은 것들, 그리고 내가 뜯은 게 분명한 참치캔이 들어 있었다. 우리 아파트 후문에서도 그 할머니를 본 적이 있었다. 약간 비가 온 터라 안개가 차갑던 저녁이었다. 낙엽을 담은 포대 위에 누런 액체가 든 페트병이 버려져 있었는데, 복잡한 꽃무늬의 솜바지를 입은 할머니가 그걸 만지작거리는 것을 보았다. 뭔가 고민하던 할머니는 페트병 마개를 열어 안에 든 액체를 하수구에 쏟더니 리어카 안에 챙겨넣었다. 리어카에는 페트병과 캔 몇 개, 플라스틱 요구르트 병을 모아놓은 뭉치가 들어 있었다. 할머니는 그 리어카를 끌고 젖은 잎이 깔린 길을 천천히 걸어갔다.

나는 어쩐지 외로운 기분이 들었다. 그래서 저녁의 풍경을 수채 색연필로 그려야겠다고 생각했다. 물을 발라 진해진 노란색으로 은행잎들을 그리고 싶었다. 그리고 먼바다처럼 아득하게 안개를 그리고 싶었다. 그러려면 울트라마린과 다크브라운을 섞어 은회색이 천천히 번지도록 해두고, 안개가 가장 짙은 부분에는 검정을 섞어 경계를 만들다가 희게 비워두면 될 것 같았다.

그런데 몰래 그려야 한다는 것이 문제였다. 엄마는 내가 그림 그리는 것을 좋아하지 않았다. 디자인 전공을 할 거라면 모를까 미술학원에 보내지 않겠다고 했다. 내가 생각해도 내게 투자하는 것보다는 아파트에 투자하는 것이 분명 나은 일이었다. 우리 엄마 아빠에겐 빚도 많았다. 십 년이나 십오 년 정도는 있어야 아파트의 진짜 주인이 될 수 있었다. 물론 그 안에 이 아파트를 부수고 새로 짓는 일이 일어날 거고 그때는 어쩌면 엄마 아빠가 앉은 채 돈을 버는 일이 생겨날지도 몰랐다. 그래 보았자 빌린 돈을 갚는 데 쓰겠지만, 누가 보더라도 서양화 전공보다는 그게 나은 일이었다.

비밀이 하나만 있으면 좋겠다고 생각해서였다.

아빠가 사둔 담배를 훔쳤다. 처음에는 몇 번만 피워볼 생각이었지만 결국 내내 담배를 피우게 되었다. 아무도 눈치채지 않아서였다. 기습 소지품 검사를 했을 때에 담임은 내 물건을 유심히 보지도 않았다. 검은 주머니에 담은 16색 파스텔 상자 속에 담배가 있는데도 아무도 눈치채지 못했다. 파스텔 도막으로 다글다글한 상자가 색색의 가루로 덮여서인지, 아니면 삼십이 킬로밖에 안 나가는 애는 담배를 안 피울 거라고 생각해서인지 알 수 없었다. 한번은 담배를 필통 속에 넣어두었는데도 아무도 알아채지 못했다. 사실 한 사람은 알긴 할 테지만 그 사람이 누군지를 알아낼 수가 없었다. 그때 마침 우리 반이 체육 수업 중이었고 누군가가 빈 교실에 들어와 도둑질을 했다. 나는 그날 오렌지색 펜과 4B연필을 잃어버렸지만 담배만은 멀쩡히 남아 있었다.

우리 부모는 내 키가 작다는 것을 그리 걱정하지 않는다. 언젠가는 자랄 것이라고 막연하게 생각하는 것 같았다. 내가 이미 고등학생이라는 사실도 자주 잊어버리는 것 같다. 이사 오고 처음으로 반상회에 참석했던 날, 엄마는 나를 데리고 동대표의 집으로 갔다. 외동딸이라고 나를 소개했을 때 동대표 아줌마가 이렇게 말했다. '어머, 고등학생인데도 아직 애기 같네.' 나는 그 말을 듣고 어쩔 줄 몰랐다. 우리 엄마는 '그렇죠, 일곱 살에 학교 들어가서 아직 어려요'라고 대답했는데 어쩐 일인지 자랑스럽기라도 한 기색이었다. 덩치로 따지면 나보다 큰 아이도 있었지만 반상회에 따라온 아이들은 전부 초등학생이어서 나는 어디에든 숨고 싶었다.

　사람들은 음식물 쓰레기를 창밖으로 던지는 주민에 관한 회의를 했다. 엘리베이터에는 이미 한참 전부터 경고문이 붙어 있었다. '베란다 밖으로 음식물 쓰레기를 버리는 주민을 목격하신 분은 경비실로 신고 바랍니다'라는 글귀가 붓펜으로 적혀 있었는데 볼 때마다 감탄이 나올 정도로 명필이었다. 다들 음식물 쓰레기를 버린 것이 자기가 아니라는 걸 증명하려는 것처럼 '더럽잖아요' '범인이 누굴까요' '그거 때문에 고양이 들어와요'라고 서둘러 말했다. 아무 말도 하지 않은 사람은 십삼층 아저씨였는데 사람들은 괜히 의심하는 표정으로 아저씨를 바라보았다. 우리 엄마는 좋은 옷을 꺼내 입고 결혼할 때 받았다는 목걸이를 하고 있었다. 마스카라가 칠해진 속눈썹이 벌레의 다리처럼 보였다. '그러게요, 누가 놀러왔다가 보기라도 하면 당장 품위 없어 보이잖아요'라고 했는데 엄마에게는 아무도 맞장구치지 않았다. 엄마를 향해 어떤 아줌마가 난데없이 말하길 '우리들은 여기에 십 년 넘게 살았어요'라고 했다. 눈을 크게 뜨고 눈동자를 아래위로 굴리는 모습이 마치 갓 이사 온 우리집에 융자가 많이 끼어 있는 것을 알기라도 하는 듯한 표정이었다.

　음식물 쓰레기에 관한 이야기는 별다른 답을 찾지 못한 채 다른 화제로 넘어갔다. 아파트 안에 들어와서 폐품을 집어가는 할머니가 있다고 했다. 재활용품 수거함에서 돈 될 만한 쓰레기들을 골라간다는 것이었다. 경비 아저씨들이 매번 내쫓았는데도 그 할머니가 자주 눈에 띈다고 했다. 혹시 참치 할머니인가? 할머니의 인상착의에 관한 이야기가 나올까봐 나는 귀를 기울였다. 어떤 아줌마가 그 할머니를 흉보고 있었다. 인근의 다른 노인들은 거리를 돌며 폐지를 모으는데 그 할머니는 약아서 아파트 주민들이 모아놓은 폐품을 공짜로 집어간다는 것이었다. 내내 말이 없던 십삼층 아저씨가 입을 열길 '아, 그거 어차피 버리는 건데 누가 가져가면 어때서 그래요'라고 했다. 그러자 사람들은 일제히 아저씨에게 말했다.

"아니, 그런 사람이 폐품 말고 또 뭘 훔쳐갈지 어떻게 알아요?"

사람들이 중구난방으로 떠들었다. 경비실에서 맡아준 택배가 없어진 게 한두 번이 아니에요. 그리고 생각해봐요, 우리한텐 물건을 마음대로 버릴 권리가 있잖아요. 그거 다 관리비에 들어가는 거예요. 그리고 우리가 버리는 걸로 누가 왜 괜히 먹고살아요? 우리 엄마에게 은근한 견제의 눈길을 보내던 아랫집 아줌마는 이렇게 말했다.

"지난번에 그 할머니가 구루마로 우리 차 긁고 갔어요. 다음에 그 할머니 눈에 띄기만 해봐요. 나 가만 안 있을 거예요. 그 할머니도 당해봐야 알지."

동대표 아줌마는 혀를 찼다.

"내가 사실은, 그 할머니를 내내 챙겨주고 있었어. 우리집에서 뭐 생기면 나는 모아다 그 할머니 갖다줬다고. 아파트 안에 들어오지 말라고 내가 미리 그렇게 생각해주고 있었는데 기어코……"

동대표 아줌마는 목소리를 낮추더니 소곤거렸다.

"그 할머니가 부동산을 몇 채를 가진 노인네라는 얘기가 있어. 그런데도 악착같이 폐지 줍고 구청에서 복지비 다 타먹고 아주 지독한 노인네라고."

누군가가 자기도 들었다며 맞장구를 쳤다. 오십대 사업가 아들이

벤츠 타고 나타나서 이런 일 그만 좀 하시라고 말리더래요, 라고 말했다. 취미로 운동 삼아 그거 하는 거겠지 뭐, 우리한테 피해 안 주면서 하면 누가 뭐래? 우리한테 피해를 주니까…… 나는 귓전을 때리는 말들 때문에 어지러웠다. 입안으로 위액이 약간 넘어왔다. 우리 엄마는 듣고만 있었다. 집에 가고 싶다고 말했지만 엄마는 조금만 참으라고 말했다.

*

　반상회에서 돌아와 결국 엄마와 싸웠다. 토할 것 같다고 했는데 엄마가 짜증을 냈다. '계란말이 해주면 먹는다고 했잖아!'라면서 식탁 앞에 억지로 앉혔다. 팽이버섯을 넣고 만들 거라고는 생각하지 못했다. 보건시간에 기생충에 관해 배운 뒤로는 밥상에서 팽이버섯을 보고 싶지 않아졌다. 촘촘히 썰린 계란말이에 가지런히 들어찬 팽이버섯의 단면은 거기에 흰 알이 수도 없이 모여 있는 것처럼 느껴졌다. 생선 내장 속에 들었다는 회충이나 사람 뱃속에서 꺼낸 십이지장충 사진을 본 것이 생각나서 그걸 먹느니 죽고 싶었다. 눈물을 떨어뜨리고 있는데 엄마가 소리를 질렀다. '너 말 안 들을 거면 나가, 들어오지 마!' 그렇게 말하고는 엄마가 안방으로 들어가 거칠게 문을 닫아버렸다. 나는 잠시 흐느껴 울다가 담배를 챙겨들고 밖으로 나왔다.
　해가 진 그 동네가 무서웠지만 나는 노란 담벼락과 하얀 담벼락 사이를 찾아갔다. 노란 담에 그려진 꽃은 물뿌리개에서 떨어지는 물방울을 맞고 있었다. 어둠 속에서 보니 빨간 꽃이 섬뜩해 보였다. 꼬리

뼈까지 서늘해지는 기분에 쭈뼛거리며 나는 좁은 틈으로 걸어들어갔다. 어둠에 눈이 익자 비로소 그곳이 익숙해 보였다. 그리고 담배를 붙여 막 피우려던 찰나, 안을 들여다보는 참치 할머니와 마주쳤다.

나는 벌떡 일어났다. 할머니도 놀란 기색이었다. 할머니와 내가 마주본 채로 몇 초간 얼어붙은 정적이 흘렀다. 할머니는 한쪽 팔로 무릎을 짚고 리어카를 세우더니 나를 향해 손을 저었다. 하던 일을 계속하라는 의미인지, 일어서지 말고 앉으라는 말인지 알 수 없었다. 나는 담배를 떨어뜨리고 얼른 비벼 껐다. 할머니는 끄응, 하는 소리를 내고 돌아서서는 리어카를 끌고 가버렸다. 어둠 속에서 할머니가 무지개언덕을 오르는 것을 보았다. 그 뒷모습에는 어떤 취미도 없어 보였다.

나는 여드름을 그린 적이 있다.

내 앞에 앉은 아이의 목덜미에 솟은 여드름이 검지 손톱 크기로 자라나 검붉은 색으로 익어가는 것을 스케치했다. 마지막날에는 뾰루지가 터져서 셔츠 깃에 묻었는데 피 섞인 고름 방울이 맺힌 것도 그려두었다. 출산에 관한 다큐멘터리를 보았던 가정시간이었다. 선생님이 감상 소감을 묻자 장애인 아이가 '엄마께 효도해야겠다는 생각이 들었습니다'라고 말했다. 내 앞의 여드름 여자애는 작은 소리로 '쟤네 엄마는 진짜 열받았겠다. 낳고 보니까 쟤였던 거잖아'라고 말했다. 다큐멘터리에서 소처럼 울부짖던 산모는 출산이 끝난 소감을 묻자 '애기 나올 때에 굉장히 시원해요. 변비 있다가 확 뚫리는 느낌?'이라고 대답해버려서 나는 어떤 비밀을 알게 된 것만 같았다. 나는 그날을 기록해두고 싶어서 익어가는 여드름을 그렸다. 그리고 그런 것은 절대로 그리는 것이 아니라는 것을 이내 알게 되었다.

나는 그날의 기분을 그리는 상상을 했다. 닭집에서 버리는 폐식용유에다 개똥 같은 걸 칼로 섞어서 길바닥에 문지른다. 동그라미도 아니고 곡선도 아니고 글씨도 아닌 것이 끊겼다가 이어져서 꿈틀거리게끔 그냥 마구 발라놓는다. 그런 걸 보고 싶은 사람이 없다는 것을 알고 있다. 똥처럼 세상에 태어난 건지도 모른다는 생각에 더럽고 두려운 기분이 들었다. 그걸 그려서 기분이 나아진다면 나는 얼마든지 그렸을 것이다.

베란다 밖으로 던져진 음식물을 그린 적이 있다.

나는 그것이 더럽다는 생각을 한 적이 없다. 그릇에 담겨 있지 않을 뿐이지 그건 누가 차려놓은 아침밥 같은 것들이었다. 학교 가는 아침에 항상 그것들을 볼 수 있었다. 콩과 조가 섞인 쌀밥, 불고기, 멸치볶음, 총각김치, 미역국이었을 것 같은 흥건한 국물이 뿌려져 있었다. 어떤 날에는 계란 프라이, 김치볶음, 스팸구이와 김, 근댓국이었을 것 같은 국물이 떨어져 있었고 부침개나 콩장, 깎은 사과와 김밥, 만두도 떨어져 있었다.

새벽까지 잠이 오지 않던 어느 일요일, 엄마 아빠가 곤히 잠든 것을 확인하고 동도 트기 전에 집밖으로 나왔다. 얼른 담배를 피우고 다시 들어갈 생각이었다. 아파트 현관에서 막 나오려던 찰나 눈앞으로 찰밥덩이가 떨어졌다. 뒤이어 계란찜과 잡채가 떨어지더니 굴비 두 마리가 떨어져내렸다. 위를 살피자 칠층에서 마침 된장국을 확 쏟아붓는 중이던 사람을 볼 수 있었다. 나를 발견한 그 사람은 당황한 듯 숨어버렸다.

*

 나는 각각 입을 '아'와 '으'로 벌리고 있는 굴비 두 마리를 그렸다. 굴비의 눈에서 눈물이 흘러나와 군은 모습과·자잘한 이빨들, '으'의 입 모양을 한 굴비가 조금 더 탄 것까지 전부 그렸다. 몸통에 세 군데 의 칼집이 난 것과 거기에 양념을 얹어놓은 것, 그리고 양념에 쪽파와 깨가 들었던 것까지 그렸기 때문에 누군가는 그것이 자기 굴비라는 것을 알아볼 거라고 생각했다. 나는 엘리베이터에 그림을 붙여두었 다. 하루도 지나지 않아 엄마가 그 그림을 떼어가지고 들어왔다. 엄마 손에 들린 굴비가 파스텔 가루를 날리며 펄럭거렸다. '이거 네가 그렸 지? 왜 엘리베이터에 붙여놨어?' 나는 먹고 싶어서 그렸다고 대답했 다. 엄마는 별일 다 보겠다고 하더니 다음날 굴비찌개를 끓였다. 퀴퀴 한 국물 속에 잠긴 굴비가 나를 향해 혀를 내밀고 있었다. 엄마 아빠 는 소주를 곁들여 찌개를 먹었다. 나는 탕 속에서 경악하던 굴비들 때 문에 그날 밤 잠을 설쳤다.
 칠층 아줌마가 나에게 먼저 말을 걸었다. 슈퍼마켓에서 고추장맛 참치를 보통 참치로 바꾸려 하고 있을 때였다.
 "애, 너 지난번에 조기 구운 거 그려서 엘리베이터에 붙였던 애 지?"
 주변에 아무도 없는 것을 확인하고 아줌마가 다가오더니 내게 말 을 걸었다. 나는 아니라고 말하려 했지만 너무 놀라서 참치캔을 떨어 뜨렸다. 아줌마가 허리를 굽혀 캔을 주웠다. 아줌마의 뜨거운 손이 내 손을 스쳤다. 털을 전부 밀어버린 점투성이 돼지 같은 아줌마였다. 얼굴을 뒤덮은 기미 때문에 오싹한 느낌이 들었다. 나는 나도 모르게 뒷걸음질쳤다. 아줌마는 비굴한 표정으로 웃었다. 억지로 웃는 얼굴이 축축해 보였다.

"너는 학생이니까 모르겠지만 원래 객지 나간 식구 밥은 항상 따로 해놓는 거다. 그래야 타지 나가서도 밥 잘 얻어먹고 무사하고 그러는 거야. 요즘 사람들은 안 그러지만 옛날 사람들은 다 그렇게 식구 챙겼어."

나는 주춤한 채 아줌마를 바라보았다. 아줌마의 입에서 젖은 해초 같은 것이 꾸역꾸역 기어나오는 장면을 상상했다. 아줌마는 숨을 몰아쉬며 내게 한 걸음 다가오더니 목소리를 낮추어 말했다.

"사실, 우리 애가 얼마 전에 저기에 갔어. 키도 크고 잘생기고 그럴 애가 아닌데 군대 가서…… 그 사고가 났어."

아줌마는 턱을 치켜 하늘을 가리켰다. 당장 울 것처럼 안절부절못하는 모습이었다. 두려워져서 나는 자리를 피했다. 아줌마는 내 걸음을 따라오며 계속 말을 이었다.

"아줌마 이상한 사람 아니야. 요 앞에서 부동산 해. 요 동네에만 아줌마 집이 세 채야. 요 건너 삼성아파트에도 집이 있고, 롯데캐슬에도 하나 있어. 거기 집은 복층이지. 내가 일을 너무 하느라 우리 애 외지 나갔는데도 밥을 안 챙겼어. 워낙 키가 커서 뭐 먹고 돌아서면 또 배고프다고 하는 애인데, 집밖에서 잘 얻어는 먹고 있나 신경썼어야 하는데, 내가 그걸 못했어."

아줌마는 말을 하다 말고 눈가를 훔쳤다. '너 오빠가 얼마나 잘생겼는지 아니? 우리 아들이 장동건 조인성보다도 잘생겼어. 네가 이사

온 지 얼마 안 돼서 우리 아들을 모르는 거야, 이 동네 여자애들은 우리 아들 다 알아……'

아줌마는 숨을 헐떡이며 달동네 입구까지 나를 따라왔다. 나는 건반이 그려진 계단에 발을 올려놓다가 돌아섰다. 아줌마가 울고 있을까봐 일부러 얼굴을 보지 않았다.

"저, 지금 아줌마 처음 봐요. 그러니까 걱정하지 마세요."

나는 도, 미, 파, 솔, 시의 계단을 뛰어올라갔다. 그리고 콩나무를 지나 내 고양이가 기다리는 좁은 틈으로 갔다.

*

처음 이사 왔던 날, 나는 옥상까지 걸어 올라가보았다. 십오층 옥상에서 아래를 내려다보고 싶었는데, 문이 잠겨 있을까봐 걱정했지만 쉽게 열렸다. 누군가 죽고 싶다면 여기에서 곧장 죽을 수 있겠구나 하고 생각하며 옥상에서 내려왔다. 그뒤로 다시는 거기에 가지 않았다. 혼자 있기에는 지나치게 넓고, 문이 너무 쉽게 열렸다.

어느 날 새벽, 아파트에 경찰이 왔다. 재활용품을 훔치는 중이던 할머니를 잡아갔다고 한다. 이상한 사람이 단지 내에 침입해서 이상한 행동을 하는 것 같다고 누가 신고했다는 말을 들었다. 그 일에 관해 이야기하는 엄마 아빠는 평소보다 힘없는 말투였다. 아파트 사람들은 이런가? 하는 아빠 목소리는 어딘지 자신 없게 들렸다. 캔이 딸그랑거리는 소리 때문에 신고가 들어왔다고 하는데, 할머니가 경찰을 따라가지 않으려고 해서 소란이 커졌다고 했다. 그거 훔치면 절도죄야?

엄마가 물었다. 아빠는 아니지, 라고 한 뒤 버린 건데, 라고 덧붙였지만 여전히 자신 없는 목소리였다. 나는 그날 아침 학교에 가다가 할머니의 리어카를 보았다. 재활용품 수거함 근처에 세워진 리어카 안에는 원래 뭐였는지 알 수 없는 긴 봉, 캔이 든 비닐봉지와 신문지가 담겨 있었다. 경비 아저씨가 그걸 끌고 가서 관리실 뒤쪽에 세워놓는 것을 눈여겨봐두었다. 하지만 학교에서 돌아왔을 때에는 리어카가 보이지 않았다. 그리고 한참 동안 할머니도 보지 못했다.

엄마는 내게 왜 고추장맛 참치를 보통 참치로 바꿔 가느냐고 물었다. 슈퍼마켓 점원 아가씨가 그런 소리를 하더라고 했다. 나는 보통 참치가 더 맛있어서, 라고 대답했는데 엄마가 짜증을 냈다. 아니, 그럼 그냥 참치를 사달라고 하지 그걸 말을 못해? 그 말을 듣고 나서야 그러면 되는 일이었다는 것을 깨닫게 되었다.

학교 급식실에서 나는 때론 혼자 밥을 먹었다. 먹는 속도가 느리기 때문에 다른 아이들과 함께하는 것이 힘들었다. 아이들이 전부 먹어치우는 동안 나는 반의반도 먹지 못했다. 때론 일부러 엎드려 자버리고 밥을 굶었다. 입에서 침이 잘 안 나와서 삼키는 게 힘든데, 누구든 내가 음식 먹는 것을 답답하게 보았다. 어떤 아이는 내가 밥을 먹는 것을 한참 구경했다. 쟤 진짜 불쌍하게 먹지 않냐? 라고도 했고, 햄스터 같다, 라고도 했다. 숟가락을 잡으면 나는 오랜 시간을 들여 어렵사리 먹었다. 때론 내가 먹은 음식들이 잔뜩 부풀어올라 뱃속에서부터 나를 안아주기도 했다. 하지만 그런 때는 가끔이었고 주로 굴러떨어질 것 같은 느낌이 들었다. 아기 염소 대신 돌이 든 것도 모른 채 끊임없이 갈증을 느끼는 늑대처럼 나는 딱딱한 배를 안고 겨우 걸었다.

"아, 정말 날 왜 낳아가지고! 사람 귀찮게시리!"

그 말이 뭐가 그렇게 잘못되었다는 건지 알 수가 없었다. 엄마는 내가 그렇게 말하면서 엄마를 노려보았다고 하는데, 그래서 너무 상처받았다며 아빠에게 하소연을 하고 있었다. 너 진짜 그따위로 말했어? 아빠가 나를 노려보았다. 나는 그렇다고 대답했다. 뭘 사과하라는 건지 알 수가 없었다. 귀찮다는 말이 버릇없는 말도 아니고, 날 왜 낳았는지는 평소에 궁금해하던 것이어서 튀어나온 말인데 그렇게 나쁜 말인 것 같지는 않았다. 엄마는 상처받았다면서 세상이 무너지기라도 한 것처럼 주저앉아 울고, 계속 나를 나쁜 사람으로 만들고 있었다. 미안하다고 해도 소용이 없었다. 아빠가 말했다.

"지수 너, 사는 게 귀찮냐?"

나는 대답하지 않았지만 아빠가 말을 이었다.

"너 어린 게 그런 소리 하면 정신이 이미 썩은 거다. 공부하는 학생 입에서 나올 말이 아니야."

아빠는 마치 자기는 귀찮지 않기라도 한 것처럼 말하고 있었다. 자기들 멋대로 세상에 태어나게 하더니 말도 내 마음대로 못하게 한다. 이런 식일 거라는 건 알고 있었지만 나는 그때에도 똥처럼 가만히 놓여 있는 게 정말 귀찮았다.

*

음식물은 계속 버려졌다. 푸릇한 콩이 섞인 밥, 참기름 냄새가 나는 명란젓도 있었고, 고구마튀김, 무생채, 아주 작은 게를 볶은 반찬이

버려져 있었다. 연근조림이랑 브로콜리볶음을 봤을 때에는 한참 침을 삼키기까지 했다. 속에 시금치가 든 계란말이와 소스가 묻은 돈가스, 오징어채를 빨갛게 무친 것, 두부와 다시마가 든 국이 버려진 날도 있었다. 어떤 날 아침엔 김치 넣고 끓인 콩비지찌개, 꽈리고추와 함께 볶은 꿀색 멸치들이 떨어져 있었다. 나는 또 어떤 반찬을 보게 될지 기대했다.

칠층 아줌마의 비밀은 아무도 알지 못했다. 엘리베이터에 붙은 경고문이 낡아서 떨어지자 '음식물 쓰레기 무단 투기 엄금'이라고 적힌 경고문이 다시 붙었다. '엄금'을 빨간색 매직으로 쓴 글씨였는데 글자 위에 불이라도 붙인 것처럼 화가 많이 난 필체였다. 칠층 아줌마가 고등어조림을 했던 날, 나는 그 냄새가 달콤하다고 생각했다. 생선조림에 든 무에다 밥을 비벼 먹고 싶다고 했더니 엄마가 양미리라는 생선을 사왔다. 뱀 토막 같은 모양도 싫었지만 사람 이름이 붙여진 게 무섭고 싫었다. 이거 양미리라는 거야, 하는 목소리를 듣자 지난번에 임연수라는 생선을 먹으라고 했을 때처럼 기분이 나빠졌다.

나는 좁은 틈에 자주 갔다. 날이 추워지면서 고양이가 보이지 않았다. 전날 열어둔 참치캔이 그 자리에 그대로 있었다. 나는 새 참치캔을 따서 놓아두고는 담배를 피웠다. 떠난 걸까, 설마 나쁜 일을 당한 걸까? 하도 못생긴 고양이여서 누가 이유 없이 괴롭힐 수도 있었다. 나는 누가 고양이 꼬리에 불을 붙였다는 뉴스나, 높은 곳에서 던져버렸다는 뉴스들을 생각했다. 못생긴 고양이가 다시는 여기에 오지 않을까봐 두려웠다. 그래도 당분간은 참치캔을 놓아두고 기다려볼 생각이었다. 담배를 다 피우고 일어나려는 순간 어지러워 벽을 짚었다. 눈앞이 노랗고 다리가 후들거렸다. 다시 주저앉았다가 천천히 일어나는데 담과 담 사이에 할머니가 서서 나를 보고 있었다.

"고양이 찾나?"

할머니가 물었다. 나는 당황해서 대답을 못했다. 할머니가 말했다.

"구청에서 사람들이 와가, 고양이 다 잡아갔다."

할머니는 나를 흘끗 보더니 덧붙였다.

"그 사람들이 고양이 한데 잡아갔다가 한데 풀어놓더라. 며칠 있으면 다시 보일끼다."

할머니의 리어카는 무사했다. 할머니는 리어카에 매달아놓은 봉지를 뒤적였다. 그리고 이리 와봐라, 이리 나와봐라, 하고 내게 손짓했다. 나는 주춤거리고 다가갔다. 할머니는 토스트를 꺼냈다. 흐뭇한 눈으로 웃고 있었다.

"이거 따뜻하니까 갈라 먹자."

나는 입에서 담배 냄새가 날까봐 가만히 있었다. 할머니가 나눠주는 대로 토스트 절반을 받아먹었다. 우리 아파트 후문 앞 토스트집에서 쓰는 포장지였다. 마가린에 지진 식빵 사이에 계란부침이 들어 있었다. 기름기가 달콤하고 따뜻했다. 나는 순식간에 먹어버렸는데 할머니는 아직도 빵을 들고 있었다. 더 먹을 거냐고 묻기에 고개를 저었더니 그제야 할머니도 토스트를 먹기 시작했다.

"참말 맛있다. 이 아줌마가 빵을 이래 잘 굽는다. 손님 없을 때 내 보면은 얼른 구워서 한나씩 준다. 서울 사람들이 이래 착해, 서울 사람들은 이래 잘 도와줘."

토스트를 다 먹은 뒤 할머니는 좁은 틈에 들어가 참치캔을 들고 나

26

왔다. 참치 줄 때에는 깡통째 주지 마라, 고양이 입 다친다, 라고 말하며 할머니가 물끄러미 나를 보았다.

"어린 몸에 불을 때고 그러면 안 된다 아이가, 키 커야제."

나는 무안해서 고개를 숙여버렸다. 할머니는 지그시 웃는 기색이었다. 리어카에는 페트병 몇 개와 참치캔, 그리고 토스트집 아줌마가 줬을 것 같은 박스 서너 개가 실려 있었다. 할머니는 그걸 끌고 언덕 저편으로 갔다.

*

칠층 아줌마가 드디어 들키고 말았다.

매일 던져지는 음식물 쓰레기 때문에 미칠 것 같다고 하던 우리 동경비 아저씨는 새벽녘에 추위를 참으며 잠복했다. 벤치 뒤에 숨어 꼼짝도 않고 있던 새벽 여섯시경, 칠층 아줌마가 소리도 없이 창문을 열고 음식을 던지는 것을 보았다고 했다. 팥을 섞은 밥과 오이지무침, 손바닥만한 파래부침개, 굴이 들어간 깍두기를 던지고 소고기뭇국을 쏟아부은 뒤 창문을 닫는 것을 전부 보았다. 경비 아저씨는 아무도 모르게 칠층 아줌마에게만 따로 경고를 할 생각이었다고 했다. 하지만 칠층 아줌마가 생사람 잡는다며 삿대질을 해서 큰 시비가 붙었다. 경비가 제 할 일을 안 하고 쓰레기 버리는 사람을 못 잡아내자 자기에게 누명을 씌웠다는 것이었다. 몸을 떨고 눈물을 흘리며 칠층 아줌마가 소리를 질렀다. 억울해! 난 억울하단 말이야! 마치 누가 때리기라도 한 것처럼 비명을 질러서 아파트 전체가 흔들렸다. 사과하라며 경비 아저씨를 몰아세우는데, 동대표 아줌마가 이제 좀 그만들 하시라고 말려도 소용이 없었다. 칠층 아줌마는 억울하다는 말만 하면서 악을 쓰고 울었다. 아무도 아줌마를 달래지 않았고 다들 시선을 돌렸다. 동대표 아줌마가 말하길, 그냥 아저씨가 잘못 본 것 같다고 사과하세요, 라고 했는데 경비 아저씨는 그럴 수 없다고 했다.

그때 칠층 아줌마와 눈이 마주쳤다. 아저씨를 무릎 꿇리고 사과를 받아내고 잘라버리기라도 할 것처럼 난리 치던 칠층 아줌마는 나를 보자 갑자기 정신이 든 것 같았다. 낫살도 얼마 안 됐는데 벌써 치매 왔냐, 낯짝도 두껍다, 천벌 받을 줄 알아라, 온갖 말을 해대며 천천히 기세를 접더니 이렇게 말했다.

"에그…… 지 잘못 인정을 하지 끝까지 우기긴. 하늘이 알고 땅이 알아! 평생 경비나 하고 살아라!"

그렇게 말한 뒤 칠층 아줌마는 아파트 안으로 들어갔다. 어쩔 줄 몰라 하는 경비 아저씨를 향해 사람들이 한마디씩 했다. 아저씨, 고생하셨어요, 오늘 소주 한잔하셔야겠네요, 잊어버리세요, 이 지경으로 했으면 이제 음식물 쓰레기 보는 일은 없겠네요, 라는 말들 끝에 누군가가 말했다. "근데 앞으로도 버리면 그럼, 범인은 저 아줌마 아니라는 거잖아?" 그 말에 다들 잠잠해졌다. 뭔가 곤란한 문제였다. 나는 칠층 아줌마가 앞으로도 계속 음식을 던질 거라고 생각했다.

나는 바닥에 떨어진 흑미밥을 그려서 엘리베이터에 붙여두었다. 밥 공기에서 뒤집힌 모양 그대로 동그랗게 떨어진 밥과 문어 모양으로 볶인 소시지를 일러스트로 그렸다. 문어 모양의 소시지가 피망 조각들 사이를 누비며 두리번거리고 보라색 밥덩이를 찔러보는 것을 그렸다.

보라색과 분홍색 색연필은 쓸 일이 거의 없었기 때문에 색감 연습으로 괜찮은 그림이었다. 어떤 문어 소시지는 무릎을 꿇고 하늘을 향해 기도하는 모습으로 그려두었는데, 칠층 아줌마를 위해서 한 일이었다.

쉽지 않은 것은 직선으로만 완성하는 그림이었다. 나는 할머니를 위한 그림을 그려보고 싶었지만 아주 신중해야 했다. 최초의 선을 어디에 어떻게 긋느냐에 따라 그림이 결정될 터였다. 그래서 나는 꽤 오랫동안 첫번째 선을 긋는 것에 관해 생각하며 지냈다.

색은 총 다섯 가지를 표현하기로 계획을 세웠다. 흰색과 검은색, 흰색의 검은 부분과 검은색의 흰 부분, 그리고 그림자의 색. 귀퉁이에서부터 그을 것인지 한가운데에서부터 그을 것인지 마음속으로 시작해보았다가 매번 지웠다. 거친 선으로 그릴지 날카로운 선으로 그릴지부터 결정해야 했다. 촉이 가느다란 검정 펜을 만지작거리기만 할 뿐 시작을 못하던 어느 아침에 첫눈이 내렸다. 나는 할머니의 리어카를 오랜만에 보았다. 리어카 안의 박스 몇 장이 눈에 젖어 있었다.

그날 나는 아주 천천히 선을 그어 그림을 그렸다. 여러 번 덧대어 긋자 눈을 맞은 듯 음영이 지고 한숨이 나오는 선들이 생겨났다.

나는 그림의 바닥부터 맨 위까지 선이 쌓이게 놓아두었다. 결이 되고 면이 되도록 빈 종이에 선을 모으는 기분이었다. 신기하게도 어떤 선은 포동하고 뽀얀 빛을 지녔다. 손끝부터 어깨를 지나 반대편 손끝까지인 것처럼 어떤 것은 벌린 팔을 닮아 보였다. 우리 반 아이들은 그림을 보고 의아해했다. 너 왜 선긋기 해? 미술 처음 하는 사람이나 하는 거잖아? 나는 이렇게 가득 모아서 주고 싶은 사람이 있다고 대답했다. 누군가 알아들었을지 모르는 일이었다.

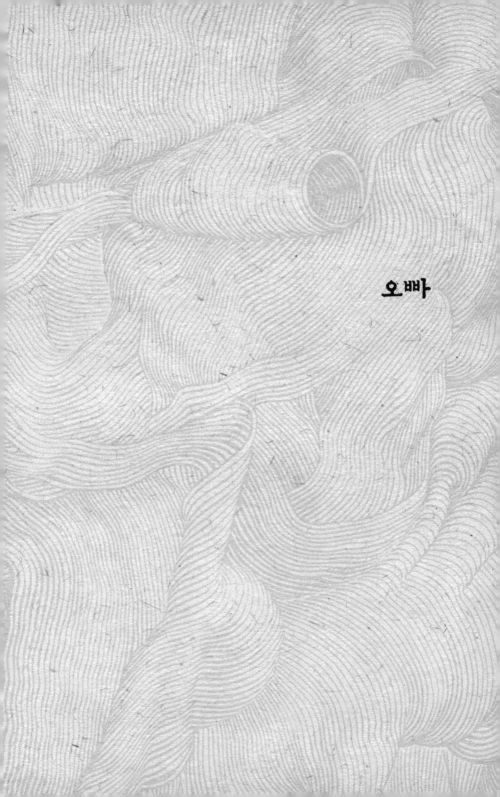

오빠

마트에 와서 가장 좋은 일은 오빠를 알게 된 것이었다. 나머지는 그것 하나로 버텨낼 수 있었다.

사는 곳 방향이 같아서 퇴근을 함께할 수 있는 것이 제일 기뻤다. 마감 진열을 끝내야 했기 때문에 우리는 주로 제때 퇴근하지 못했다. 내가 일하는 유제품 파트는 제품 종류가 너무 많았고 오빠가 일하는 주류 파트는 늦은 밤에도 물건이 끊임없이 팔렸다. 그래서 우리는 막차를 자주 놓쳤다.

한적한 둑방 길을 걸어 우리는 각자의 집으로 갔다. 세 정거장 거리의 밤길을 걷더라도 내 곁에는 오빠가 있으니 괜찮았다. 천변의 밤 풍경이 물위에 흐르고, 가로등 아래에서 꽃을 일찍 피워버린 벗나무가 은빛으로 낡아가는 모습을 우리는 처음부터 지켜보았다.

집으로 가는 길이 행복해서 나는 오빠에게 묻기도 했다. 오빠, 오빠는 살면서 제일 행복했던 때가 언제였어요? 나는 작은 강에 겨우 흐르는 물결이 밤빛에 반짝이는 것을 보고 있었다. 오빠는 스무 걸음도 넘게 걷도록 생각하더니 말했다.

"오빠 어릴 적이었어, 아홉 살 때였나…… 일요일에 우리 네 식구가 전부 모여서 아침밥을 먹은 적이 있었어. 그때 행복했어."

오빠는 마치 그때이기라도 한 것처럼 미소지었다. 나는 따라 웃었다. 오빠가 웃으면 나도 저절로 웃게 되었다.

처음 봤을 때부터 줄곧 오빠를 좋아했다. 그날 나는 울고 있었다. 유제품 일을 하면 손이 아주 시리다는 것을 예상하지 못했던 첫날이었다. 어떤 아저씨가 내게 탄산수 제조기는 어디서 파냐고 물었을 때 나는 모른다고 대답했다. 몰라요, 안 돼요, 없어요, 라는 세 마디를 절대로 하면 안 된다고 교육받았는데도 하필 일을 시작한 첫날 모른다는 말부터 해버렸다. 아저씨는 일 똑바로 하라며 화를 냈는데, 크게 벌린 입에서 무서운 냄새가 뿜어져나왔다. 나는 아저씨가 왜 화를 내는지를 잘 몰랐다. 혹시 티마트의 사장인 걸까, 고객인 것처럼 굴며 직원 평가를 한다더니 첫날부터 내가 그걸 당한 건가, 온갖 생각이 머릿속을 스쳐갔다. 허둥대고 있었더니 아저씨는 함께 있던 젊은 여자에게 이렇게 말했다. '이것들은 한 번씩 혼이 나야지만 똑바로 하더라고.' 젊은 여자는 딸인 것 같았는데 차마 그 여자의 표정까지 보지는 못했다.

나는 후방 구석에 쪼그리고 앉아 울었다. 젖은 장갑 속에서 꺼낸 손은 붉다 말고 얼어 있었다. 고드름 같은 손가락으로 눈두덩을 식히고 있을 때 오빠를 처음 보았다. 분명 후방에 뭔가를 가지러 들어왔을 텐데, 오빠는 내가 창피해하는 것을 보고 발소리도 없이 자리를 비워주었다.

"널 처음 봤을 때, 정말 쪼끄만 애가 여길 왔구나 생각했어."

오빠는 손님 대응법을 가르쳐주었다. 네가 운 나쁘게 초장부터 진상을 만났던 거야, 오빠가 말했다. 화를 내려 드는 사람을 보면 죄송하다는 말부터 해야 그나마 더러운 일을 짧게 겪는다고 했다. 정말 죄송한 표정으로 사과부터 해야 돼. 계속 죄송하다는 말을 해서 진상이 입을 열 틈을 주질 말아야 돼. 연습을 해봐.

"불편하게 해드려 씨발 죄송합니다, 씨발 고객님, 정말 씨발 죄송합니다."

물론 욕은 속으로 하라고 했다. 오빠가 아주 진지한 표정으로 시범을 보였기 때문에 나는 그만 웃어버렸다.

"그런데…… 나는 사실, 네가 죄송하다는 말을 하는 날이 안 오길 바란다."

그때 오빠는 살짝 내 뒤통수를 쓰다듬었다. 머리에 오빠의 손이 얹혔을 때 나는 내 심장이 떨어지는 소리를 들었다. 처음 보았던 날 이후 나는 항상 오빠에 관해 생각했다. 일할 때에도 그랬고 일하지 않을 때에도, 오빠가 곁에서 걷고 있을 때에도 그랬다.

*

나보다 더 일을 못하는 사람이 마트에 새로 왔다. 마트 일을 처음 해본다는 선경 언니는 서른여섯 살이라고 했다. 다섯 살 난 딸이 있다고 했는데 그 말을 들은 왕고 언니가 선경 언니를 향해 눈을 부라리고 말했다.

"우리 애는 세 살이에요."

그 말이 무슨 뜻인지 알 수 없었지만 선경 언니는 숙연해졌다. 왕고 언니가 단호한 목소리로 말을 이었다.

"애가 있든 어쨌든 여기 왔으면 무조건 처음 두 달은 마감조로 일해야 돼요. 세시에 출근해서 열두시에 끝나요. 이거에 불만 있는 사람은 여기서 일 못해요."

왕고 언니는 냉장창고 문턱에 올라서서 우리를 내려다보며 호통을 쳤다. 자기랑 동갑인 선경 언니에게까지 그렇게 굴 줄은 몰랐다.

"모르는 건 혜수한테 물어서 배워요. 얘가 스물한 살이어도 여기서는 들어온 순서대로 고참이에요. 혜수야, 선경씨는 네가 책임지고 가르쳐줘라."

토끼 같은 표정을 한 선경 언니는 항상 사람들 눈치를 보고 있었다. 왕고 언니는 첫날 이후 선경 언니를 본체만체했다. 선경 언니가 없는 자리에서는 이런 말도 했다. '나는 일을 배울 의지가 없는 사람에게는 아무것도 가르치지 않는 사람이야.' 다른 언니들도 다들 선경 언니에게 퉁명스레 굴었다. '기본이 안 되어 있는 거 아니냐? 일하러 오면서도 알반지 끼고 있는 거 봤어? 누구는 없어서 안 하고 다니나?' 선경 언니가 말을 걸면 다들 못 들은 척했고 인사도 제대로 받지 않았다. '요구르트 매대 또 털렸던데 선경씨는 뭐하는 건지 참, 아까부터 보이지를 않네, 말을 몇 번이나 해줘도……' '세 줄 진열할 자리에 네 줄을 채워놓지를 않나, 검품장에 물건 있는데도 품절고지를 해놓질 않나, 모르면 묻기라도 해야지 여기가 어디라고 지 맘대로……' 마치 들으라는 듯 이런 소리를 왕고 언니 앞에서 중얼거리는 것을 보았다.

삶은 밤 속에 든 벌레처럼 통통하고 능글맞은 매니저는 선경 언니에게 잘해주는 척 말을 걸다가 어느 결에 남편은 뭐하시는 분이냐고 물었다. 선경 언니의 얼굴이 잠시 흐려졌다. 언니는 짧게 대답했다. '애아빠는 지방에 있어요.' 그 말을 하고 언니는 매니저의 눈을 외면했다. 매니저는 무슨 대단한 이야기라도 들은 표정을 꾸미면서 아아, 하고는 고개를 끄덕였다.

매니저는 내가 처음 왔을 때에도 그렇게 굴었다. 꽤나 다정하게 말을 걸기에 나는 매니저가 좋은 사람인 줄 알았다. 전공이 뭔지, 언제 복학할 건지, 전에 일했던 편의점은 어디였는지, 구내식당 밥은 먹을 만한지, 동료들은 잘해주는지 말을 걸었다. 나중에 선생님이 되는 거냐고 물었고, 왜 일 년이나 휴학한 거냐고도 물었고, 편의점보다는 여기 페이가 낫지, 라고도 말했다. 도시락 매일 싸면 힘들지 않겠어? 라고도 했고, 여기 오기 전에는 아줌마들한테 언니라고 불러본 적이 없지, 라고도 물었다. 그러다가 어느 순간 이렇게 물었다. '그런데 혜수 아버님은 뭐하시니?' 은근하고도 선한 척하는 표정이었다. 나는 아버지가 돌아가셨다고 대답했다. 만약 그때 내 목소리가 어두웠다면 그건 아빠가 보고 싶어서였다.

오빠는 그 이야기를 듣고 화를 냈다.

"바보야! 너 그거 말하지 마!"

나는 오빠가 너무 화를 내는 바람에 당황했다. 매니저 같은 새끼한테 그걸 왜 말해? 너네 아버지 돌아가셨단 소리를 왜 해? 오빠는 목에 핏대가 솟도록 크게 말했다. 밤길이어서 아무도 없는 것이 다행이었다. 나는 눈물이 나려 하는 것을 참았다. 오빠…… 어른이 묻는데 내가 어떻게 대답을 안 해요, 오빠는 내 말을 끊고 말했다.

"다음부터 그런 놈이 아버지 뭐하시냐고 물으면, 돌아가셨다는 말은 절대로 하지 마. 그냥 너네 아빠 사장이라고 말해. 교수라고 말해버려!"

나는 끝내 눈물을 쏟았다. 보도블록에 내 눈물이 떨어졌다. 오빠는 으이구, 라고 하더니 내 뒤통수를 잠시 쥐었다 놓았다.

우리 아빠는 이삿짐센터에서 일했다. 나는 딱 한 번 아빠가 일하는 것을 본 적이 있었다. 사다리차에 올라탄 우리 아빠가 아파트 꼭대기 층에 이삿짐을 옮기는 것을 본 뒤로 나는 아빠가 갑자기 죽을까봐 매일 걱정했다. 나중에 꼭 선생님이 되어서 효도해야겠다고 결심도 했고 아빠가 위험하지 않게 해달라고 매일 기도했는데, 내 기도 덕인지 아빠는 태풍이 오던 날에도 무사히 일을 마치고 돌아오곤 했다. 그런데 우리 아빠는 간이 안 좋아서 돌아가셨다. 큰외삼촌은 우리 아빠가 술을 너무 먹어서 술기운에 자기가 아픈 것도 모르다가 일찍 죽은 거라고 했다.

"오빠, 오빠는 술 좋아해요?"

오빠는 술을 그다지 먹지 않는다고 했다. 다행이었다. 오빠는 한 가지 비밀을 털어놓았다. 혜수야, 나 다음다음 달이면 호주 간다. 아무한테도 말하지 마, 워킹홀리데이 가려고 지금 돈 모으는 거야. 오빠가 떠날 거라는 말을 듣자 내 마음이 흐려졌다. 혜수야, 너 유제품 여사들이 시키는 대로 뼛골 빼면서 일할까봐 걱정된다. 다치거나 골병들면 너네 매니저가 너 짜를 거야. 마트에는 모르는 것투성이인데 오빠가 떠나고 나면 나는 어떻게 지내야 할지 눈앞이 캄캄하기만 했다.

왕고 언니는 후방에서 마주칠 때마다 소리를 질렀다. 풀진열이 기본인 걸 모르냐고, 한참 동안 매대가 뚫려 있는데도 아무도 가져다 채우지 않더라며 화를 냈고, 마트에서 제일 중요한 게 진열인데 일 대충하고 돈 받을 거냐며 뻔뻔하다고 호통을 쳤다. 주로 나를 향해 소리를 질렀지만 선경 언니더러 들으라고 그런다는 것은 누구나 알 수 있었다. 선경 언니는 사실 동작이 좀 굼떴고 시간이 지나도 일에 익숙해지는 것 같지가 않았다.

나는 선경 언니에게 말해주었다. 언니, 제품마다 진열을 어디에 몇 줄 하는 건지는 다 정해져서 나온대요. 여기 한 줄 더 들어갈 수 있어 보인다고 더 넣어두면 왜 마음대로 하냐고 혼내요. 선경 언니가 풀진열이라는 말에 대해서 오해하고 있는 것 같아 해준 말이었다. 왕고 언니는…… 마트를 제일 오래 다닌 사람인데, 자기가 제일 잘 아니까 전부 가르쳐야 된다고 생각하는 거래요. 너무 신경 안 써도 된대요. 내가 마트에 처음 왔을 때 오빠가 해줬던 이야기였다. 선경 언니는 알겠다고 했다.

"언니, 또 있죠…… 혹시 언니네 회사 우유가 다른 회사 우유를 가리거나 밀어버리거나 하면요…… 그러면 싸움 날 수도 있어요."

왕고 언니가 가장 큰 우유 대리점 소속이라는 것이 걱정되어서 한 말이었다. 제품 진열은 다 같이 하지만 언니들마다 각각 월급을 받는 회사가 달랐다. 월급 날짜도, 휴일도 다르고 월급도 조금씩 달라서인지 같은 조에서 일하면서도 다들 서로를 싫어했다. 왕고 언니는 자기네 우유가 제일 잘 팔리는 게 자기 덕이라고 생각하는 듯 목소리가 큰 사람이었고, 왠지 모르게 뭔가로 항상 억울해하고 있어서 아무에게나

화를 잘 냈다. 다른 사람들은 자기가 왕고 언니네 회사 우유를 등골이 휘도록 진열해줘야 하는 것을 억울해했다. 그러면서도 모두들 왕고 언니의 눈치를 보았다.

"그리고 또, 지난번처럼 우유 훔쳐가는 사람을 보시면요…… 그럴 때 매니저가 자기한테 곧바로 전화하라고 했어요."

선경 언니는 우유 도둑을 보았다고 했다. 아기를 안은 여자가 가슴 속에 우유를 쑥 넣고는 담요로 덮은 채 나가더라고 했다. 우리 매니저는 우유 도둑을 잡겠다고 벼르고 있었다. 직원회의에 하필 그 우유 도둑이 찍힌 CCTV가 표본으로 올라와서 망신을 당했다고 했다. 그 여자는 삼사 일에 한 번꼴로 우유를 훔쳐갔다. CCTV 화질이 아주 선명해서 그 여자의 옷에 보풀이 피어 있는 것까지 잘 보였다. 여자가 주위를 살필 때 품안의 아기가 함께 두리번거리는 모습도 찍혀 있었다.

뻔뻔한 년이라고, 동영상을 본 왕고 언니는 난리를 쳤다. 나는 우윳값 버느라고 여기 나와서 이 고생을 하는데, 저런 년이 우리 우유를 그냥 훔쳐가? 하필 왕고 언니네 브랜드의 우유였다. 이 비싼 우유를, 이걸 도둑년이 훔쳐가? 유기농 우유를 검품하다 말고 왕고 언니는 발을 구르며 소리를 질렀다. 매니저는 왕고 언니가 분통해하는 것을 마음에 들어하는 듯했다. 범인을 꼭 잡아보자고 했다. 우리 중 누구라도 목격을 하면 매니저에게 연락을 하고, 그 즉시 매니저는 게이트의 가드에게 무전을 쳐서 우유 도둑을 잡는다. 그리고 그간의 CCTV 증거와 함께 경찰에 넘긴다. 이런 계획으로 매니저와 왕고 언니는 잔뜩 흥분해 있었다. 나는 우유 도둑이 다시는 티마트에 오지 않기를 바랐다. 그게 어렵다면 적어도 나와 마주치는 일만은 없었으면 했다. 선경 언니도 그렇게 생각하는 듯한 표정이었다.

*

 오빠가 떠난다는 걸 생각하면 뜨거운 걸 삼켰을 때처럼 막막해졌지만 베개를 베자마자 잠은 잘 왔다. 눈을 잠시 감았다가 뜨는 것만으로도 이미 아침이 되어 있었다. 일 분 간격으로 알람을 열다섯 개나 맞춰두었는데 하나도 듣지 못하는 날이 많았다. 어떤 날에는 '아 제발, 이제 제발 좀 일어나라고!'라고 외치는 남자의 고함에 놀라서 깨어났다. 벌떡 일어나 주위를 둘러보았는데 알람이 크게 울리고 있었고 원룸엔 나 혼자였다. 어리둥절해하고 있는데 벽 너머에서 옆집 남자의 인기척이 들렸다. 귀에 대고 외치기라도 한 것처럼 어쩌면 그렇게 크게 들렸지, 라고 생각하며 나는 옆집 사람에게 미안해했다.

 출근하기 전에 나는 김밥을 쌌다. 오빠는 깻잎이 든 김밥을 좋아한다고 해서 매일 그렇게 만들어갔다. 내 김밥이 가게에서 파는 김밥보다도 맛있다고 오빠가 말했다. 기분이 좋아서 나는 그 말을 자주 떠올렸다. 마트에서 저녁 장을 보는 젊은 여자들을 볼 때마다 나는 오빠를 생각했다. 신혼부부인 듯한 사람들이 카트를 끌고 지나는 것을 보면 오빠가 더 보고 싶어졌다.

 저녁마다 오빠는 정신없이 일해야 했는데 맥주 상자며 소주 상자가 몇십 개씩 실린 대차를 끌고 다녔다. 검품장에서 오빠가 일하는 것을 보고는 가슴이 내려앉았다. 오빠는 사다리를 타고 올라가 탑처럼 적재된 병맥주들을 대차에 옮겨싣고 있었다. 사다리에 한쪽 발을 딛고 대차에 한쪽 발을 얹은 채 덜그럭거리는 병맥주 상자를 들어올리는 오빠를 보고 나는 주저앉을 뻔했다. 오빠가 다칠까봐 무서웠다. 오빠를 좋아하지 말아야 할 것 같아서 눈물이 났다. 내가 계속 좋아하면 오빠도 우리 아빠처럼 되어버릴 것만 같았다.

호주에 가면 오빠는 포도농장에서 일하게 된다고 했다. 나는 인터넷에서 호주 포도농장을 검색해보았다. 사진 속 사람들이 밝은 표정이고, 높은 데에 올라가야 하는 일도 없을 것 같아 안심이었다. 다만 오빠가 가기 전까지 내가 어떻게 잘해주어야 좋을지가 문제였다. 그래서 나는 김밥에 정성을 들여보았다. 오빠가 게맛살을 좋아하지 않는다는 걸 알게 되어 게맛살은 빼고 어묵은 많이 넣었고, 멸치볶음이 든 김밥도 만들어보았고, 자른 김으로 속을 감싸서 모양을 내는 것도 해보았다.

하지만 김치볶음을 넣고 만든 김밥만은 실패였다. 기름기 때문에 밥알에 김칫물이 들었고 집어들자마자 속이 헐렁하게 빠져버렸다. 나는 오빠가 김밥을 흘리는 것을 보고는 일어나 냅킨을 가져다주었다. 그리고 그만 얼굴을 붉혀야 했다. 일어나서 보니 식탁 위에는 오빠가 받아온 구내식당 식판과, 은박지 위에 펼쳐진 허술한 김밥과, 내가 벗어던진 목장갑이 함께 놓여 있었다. 저걸 왜 식탁 위에 벗어두었을까, 나는 사라져버리고 싶었다. 어디선가 흘러나온 우유를 만져서 축축해진 목장갑은 고린내 나는 양말짝처럼도 보였다. 나는 항상 이래왔던 걸까, 그동안 오빠는 못 본 척했던 걸까…… 부끄럽고 미안해서 계속 입술을 깨물게 되었다. 그날 이후 나는 한동안 김밥을 싸지 않았다.

토요일에 신제품 판촉을 하러 사람이 왔다. 요구르트 병처럼 하얀 원피스에 하얀 부츠를 신고 토끼 같은 머리띠를 하고 있었다. 웃으면서 멘트도 잘하고 예쁜 사람이었는데 왕고 언니는 그 여자를 못마땅해했다. '너네 개 봤냐? 하…… 그 몸뚱어리를 하고 마트를 왜 오냐?' 후방에 들어서자마자 왕고 언니가 큰 목소리로 말했다. 구내식당에서 봤는데 매니저가 식권도 끊어주고 물도 떠다 주더라는 것이었다. 나는 마침 손가락이 시려서 어쩔 줄 몰라하고 있었다. 내 손가락 마디에는 어느 결에 살얼음이 껴버린 것만 같았다. 밤이면 이불 속에서 녹았다가 출근하면 다시 얼었다. 뼛속에 낀 살얼음이 매일 두꺼워지다가 결국엔 쐐기처럼 관절을 벌려버릴 것 같았다. 물론 그런 날이 오기 전에 나는 학교로 돌아가겠지만, 틈만 나면 두 손을 비비는 습관이 생겨버렸다는 것이 속상했다.

딱 하루 판촉을 하러 왔을 뿐인데도 그 요구르트 언니는 인기가 높았다. 맞은편의 오리고기 파는 남자들은 내내 기분이 좋아 보였고 멀리 회 코너에서 일하는 직원도 일부러 요구르트 냉장고 앞을 자꾸 지나는 것을 보았다. 요구르트 언니는 옷이 얇아서 냉장고 앞에 서 있는 게 아주 힘든 것 같았다. 후방에 뛰어들어오더니 구석에 숨겨두었던 점퍼를 꺼내 입고 아무데나 쪼그리고 앉았다. 마침 후방 정리를 하던 왕고 언니가 그 모습을 보고는 매섭게 말했다.

"후방에서 개인 잠바 입으면 안 돼요."

요구르트 언니는 못 들은 척했다.

"지금 CCTV에 다 찍히고 있어요. 여기선 개인 잠바 입으면 안 돼요. 우리는 뭐 안 추워서 안 입는 줄 알아요?"

왕고 언니의 등쌀에 요구르트 언니는 결국 채 일 분도 쉬지 못하고 매장으로 나갔다. 선경 언니는 혼잣말처럼 작게, '저분 계속 서 있어서 힘들 거 같은데……'라고 했는데 그 말이 왕고 언니를 화나게 했다.

"그럼 우리는, 우리는 앉아 있어? 여기서 뭐 지 혼자만 서서 일해? 휴식시간 있잖아! 밥 먹고 그때 쉬라고 휴식시간 있는 거지 누가 일하는 시간에 후방 들어와서 쉬래, 후방이 쉬는 데야?"

선경 언니는 아무 말도 못한 채 우유가 실린 팔레트를 끌고 매장으로 나갔다. 그리고 곧 다시 들어왔다. 그 우유 도둑이 나타났다고 했다.

*

우유 도둑이 만두 시식을 하고 있었다. 조각난 만두를 먹으며 우유 매대 쪽을 살피는 기색이었다. 봄날인데도 그 여자의 옷차림은 겨울이었다. 두터운 점퍼에 아기에게 씌울 담요까지 두른 모습이 매니저가 보여준 동영상과 똑같은 차림이었다.

왕고 언니가 매니저에게 전화를 했다. 매니저는 도둑을 현행범으로 잡아야 한다고 했다. 도둑질을 할 수 있게 매대를 비워주고, 멀리서 지켜보다가 훔치는 것을 확인한 뒤 다시 연락하라고 했다. 왕고 언니는 선경 언니와 나에게 말했다.

"훔치는 데 한참 걸릴지도 모르니까 너네가 도둑 쫓아다녀. 들키면 안 된다."

내가 당황하는 걸 본 왕고 언니는 덧붙였다.

"너네가 하도 일을 못하니까, 물건 지키기라도 하라는 거야. 이따가 CCTV 돌려 볼 테니까 도둑년 꼭 잡아라."

왕고 언니는 새 물건을 받으러 검품장으로 갔다. 선경 언니와 나는 서로를 마주보았다. 가슴이 떨리고 손끝이 얼어붙기 시작했다. 냉장 창고에 잘못 들어온 파리처럼 나는 손을 비볐다.

우유 도둑은 동그랑땡 시식을 하고, 우유 매대 앞을 서성이는 손님들을 유심히 보더니 천천히 청과 코너로 갔다. 아기에게 과일을 만져보게 하는 기색이었다. 포도송이를 들어 아기 손에 갖다 대더니 오렌지도 잠시 들려주었다. 파프리카를 가리키면서 뭐라 뭐라 말하다가 아기에게 색깔별로 전부 만지게 했다. 가지와 송이버섯, 방울양배추를 보여주고는 배낭에서 물티슈를 꺼내 아기 손을 닦았다. 아기는 돌이 좀 지났을까, 품에서 내려주면 매장을 돌아다닐 것처럼 꽤 자란 아기였다.

여자는 우유 매대 쪽을 다시 살폈다. 선경 언니와 내가 진열을 하는 것을 보더니 선어 코너로 갔다. 활전복이 들어 있는 수족관 유리를 손가락으로 짚어가며 뭔가 한참 말하는 것 같았다. 저분이 제발 그냥 돌아갔으면 좋겠다고 선경 언니에게 작게 말했다. 못 들은 건지 선경 언니는 표정이 없었다. 진열을 끝낸 선경 언니가 빈 팔레트를 끌고 후방으로 들어갔다. 나도 선경 언니를 따라 후방으로 향했다. 몇 걸음 걷다가 돌아보는 순간, 어느새 우유 매대로 다가온 여자가 유기농 우유를 집어드는 것을 볼 수 있었다. 여자는 띠로 둘러맨 아기와 자기 가슴 사이에 우유를 끼워넣더니 담요로 덮어 가리고 급히 떠났다.

선경 언니와 나는 왕고 언니에게 온갖 소리를 다 들어야 했다. 눈앞에서 훔쳐가는 걸 보고도 못 잡느냐고 왕고 언니가 난리를 쳤다. 너네 제대로 할 줄 아는 게 뭐야? 너네 마트에 왜 나오는 거야, 우리 고생하라고 일부러 약 올리러 나오는 거야? 우리는 매니저에게도 혼났다. 그 우유 도둑의 CCTV 영상이 티마트 본사에까지 보고되었다고 했다. 요즘 절도 피해가 늘어나고 있어서 처벌의 본보기가 필요하다고 했다. 매니저는 선경 언니를 향해 이를 드러내고 말했다. 선경씨, 벌써 범인을 두 번이나 봤다면서요, 내가 범인 찾는 거 알면서도 내 말 무시해요? 매니저는 나를 향해 말했다. 혜수 너는, 무슨 불만 있어? 너 표정이 아주 별로다, 요즘 일하기 싫어?

매니저는 별 구실을 다 붙여서 자기 마음에 안 드는 사람을 잘라버리곤 했다. 어떤 사람은 판촉 행사에 딸려 나오는 증정품 요구르트를 마셨다가 해고당했다고 했다. 공짜 증정품일지라도 마트에 들어온 물건인 이상 함부로 건드리면 안 된다는 것이었다. 혹시 나는 무슨 짓을 한 적이 있을까, CCTV에 무언가 찍혔을까? 후방의 사각지대에 앉아서 음악을 들었던 것, 터져버린 우유를 화장실에다 몰래 버린 일들을 매니저가 전부 알고 있지는 않은지 걱정이 되었다.

그날은 모든 게 최악이었다. 나는 요구르트 언니가 오빠에게 말을 거는 것을 보았다. 오빠는 후방에 아무도 없는 줄 알고 있었겠지만, 나는 사각지대에 쪼그리고 앉아서 손을 녹이고 있었다. 요구르트 언니는 아이 추워, 하고 양팔로 자신을 껴안더니 저기요, 하고 오빠에게 말을 걸었다. 살살 녹는 듯한 목소리였다.

"저기요, 지퍼에 머리가 걸린 것 같아서 그러는데 좀 도와줄래요?"

잠시 망설이던 오빠는 요구르트 언니에게 다가갔다. 요구르트 언니는 오빠를 향해 등을 돌려 댔다. 지퍼에 머리가 낀 것 같아요, 오빠는 장갑을 벗더니 요구르트 언니의 목덜미께에 걸린 머리칼을 빼내주었다. 그 시간이 얼마나 길게 느껴지던지 지켜보는 나는 숨이 멎을 것만 같았다.

"고마워요, 몇 살이에요?"

요구르트 언니가 오빠에게 물었다. 오빠는 고개도 들지 못하고 자신 없는 말투로 대답했다. 오빠의 그런 모습은 처음 보았다.

"대학생이에요? 나는 몇 살 같아 보여요?"

오빠는 어쩔 줄 몰라하는 기색이었다. 그때 마침 누군가가 후방으로 들어왔다. 요구르트 언니는 오빠를 향해 생긋 웃고는 다시 매장으로 나갔다. 나는 오빠가 카트에 물건을 챙겨서 나갈 때까지 계속 숨어 있었다.

*

"혜수야, 이제 오빠 곧 호주 간다. 오늘 우리 매니저한테 말했어. 나 관둘 거니까 사람 구하라고."

그날 밤 봄꽃들이 완전히 져버렸고 하천에는 슬픈 물이 흘렀다. 오빠와 둑방 길을 걸으며 나는 아무 말도 하지 않았다. 머지않아 이 길을 혼자서 지나게 될 거라는 생각에 쓸쓸해하고 있을 때 오빠가 갑자기 내 뒤통수를 쓰다듬었다. 아주 마음이 아팠다. 내 입에서는 생각지도 않았던 말이 튀어나왔다.

"오빠, 오빠는 머리 만지는 걸 좋아하나봐."

요구르트 언니의 머리를 만지던 오빠의 모습을 생각했다. 낯선 사람 같던 그 모습이 눈에서 떠나지 않았다. 나는 가슴이 아파서 죽을 것만 같았다.

"응, 머리 만지는 거 좋아해."

오빠는 선선히 말하고는 희미하게 웃었다.

"혜수야, 오빠 어릴 적에 고모할머니네 집에서 자랐어. 시골이었는데, 마당에서 큰 삽살개를 키웠거든."

오빠는 내 뒤통수를 한번 더 만졌다. 정말 귀여웠지 뭐냐. 개장수가 이상한 거 먹이지만 않았으면 오래 살았을 텐데…… 오빠는 잠시 침묵했다. 나쁜 기억들을 떠올리는 표정인 것도 같았고 뭔가 결심하는 것도 같은 눈빛이었다.

"혜수야, 오빠 일단 워킹홀리데이부터 다녀오고, 졸업도 빨리 할 거고, 자본금부터 모아서 작게라도 내 사업 시작할 거야."

오빠가 마트를 떠나게 되면 그뒤로 내 생각을 하는 일은 없을 것같이 여겨졌다. 밤의 산책에 지쳤던 적이 한 번도 없었는데 그날 나는 많이 지쳐버렸다. 집에 가는 길이 멀게만 느껴졌다. 나는 내 운동화 끝만 보며 한 걸음씩 겨우 걸었다.

매니저가 직접 우유 도둑을 잡았다.

미리 당부 받았던 게이트 가드는 우유 도둑이 매장 안으로 들어오는 것을 보자마자 매니저에게 무전을 쳤다. 매니저는 사무실에 앉아 CCTV를 주시하다가 범행이 일어나는 것을 확인하고는 게이트 앞으로 갔다. 우유 도둑은 발뺌도 저항도 하지 않고 무릎을 꿇더니 빌었다고 했다. '잘못했습니다, 제가 자식 보는 앞에서 죽을죄를 지었습니다'라고 두 손 모아 빌었다. 엄마의 품안에서 우유를 빼내자 그때껏 조용히 있던 아기가 울기 시작했는데, 경기하듯 울부짖는 아기 울음

소리 때문에 사람들이 모여들었고 매니저가 불러들인 경찰이 들이닥쳤다. 경찰 조사에서 아기 엄마는 아기에게 좋은 것을 먹여보고 싶어서 그랬다고 말했다.

그 이야기에 관해 사람들은 아무 말도 하지 않았다. 어떤 일도 없었고 아무것도 못 들은 것처럼 그냥 일만 했다. 유기농 우유를 진열하다 말고 선경 언니가 딱 한마디만 말했다. '애기가 이게 얼마나 차가웠을까……' 나는 그 아기의 웃음소리를 들었던 일을 생각했다. 아기 엄마가 냉동 킹크랩을 들었다 놨다 하며 무슨 장난을 쳤을 때 아기가 소리내어 웃었다. 그 일이 있고 며칠 후에 선경 언니가 갑자기 결근을 했다. 선경 언니의 딸이 아프다고 했다. 왕고 언니가 선경 언니에게 전화를 걸어 화를 냈다. 일 그런 식으로 하지 말라고 말했다. 왜 그렇게 사람이 이기적이에요? 금요일 오후조가 얼마나 바쁜지 알면서, 이걸 펑크 내면 다른 사람들은 어떡하라구요?

선경 언니는 토요일에도 출근을 하지 않았다. 오후에는 매니저에게 전화를 걸어 일을 그만두겠다고 말했다. 딸이 입원했는데 아이를 봐줄 사람이 자기 말고는 없다는 것이었다. 매니저는 우리가 듣는 앞에서 선경 언니에게 전화를 걸었다. 선경씨, 처음에 분명히 말하길 애는 시어머니가 봐준다고 하지 않았어요? 그래서 얼마든지 일 나올 수 있다고 말하지 않았어요? 전화 속의 선경 언니가 뭐라고 상황을 설명하는 것 같았다. 자기 급할 때에는 그런 식으로 말해놓고, 믿어줬더니 결국 애 핑계 대고 관둬요? 매니저의 통화를 듣고 있던 다른 언니 하나는 왕고 언니에게 작게 말했다. '선경씨 애가 작년 겨울에 수술했다고 하더니 그거 때문에 무슨 일이 생긴 건가……?' 매니저는 전화기에 대고 큰 목소리로 말했다.

"지킬 건 지켜가면서 사세요, 네? 그만둘 거면 다른 사람 구할 말미를 주는 게 인간 도리예요."

전화를 끊은 매니저는 우리를 둘러보았다. 구인광고만 내면 티마트에서 일하겠다고 사람이 벌떼같이 몰려올 텐데, 그 며칠의 말미도 주지 않고 제멋대로 나가버린 나쁜 인간이라고, 다른 티마트 지점에서도 절대로 그 사람은 안 쓰게 만들어놓겠다면서 매니저는 후방을 나가버렸다. 왕고 언니는 흥분해서 선경 언니 욕을 해댔다.

"그렇게 몰상식한 것들은 월급도 주질 말아야 돼, 그래야 지 잘못을 알지!"

다른 언니도 억울하다는 듯이 말했다. 솔직히 그 여자 때문에 내가 일을 또 한 게 한두 번이 아니야, 뭐 해놓고 지나가는 자리마다 엉성해서 내가 한 번씩 다시 만져야 했어…… 다른 언니가 거드는 바람에 더 흥분해버린 왕고 언니가 외쳤다. 시어머니 있다며? 시어머니는 뭐하는데 지가 여길 못 나와? 나오라고 해, 사람 구할 때까지 책임지고 일 해놓고 가라 그래! 나는 얼어붙은 손을 비빌 뿐 어쩔 줄 몰라하고 있었다. 왕고 언니의 눈이 내게 잠시 머물렀다. 화가 난 왕고 언니의 얼굴을 보자 나도 모르게 눈물이 핑 돌았다. 왕고 언니가 소리를 질렀다.

"애 있는 게 벼슬이야? 애는 지만 있어? 우리 애는 세 살짜리가 밤 열두시까지 어린이집에 있어!"

모두들 묵묵해졌다. '애 아픈 건 지 사정이지.' 왕고 언니가 한마디 더 했다. 왕고 언니는 선경 언니에게 전화를 걸어보고 있었다. 나는 선경 언니가 전화를 받을까봐 걱정했다. 딸이 아픈데 욕을 자꾸 들으면 너무 힘들 것 같았다. 그때 마침 냉장창고 앞을 오빠가 지나쳤다. 검품장으로 향하는 중이던 오빠는 무슨 일인지도 모르면서 나를 향해 씩, 하고 웃었다. 오빠가 내 걱정을 할까봐, 나는 희미하게 웃어주었다. 오빠의 얼굴은 날이 갈수록 밝아지고, 마트에서 무슨 일이 일어나든 점점 더 상관없어지는 것처럼 보였다. 오빠가 떠날 날이 다가오고 있었다.

*

손가락의 살얼음이 더 두터워졌다. 자고 일어나도 손이 녹지 않는 날이 많아졌다. 그런 날은 머리를 감다가 손가락 마디가 몇 개쯤 물에 씻겨 없어질 것처럼도 느껴졌다. 가끔은 설거지를 하면서 나도 모르게 '사랑해요, 고마워요, 티마트'라는 가사의 CM송을 흥얼거리기도 했다. 그 곡조는 떠올리지 않으려 애쓰면 애쓸수록 자꾸 튀어나왔다. 이미 자국처럼 머릿속에 새겨진 것 같았다. 언젠가는 나도 마트를 떠날 텐데, 그날이 먼 미래일 것처럼 느껴졌다. 그리고 그때가 되어도 그런 노래를 아주 잊을 수는 없을 거라고 나는 생각했다.

출국 준비를 할 거라며 신나하던 오빠는 점차 초조해하고 있었다. 오빠네 매니저가 새 사람을 구해놓질 않았다. 새로운 사람이 왔다가도 채 하루를 일하지 않고 떠나버리곤 했다. 주류 파트의 일이 힘하고 바쁘기 때문인데, 새로 온 사람이 첫날부터 다치기도 했다. 병맥주를 가득 실은 대차가 발 위로 지나는 바람에 다쳤다고 했다. 통로가 너무 좁아서 서로 조심해야 했지만 조심하기에도 너무 좁아서 누가 다치거나 서로 싸우는 일이 자주 일어났다.

"오빠."

부르고 나자마자 목이 메었다.

"오빠, 거기에 가서도 항상 차 조심하고 음식은 가려서 먹고, 그리고."

나는 눈물을 참은 뒤 겨우 말했다.

"영어로는 많이 말하고 친구도 많이 사귀세요."

오빠는 고맙다고 했다. 그러나 작별 인사 후에도 오빠는 계속 마트에 나왔다. 그래서 나는 아주 여러 번 작별 인사를 할 수 있었다. 오빠, 나는 오빠를 아마도 오래오래 생각할 것 같아요. 내년에도 봄이 오고 그뒤엔 여름이 올 거고 그러면 나는 오빠를 떠올릴 테니까요. 그리고 그다음 말은 속으로만 말했다. '어쩌면 평생 생각할 수도 있어요.' 우리가 이른봄부터 지켜봤던 나무가 가로등 아래에서 빗물에 씻기고 있었다. 생각해보면 나는 젖은 나뭇잎처럼 오빠에게 붙어 겨우 버텼다. 그러므로 잊을 수 없을 거라는 것을 오빠는 모르는 것 같았다.

오빠도 내게 여러 번 작별 인사를 했다. 나도 네 덕에 잘 지냈던 것 같아, 오빠가 말했다. 집에 갈 때 심심하지도 않고, 혜수가 김밥도 싸오고. 우리는 열흘도 넘게 작별 인사만 하며 지냈다. 미처 말하지 못한 것은 아닐 텐데 오빠는 호주에 가서도 연락하겠다는 말은 하지 않았다. 혜수야, 너 그렇게 김밥만 먹고 지내면 안 된다, 그렇게만 먹으면 몸 상한다. 오빠는 내 김밥이 맛있다고 한 기억이 없는 사람처럼 말했다. 나는 김밥 옆에 더러운 장갑을 벗어두었던 일을 떠올리고 얼굴이 뜨거워졌다.

오빠는 출국하기 전날까지 마트에 나왔다. 다음날 저녁이면 비행기를 타야 하는데도 마트 영업을 마감할 때까지 일해야 했다. 오빠의 빈자리를 대신할 새로운 사람이 뽑히지 않았다. 우리 지점 티마트는 워낙에 주류 회전이 빠르고 일이 힘들다는 게 소문나기도 했지만 주류 매니저가 사람을 뽑지도 않았다는 게 문제였다. 쉽게 뽑히면 쉽게 그만둔다고, 이력서를 묵혀두고 충분히 고르는 중이라고 했다. 기온이 오르면서 맥주 매출이 늘어 일이 더 힘들어지는데 새 사람에게 인수인계도 안 하고 간다며, 오빠의 동료들이 서운한 소리를 했다고 들었다.

오빠의 마지막 마감 진열이 끝났을 때 매니저는 가고 없었고 오빠의 동료들도 아무도 없었다. 우리는 정말로 마지막으로 그 밤길을 함께 걸었다. 그토록 상상했던 마지막 밤이었다. 그런데 슬픈 마음보다도 화가 나서 견딜 수가 없었다. 오빠가 그렇게 오래 일했는데, 어쩌면 사람들이 오빠한테 인사도 안 하고 집에 가요? 내가 오빠에게 물었다. 오빠는 울적해 보였다. 다들 그동안 충분히 인사했었어, 매니저랑 아까 통화도 했고, 오빠는 그런 건 괜찮다고 말했다.

"오빠."

오빠가 응, 이라고 대답했다. 나는 그 모습을 잘 기억해두었다. 오빠의 숨에서는 삶은 고구마나 부드러운 고무 지우개처럼 연한 냄새가 났다. 오빠처럼 젊고 착하고 따뜻한 사람만이 풍길 수 있는 냄새였다.

"오빠, 호주 가면 나한테 연락 안 할 거예요?"

연락할게, 오빠가 대답했다. 주머니에 양손을 넣은 채 뭔가를 골똘히 생각하는 것 같았다. 항상 헤어지던 교차로에서 오빠는 내게 따뜻한 손을 꺼내 내밀었다. 나는 오빠의 손을 살짝 잡았는데 오히려 오빠가 내 손을 꼭 잡았다. 그리고 두 손으로 내 어깨를 한번 쥐더니, 뒤통수를 쓸어주고는 횡단보도를 뛰어서 건너갔다.

"혜수야."

오빠는 건너갔던 횡단보도를 다시 뛰어서 돌아왔다. 혜수야, 오빠 부탁이 있어. 들어줄래? 오빠는 복잡한 표정을 하고 있었다. 나는 부탁을 들어주겠다고 했다. 오빠가 말했다.

"혜수야, 우리 매니저 그 새끼 오빠한테 마지막 월급 안 줄지도 모르거든? 지난 월급날 이후로는 내가 단기 알바로 등록되어 있어, 그래서 매니저가 비용처리 올려야지만 결재 받는 거야."

오빠는 내게 연락하겠다고 했다. 호주에 도착하고 보름을 기다려본 뒤 통장에 입금이 안 되면 신고할 생각이라고 했다. 근데 내가 호주에서 그걸 혼자 하기가 힘들 거 같아서, 네가 몇 가지 도와줬으면 해. 어려운 건 아니야, 오빠 전에도 그거 해봤었어. 나는 알겠다고 했다. 우리는 이미 수도 없이 주고받은 작별 인사를 한번 더 건넸다. 건강해야 한다고, 항상 행복해야 한다고, 그리고 앞으로도 연락하자고 인사했다. 오빠와 나는 진짜로 헤어졌다. 횡단보도 건너에서 손을 흔드는 오빠의 등뒤에 안개가 흐르고, 내 등뒤에는 돌아오지 않을 물결이 천천히 반짝이고 있었다.

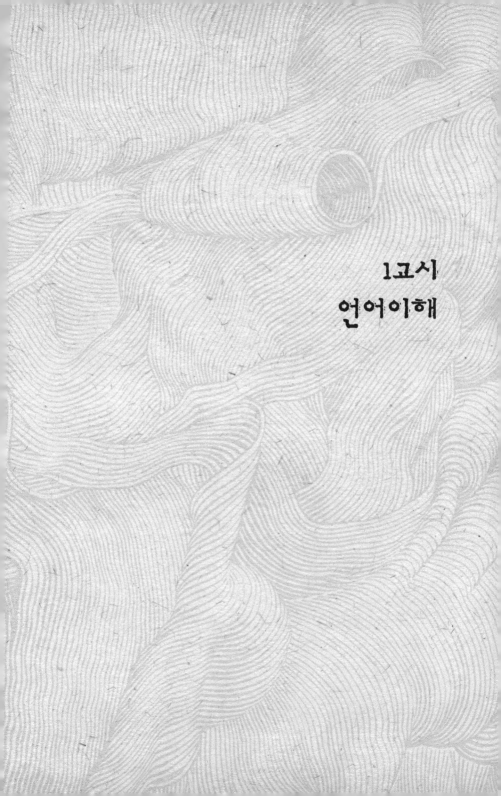

1교시
언어이해

I

〈첫번째 문제〉
다음 상황에 대한 설명으로 옳은 것은.

그녀는 하루에 세 문제를 만들었다.

월급에 대비해 그만큼이면 적당한 노동량인 것 같았다. 책을 만지면서도 돈을 벌 수 있다는 사실에 아주 기뻤다. 읽은 것에 관해 말할 줄 아는 정도의 능력만 있으면 되었다. 한 개의 독해 지문에 세 개의 문제를 만들어 달면 업무가 끝났다. 그녀는 기쁜 마음으로, 오래오래 회사생활을 할 생각이었다.

그런데 이상한 회사였다. 그녀의 동료들은 일을 하지 않았다. 그들은 읽거나 읽은 것에 관해 생각하는 일을 귀찮아했다. 한 달에 세 문제를 만들까 말까 하는 정도였으며 문제의 수준도 형편없었다. 그녀의 동료들은 일하는 척으로 일과를 보냈다. 대수롭지 않은 것에 관해 큰 목소리로 토의하며 바쁜 척했다. 읽고 생각하기만 하면 되지만, 적혀 있는 그대로를 읽어내는 능력 자체에 이상이 있는 사람들로 보이기도 했다.

한때 그녀는 국문과 대학원생이었다. 지도교수가 갑자기 죽은 뒤에 이상하게도 그녀의 꿈이 사라졌다. 그녀는 학업에 품었던 자신의 꿈이 로스쿨 입시용 문항으로 재생산되는 것을 기꺼이 받아들였다. 번뜩이는 아이디어가 있을 때에는 세 시간 만에 세 문제가 만들어지기도 했고, 인고의 노력을 쥐어짜야 할 때에는 아홉 시간이 걸리기도 했다. 쉽게 만들어지든 오래 걸려 만들어지든 간에 개개의 문제가 전부 걸작이었다. 어떤 때에는 혼자 풀기 아까운 문제가 나오기도 했는데, 너무나 흥분한 나머지 동료들 모두에게 그 문제를 자랑하고 당장 풀어보게 만들기도 했다. 동료들은 마지못해 그녀가 낸 문제를 풀어보았으나 답을 맞히지는 못했다. 그녀는 동료들이 지닌 지적 능력의 총합을 초월하는 자신의 창의력을 확인한 양 우월감을 느꼈고, 콧대가 우뚝해져서는 도파민의 폭풍에 정신 잃은 채 기뻐했다.

소용돌이 모양으로 생성된 나선은하와 스케이터의 연속회전 간의 원리적 유사성에 관한 문제를 출제했을 때에는 그만 김연아 선수에게 그 문제를 선물할 뻔했다. 김연아 선수와 접촉할 방법이 있었더라면 그녀는 당장 전화를 걸었을 것이다. 김연아 선수를 응원하는 마음으로 금메달리스트의 스케이트 날처럼 날렵한 독해 문제를 출제했으니, 한시바삐 문제를 풀어보고, 각운동량보존법칙에 관한 이해를 동원하여 더욱 멋진 연기를 보여달라고 말하고 싶었다. 아울러 김연아가 그녀보다 어린 사람이지만 존경한다는 말을 문제에 실어 전하고 싶었다. 김연아가 팔을 길게 뻗어 회전할 때에 보여주는 느긋한 우아함과, 몸을 움츠렸을 때 운동량이 보존됨에 따라 속도가 높아지면서 생겨나는 간절함은 청년이 생에 대하여 품어야 하는 희망이 어떠한 양상이어야 하는지 물리학적으로 보여주는 것과 같다고 전달하고 싶었다.

그녀의 대학 시절 교수님에 대한 존경과 사랑을 담아 교수님의 소설로 문학 문제를 출제하기도 했다. 헌정 출제의 성격을 완성하기 위해서 교수님의 작품세계 전반에 대한 이해를 보충하는 〈보기〉를 달아 심화된 감상을 유도했다. 어느 날 혼수상태에서 깨어난 후 타인들의 머리에 더듬이가 생겨난 것을 발견한 주인공의 혼란을 다룬 작품에서 '사람의 모습이 갑자기 바뀌었을 리 없다'라는 독백에 밑줄을 치고 ㉠을 단 뒤, 그 ㉠에 관해 아주 많이 생각해보게 만들었다. 인간에 대한 신뢰와 애정이란 얼마나 허망하고도 희망적인 것인지에 대해 파악하도록 요구하는 문제였다. 그녀는 교수님의 소설과, 자신이 낸 문제를 바라보며 그 희망적인 허망함에 관해 성찰했고, 청년으로서 자신의 무거운 사명을 통감하면서 한 방울의 눈물을 흘렸다.

그런데, 차곡차곡 쌓인 그녀의 업무량과 비교하여 동료들의 게으름은 크게 눈에 띄기 시작했다. 동료들은 하루에 세 문제씩 꼬박꼬박 생산해내는 그녀가 미친 기차 같다고 자기들끼리 욕했으며, 방해하기 위해 시끄럽게 굴었다. 그들은 자신의 무능함을 감추기 위해서 촘스키가 글을 참 못 쓴다고 욕을 하거나, 과학 전공자가 아니고서야 과학 문제를 출제하는 것은 위험천만하지 않은가에 관해 토론하거나, 푸코의 저서는 번역이 엉망이어서 출제하기에 적합하지 않다고 비난하거나, 문학 문제를 출제하기 위해서는 많은 독서가 바탕이 되어야 하므로 주어진 시간 안에 끝낼 수 없는 불가능한 임무라며 불만을 늘어놓았다. 하지만 값싼 임금으로 하루에 세 문제씩 즐겁게 생산하고 있는 그녀가 존재한다는 것은 그들을 불편하게 하는 것 같았다. 하루는 그녀의 동료 중 한 인물, 항상 고려청자 같은 눈빛을 지니고 있는 우애경이 그녀에게 말했다.

"나는 약간의 실수 때문에 서울대에 못 갔어요. 그 이후로는 모든 게 잘되지 않았어요. 이런 회사에서 문제 내는 일이나 하게 될 거라곤 상상도 못했어요. 내가 서울대에 가기만 했어도 나는 여기 있을 사람이 아닌데 말이죠."

그녀는 우애경에게 진지하게 말했다.

"그런 생각이 젊은 시절을 비탄에 빠지도록 만드는 거예요. 그 무엇이든 될 수 있는 가능성은 누구에게나 있는 것이지만 실제로 개인에게 주어진 잠재력과는 큰 차이가 있는 경우가 대부분이에요. 자신의 잠재력을 직시하고 올바른 전제에서 추론을 시작해야 나의 모습을 검증할 수 있어요. 그것이 스스로를 성찰하는 과학적인 방법입니다."

그녀는 멋있는 말이라고 생각하며 우애경으로부터 등을 돌린 뒤 다시 문제를 냈다. 모니터를 들여다보다가 이상한 소리가 나서 뒤돌아보니 우애경이 시뻘건 얼굴로 식식거리고 있었다. 그녀는 고개를 갸우뚱하고는 다시 출제에 골몰했다. 출제를 하며 우애경에 관해 생각했다. 우애경은 왜 화가 났을까? 어떤 결과에 이르기까지 원인은 다양하게 존재할 수 있으며 때로는 그것을 먼 원인과 가까운 원인으로 분류하여 한 줄로 세워볼 수 있다. 그녀는 우애경의 화라는 결과를 가져온 원인들을 물리화학적 원인과 심리적 원인으로 구분하고 생각나는 대로 정리를 해보았다.

일단 생리중일 수도 있다. 배가 고프거나 몸이 피곤하여 스트레스에 취약한 상태일 수도 있다. 이러한 물리적 상태가 저혈당증을 일으키고, 저혈당증은 다시 신경전달물질의 불균형을 초래하여 뉴런 간의 화학·전기신호 작동이 원활하게 이루어지지 못하는 중일 수도 있다. 하지만 이러한 이유들은 화를 내는 상황과 관련이 있는 것일 뿐 직접적인 원인이 되지는 못하므로, 설령 이러한 이유가 작동했다고 할지라도 그것은 오로지 먼 원인일 뿐이라고 규정할 수 있다.

그리하여 그녀는 우애경의 분노를 초래한 심리적 원인에 관해 생각해보았다. 가능성과 잠재력의 차이를 검토해보라는 말이 기분 나빴을 수도 있다. 그렇게 느꼈다면 그 이유 중에는 아래와 같은 것이 있을 수 있다.

① 가능성과 잠재력의 차이를 검토하기 싫어서,

② 가능성과 잠재력에 차이가 있다는 말에 동의하지 않아서,

③ 그 말을 하는 사람(즉, 이우리)의 표정이나 말투가 기분 나빠서,

④ 그 말을 하는 사람(즉, 이우리)이 싫어서,

⑤ 아니면 모종의 의도가 있었는데 그것을 묵살당해서?(이 지점은 상상의 영역이므로 과학적 추론 불가)

위 내용 중 무엇에 해당하든 그것은 화가 나게 한 직접적인 원인이 된다. 기분이 찜찜해졌다. 알 수 없는 뭔가가 엄습하는 듯한 느낌이 들었다. 그리고 엄습하던 무언가의 실체는 다음날 점심시간이 되자 분명해졌다.

유난히 칼국수가 늦게 나오는 그 식당에 둘러앉아, 그녀의 동료들은 하염없는 잡담을 시작했다. 그녀는 대화에 참여하지 않기 위해 깍두기를 먹고 있었다. 잡담은 점점 석연찮은 내용으로 흘러가고 있었다. 대학 시절 미팅하던 때처럼 남녀가 줄을 지어 앉아 밥을 기다리는 중이라는 데에서 시작한 잡담이 각자의 출신 대학에 관한 이야기로 이어졌다. 우애경이 유부장에게 말하기를, 유부장의 동문들과 미팅했던 것이 학창 시절 가장 언짢은 일이었다고 했다. 유부장도 우애경의 동문들과 미팅했던 적이 있지만 유쾌하지 않았다고 했다. 두 사람은 티격태격했으나 마주보는 눈빛들은 사실 뭔가를 만끽하는 중인 듯 행복해 보였다.

화제는 갑자기 신촌의 추억을 늘어놓는 것으로 옮겨갔다. 그때껏 잠자코 있던 다른 인물이 배꽃처럼 웃으며 동참하더니 신촌의 추억을 떠들어댔고, 그들의 대화를 끊을 수도 낄 수도 없어서 가만히 듣고 있던 그녀는 칼국수가 나오기만을 애타게 기다렸다. 끊을 수도 낄 수도 없는 인물로는 그녀 말고도 한 사람이 더 있었는데, 서교동에 있는 대학을 졸업한 사람이었다. 그 사람은 서서울 전체에 관한 추억으로 이야기가 확장되지 않는 한 자연스럽게 대화에 끼지 못할 터였다. 서교동의 추억을 지닌 인물이 왠지 모를 경멸 섞인 눈으로 그녀를 잠시 응시했다. 그녀는 자신이 소외감을 느끼고 있다는 것을 들킬까봐 몹시 조심했지만 아무래도 들킨 것 같았다.

그녀가 지닌 신촌의 추억이란 극장 앞에서 시외버스를 기다린 것밖에 없었으므로, 그녀는 혹시나 자신에게 어떤 질문이라도 주어질까봐 노심초사하고 있었다. 그리고 월미도나 맥아더 장군에 관한 화제가 갑자기 나오는 것은 아닐지, 그러다가 그녀가 졸업한 대학에 관한 화제로 넘어가는 것은 아닐지 걱정했다. 하지만 때마침 양푼에 가득 담긴 칼국수가 등장해주었고, 대화는 서대문구 창천동 일대에 관한 이야기에서 그친 채 모두 얌전히 칼국수를 먹었다. 그리고 마치 먹는 데에 열중한 것인 양 아무도 그녀와 눈을 마주치지 않았다.

그날 저녁, 그녀는 회사에 혼자 남아 쓸쓸히 책을 뒤지고 출제를 했다. 김소진의 「개흘레꾼」을 다시 읽었고, 학생운동을 하다가 유치장에 갇힌 주인공이, 허름한 차림으로 빵을 사들고 온 아버지를 냉대하는 대목을 발췌하여 문제를 냈다. 「개흘레꾼」의 주인공은 말했다. 아버지는 ㉠테제도 그렇다고 ㉡안티테제도 아니었다. 그저 하릴없이 암내 난 개 목에 낡아빠진 개줄을 걸고 다니며 상대 수캐를 고르고 한적한 돌산 같은 데로 올라가 흘레를 붙여주는 일을 보람차게 수행하는 사람일 뿐이었다. ㉠과 ㉡의 의미에 대한 출제를 하다 말고 그녀는 자신의 사원증을 꺼내어 바라보았다. 포토샵으로 다듬은 사진 아래에는 '이우리'라는 그녀의 이름이 쓰여 있었다. 그녀는 ㉠ 혹은 ㉡에 머물러 자기 자신의 의미가 규정되도록 놓아두지 않겠다고 결심했고, 일단 맹렬히 출제하는 것에서부터 그 결심을 실현하기로 했다.

1. 위 글에 대한 설명으로 옳은 것은?

① 주인공은 인천을 싫어한다.
② 주인공은 우애경에 대한 반격을 결심했다.
③ 주인공은 자기 인생의 주인공이 자기라고 생각하고 있다.
④ 주인공은 「개흘레꾼」의 주인공에게 자신의 처지를 이입하여 생각하고
   있다.
⑤ 주인공은 자기의 인생이 남들의 인생과 포함관계를 이루고 있다는 것
   을 모르고 있다.

II

〈두번째 문제〉
다음 상황에 대하여 추론한 내용으로 옳은 것은.

그녀는 하루에 아홉 문제를 출제하기로 했다.
세 개의 지문을 뽑아 각각 세 개씩의 문제를 다는 데에 온종일이 걸
렸다. 그러기를 일주일이면 혼자서 한 벌의 모의고사를 완성할 수 있
었다. 모두가 말하길, 그녀는 인간이 아니라 출제 기계라고 했다. 그
녀의 유능함에 견주어 우애경은 점점 더 무능해 보였고, 아무나 붙
든 채 자기가 수능에서 한 문제만 더 맞았더라면 서울대에 갔을 것이
며 이 자리에 있지는 않았을 거라고 말하고 다녔다. 그런 우애경을 보

며 그녀는 고지가 얼마 남지 않았다고 생각했다. 그녀가 얼마나 열정적이고 유능한지, 모니터를 향한 거북이처럼 되어버린 자세로 하루에 아홉 문제씩을 생산한 그녀가 얼마나 탁월한 출제자인지를, 시간이 흐르면 그녀의 문제를 풀어본 수많은 학생들이 직접 증언할 터였다. 그러던 어느 날, 우애경이 사고를 쳤다.

오전 열시의 고요한 사무실에서 들려오던 그 소리를 모두가 잊지 못할 것이었다. 처음엔 작게 시작된 그 소리가 점점 커졌고, 일본어이긴 했지만 그게 어떤 상황에서의 무슨 말인지는 누구나 대강 짐작할 수 있었다. 그 소리는 우애경의 컴퓨터에서 새어나오고 있었다. 어안이 벙벙해진 모두가 우애경을 지켜보는 가운데, 우애경은 붉어진 얼굴로 자리에서 일어나 몰려든 사람들 가운데로 숨었다. 우애경 주변의 남자 사원들이 대단히 당황하더니 화면 가득한 살색 움직임들을 어떻게든 없애려 하다가 끝내는 컴퓨터를 두들겨 패듯 꺼버렸다. 우애경은 마치 남의 일인 것처럼 생글생글 웃으며 나 몰라라 하는 모습이었다. 인터넷 창에 지나가던 배너를 건드렸을 뿐인데 민망한 장면들이 끊임없이 튀어나오더라고 했다. 오히려 당황한 것은 남자 직원들이었는데, 그들은 우애경의 컴퓨터를 복구하느라 오전 업무시간을 다 써야만 했다.

"배너를 건들기만 했는데도 저 정도로 감염이 될 수 있나요?"

그녀는 동료들에게 물었다. 모두가 못 들은 척했다.

"지나가는 배너는 왜 건드리죠?"

그녀는 우애경을 향해 물었다.

"포르노 사이트 광고였나요, 아니면 일반 광고였는데도 그렇게 된 건가요?"

그녀는 궁금한 것이 생기면 못 참는 성격이었다. 우애경은 달팽이 관이나 청소골 같은 것이 없기라도 한 양 그녀 쪽은 처다보지 않은 채 배실배실 웃고 있었고, 속으로는 민망해 죽겠지만 어떻게든 상황을 모면하고 넘어갈 작정인 것 같았다. 그녀는 우애경과 담소하고 있는 다른 사람들을 향해 물었다.

"원래들 업무시간에 포르노 사이트에 들어가시기도 하는 건가요?"

정말로 궁금해서 그런 것인데, 우애경과 동료들은 아주 불쾌한 듯, 마치 포르노 사이트 접속으로 오전 업무를 마비시킨 장본인이 그녀이기라도 한 듯 아래위로 노려보더니 탕비실을 향해 우르르 가버렸다. 그녀는 모두가 떠나버린 사무실에 앉아 홀로 출제를 했다. 그녀는 정말로 왕따였다.

그녀는 우애경이 회사를 그만두거나, 적어도 질타를 감당하지 못해 괴로운 회사생활을 할 것이라고 예상했다. 하지만 예상과 달리 우애경에게는 아무 일도 일어나지 않았다. 달라진 것은 우애경의 성격이 갑자기 능글맞고 넉살 좋게 바뀌었다는 것인데, 우애경은 스스로를 희화화하는 것으로 수치스러운 그 사건을 덮어버렸다. 유부장에게 말하길 "어머, 부장님. 계속 그렇게 야근시키시면 전 또 그 배너 건드려버릴 거예요"라고 하거나, 다른 팀 직원에게 말하길 "다들 너무 일만 하면서 침체되어 있기에 내가 야동 바이러스 감염으로 활력소가 되어준 거잖아"라고도 했다. 우애경은 매일 스스로 그 이야기를 하고 다녔다. "그동안 몰랐는데, 일본어 공부에 좋은 게 일제 동영상이더군요"라는 말을 해서 일부 남자 직원들이 즐거워하도록 만들었으며 절묘한 순간에 "일하기 싫은 사람은 내 감염된 컴퓨터를 쓰도록 해"라는 말을 던져 좌중을 웃기기도 했다. 그러한 일이 반복되자 우애경이 재미있고 유쾌한 사람이라는 이미지만 남고, 살색 가득하던 컴퓨터 화면에 대한 기억과, 우애경이 업무시간에 포르노를 보는 여자라는 인상은 희미해지고 말았다. 종래엔 유부장이 "앞으로 말 안 듣는 사람 있으면 우애경씨 컴퓨터를 쓰게 할 거야"라고 농담하기도 했는데 그런 말에 모두 웃게 되기까지는 사건 후 채 한 달도 지나지 않았다.

우애경은 갑자기 유능함을 인정받기 시작했다. 우애경은 아무 문제도 생산하지 않았다. 하지만 그녀, 이우리를 향해서 발톱을 세운 채 이우리가 하루에 아홉 개씩 낸 문제를 꼼꼼히 살피고, 거기서 오류를 발견해내는 것을 주요 업무로 삼았다. 각운동량보존법칙과 회전하는 나선은하에 관한 문제에서는 은하의 나선팔에 관한 설명 부분이 지나치게 길다고 지적했다. 실제 시험에 비해 한 단락 분량이 더 추가된 것이므로 모의고사에 수록하기에는 적합해 보이지 않는다는 것이었다. 그 지적 때문에 그녀는 우애경과 한 시간을 싸워야 했다. 나선은하의 나선팔 부분과 중심부는 각각 산개성단과 구상성단으로서 밀도가 다르다는 점이 은하의 형성 원리를 이해하기 위해 아주 중요한 대목이라는 것을, 따라서 줄일 수도 뺄 수도 없는 부분이라는 것을 이해시키기 위해 한참을 다퉜으나 그녀가 진 것처럼 되어버리고 말았다. 그녀는 흥분하면 이마에 핏발이 서면서 얼굴이 새빨개지는 사람이었기 때문에 마치 뭐라도 잘못해서 당황한 사람처럼 보였고, 동료들은 그녀가 곤란해하는 것을 즐거워했다. 그리고 그녀가 중력섭동이라든가 산개성단을 구성하는 중원소에 관해 자기가 공부한 내용을 장황하게 설명하는 동안 다들 하품을 하고 듣기 싫어했다. 이마에 핏발이 선 이우리가 언성을 높여가며 하는 말들이 알 수 없는 소리라고들 했다. 반면 그에 응수하는 우애경의 논리는 아주 간명한 것이었다.

"어찌됐든 길잖아요. 지문이 너무 길잖아요. 안 보여요?"

그녀가 낸 모든 문제에 관해 우애경은 어떻게든 시빗거리를 찾아냈다. 가장 억지를 부렸던 것은 「개흘레꾼」이 논란을 불러올 수도 있는 정치적인 주제를 다루고 있다는 주장이었다. 그녀는 「개흘레꾼」이 한 대학생의 자기 탐구와 심리묘사가 흥미진진한 작품일 뿐 정치적 논란의 대상이라고 볼 수 없으며, 1990년대 작품이기 때문에 현 시대 상황과도 직접 관련이 없다고 대답했다. 우애경은 그에 대해서도 간명하게 말했다.

"논란이 발생할 가능성 자체를 없애야 해요. 경쟁사에서 우리를 불리하게 만들 수 있는 여지를 남기면 안 돼요."

민주화운동이 작품의 시대적 배경이라는 것과 테제, 안티테제 등의 용어가 오해를 불러일으킬 수 있다는 점 때문에 이 작품에 관해 출제된 문학 문제가 좌파 이념 전파에 기여하는 것으로 여겨질 수 있다는 것이었다.

"지난번 사건을 이우리씨가 잊은 것은 아니겠죠. 이우리씨가 조심하지 않으면 나라도 나서서 조심할 수밖에 없어요. 「개흘레꾼」 문제는 폐기하는 걸로 하죠."

그녀는 말이 안 나왔다. 혀의 근육 어딘가가 마비되어버린 것 같았다. 우애경은 마치 그녀의 상관이라도 되는 것처럼 굴고 있었다.

지난번 모의고사에서 그녀는 '내가 광우병에 걸려 병원 가면 건강

보험 민영화로 치료도 못 받고 그냥 죽을 텐데 땅도 없고 돈도 없으니 화장해서 4대 강에 뿌려다오'라는 안치환의 노래 가사를 문법적 오류가 존재하지 않는 정답의 선택지로 삼아 어법 문제를 출제한 바 있었다. 모의고사 시행 직후 게시판에 이의 제기가 올라왔다. 출제자 중 누군가 현정권에 대한 강한 비판 의식을 지닌 것 같은데 이는 모의고사의 공정성과 적합성에 대한 의심을 하게 만든다는 내용이었다. 실제 시험을 본 학생이 올린 것처럼 적혀 있었지만 회원 가입일이 게시일 당일인데다가 모의고사에 응시한 기록도 없는 회원의 글이었다. 그녀는 자신이 출제한 문제에 대한 비방이 아니라 자신에 대한 직접적인 비방이라고 생각했고, 직관적으로 그 글이 우애경의 짓이라고 생각했다. 본래 과학 연구에 있어 최초의 가설 설정이란 직관에 의하여 이루어지는 것이다. 그녀는 '우애경이 자작 이의 제기를 게시판에 올린 것이다'라는 가설을 수립한 뒤 그것을 검증해나가려고 했다. 그런데 증거가 하나도 없었다. 유부장은 게시판 사건 때문에 노발대발하였으나 진짜 응시자가 올린 글이 아니라는 이야기를 듣고는, 며칠 추이를 지켜보자고 하더니 곧 잊어버렸다. 그녀 자신도 잊을 뻔한 일이었다. 그러나 우애경은 잊지 않고 있었고, 모두가 잊지 않기를 바라는 듯 그것에 관해 자주 이야기했다.

그녀가 우애경에게 닦달당하고 있을 때면 어디선가 유부장도 홀연히 나타났고, '그러니까 지문이 길어요, 안 길어요. 그것만 대답해요'라든가, '데모하다 잡혀가는 학생 이야기가 나와요, 안 나와요. 그것만 대답해요'라는 말만을 귀담아들었다. 그리고 사람들 시선을 피해 유부장이 우애경의 등허리를 툭툭 치거나, 엄지손가락을 추켜올리기도 했는데, 그럴 때 우애경은 청자 같은 눈빛으로 유부장을 응대했다. 두 사람은 왠지 서로를 치켜주는 것을 의무라고 여기는 듯했다. 학창 시절에 서로의 동문들과 미팅한 추억 말고는 별 공통점도 없는데 왜 그러는지 이해 못할 일이었다. 유부장은 '이우리 성질을 컨트롤할 사람은 우애경씨밖에 없어. 우애경씨만 믿어'라고 했다던데, 그런 뒤 두 사람은 함께 칼퇴근을 했다는 말도 들려왔다.

그녀는 자신이 원했던 바대로, ㉠테제에 의해서나 ㉡안티테제에 의해서 규정되는 존재가 아니었다. 하지만 대체 자기 자신은 이 회사의 무엇일까 하는 고민에 길게 빠졌다. 우애경과 싸우느라 흥분해서 문제의 질이 점점 떨어지고 있었다. 아홉 문제를 꼬박꼬박 출제하리라 결심했지만 그걸 못 채우는 날이 늘어갔고, 어디론가 훌쩍 떠나고 싶다는 생각이 들 때도 많았다. 모의고사 회차가 거듭되면 훌륭한 문제에 관한 학생들의 칭송이 이어질 거라고 생각했지만 아무도 그런 말을 하지 않았다. 응시생들이 점점 늘어가는 것을 바로 탁월한 출제 덕분이라고 생각하려 했으나 유부장은 그것이 자기 공이라고 했다. 모의고사의 성공은 곧 마케팅의 성공이라는 것이었다.

"아무리 개판으로 문제를 만들어놓는다 해도 나는 전국 최다 응시 생을 끌어모을 수 있어."

그녀는 학생들이 자신의 학습을 위한 선택을 함부로 할 리가 없으니, 응시생이 늘어간다는 것은 결국 훌륭한 교육물임을 인정받았다는 말이지 않겠느냐고 했다. 유부장은 한심하다는 투로 말했다.

"뭔가 착각하는 것 같은데, 우리 회사는 교육을 하는 곳이 아니야."

그녀는 그렇다면 무얼 하는 회사인 거냐고 반문했다. 유부장은 좌중을 둘러본 뒤 선언했다.

"교육 콘텐츠를 파는 곳이야."

진정 훌륭한 모의고사, 참된 독해력과 사고력 증진의 기회를 제공하는 모의고사 등등을 운운하며 보다 열정적으로 문제를 만들어 이 세상의 발전에 기여하고 싶다는 그녀를, 유부장은 구경하듯 바라보았다.

"마케팅 비용이 문항 제작비의 스무 배는 돼. 마케팅이 훨씬 어렵고 중요한 거라고. 이우리씨의 생사 또한 마케팅에 걸려 있는 거야."

유부장은 벽에 붙은 포스터 광고를 가리켰다. '명문대 출신 엘리트가 만든 모의고사!'라는 캐치프레이즈 아래 '당신을 법조인으로 탄생시켜줄, 업계 최고의 역작'이라는 글씨가 시뻘겋게 붙어 있었다.

"응시생들은 절박한 상황이지. 어떻게든 기득권층이 되겠다는 욕심으로 가득해. 욕심으로 눈먼 애들이 존재하는 한 우리는 먹고살 거야."

그녀는 유부장에게 따지고 들었다. 진정한 법조인이 되기 위해 그 길을 선택한 수많은 청년들이 있지 않겠느냐고 물었다. 유부장은 짜증스럽게 말했다.

"진정한 법조인이 되고 싶은 애들이 몇 명이나 되겠어. 있다 할지라도 그놈들은 알아서 혼자 공부해. 나한테 속아넘어갈 놈들이 아니란 말이다. 사설업체 모의고사 같은 건 안 본다고."

동료들은 매일 놀고만 있었고, 자신들이 할당량을 채우지 못해도 이우리가 꼬박꼬박 만들어놓은 문제들이 있으니 걱정 없다는 말까지 했다. 이우리는 대체 이 회사에서 무엇인 걸까? 아무래도 자신의 정체가 진짜 출제 기계인 것은 아닌지, 그래서 기계처럼 문제만 뽑아내면 이우리가 잘 작동하고 있다고 생각하는 것은 아닌. 그녀는 모두가 그렇게 여기는 것만 같아 괴로웠다.

빈 사무실에 앉아 밤늦도록 출제를 하고 있을 때, 대표이사가 그녀에게 다가왔다.

"남아 있는 사람은 이우리씨밖에 없군."

대표이사는 트레이닝복 차림이었다.

"내가 퇴근하는 척 나가고 나면 모두가 집에 가버릴 거라는 걸 알고 있었지."

대표이사는 텅 빈 사무실을 둘러보았다.

"누가 남아 있나 체크하러 나는 돌아왔지. 역시 이우리씨 말고는 믿을 사람이 없어."

대표이사는 무릎이 날깃날깃한 트레이닝복을 그녀에게 자랑했다.

"이건 내가 젊었을 적에 입던 옷이야. 나는 긴장을 늦출까봐, 내가 가장 어렵던 시절의 옷을 버리지 않았어. 오늘 남아 있는 직원들에게 이 옷을 보여주고 싶었는데, 안타깝게도 이우리씨밖에 못 보게 되었군."

대표이사는 반짝이는 대머리를 기울여 그녀의 컴퓨터 화면을 바라보았다.

"양자역학에 관해 출제를 하고 있었네. 브라운운동과 러더퍼드의 금박 실험이라. 흥미로운데. 풀어봐야겠어. 나는 자네가 낸 문제의 팬이야. 힘내라구."

대표이사는 격려하는 표정으로, 그녀의 등도 아니고 옆구리도 아니고 겨드랑이도 아니고 오른쪽 가슴도 아닌 애매한 어딘가를 톡톡 치고는 떠났다. 팬이라는 말에 기뻐하다 말고 그녀는 모호한 기분에 휩싸였다. 정확히 어디라고 설명할 수는 없지만 어찌됐든 함부로 만져지면 안 될 것 같은 부위에 대표이사의 손길이 남아 있었다. 찜찜한 그 부위를 괜히 긁적이며, 그녀는 대표이사가 청년 시절을 잊지 않기 위해 입는다는 늘어난 트레이닝복을 생각했다. 세월이 흘러 그녀가 자신의 청년기를 떠올리면 어떤 장면을 가장 먼저 생각할까. 그녀는 절박한 마음으로 취업을 모색하던 백수 시절을 떠올렸다. 어디든 취직만 된다면 일단 살 것 같은 마음이었다.

그 시절이 생각난 것 때문에 그녀는 공지영의 「부활 무렵」이라는 단편소설로 문학 출제를 해야겠다고 마음먹었다. 「부활 무렵」에서, 병아리는 알을 뚫고 나가려 안간힘을 쓴다. 사투를 지켜보던 아이들은, 병아리가 살아갈 힘을 얻으려면 스스로 뚫고 나오게끔 놓아두어야 한다고 배웠다 했다. 하지만 주인공인 아이들 엄마는 알 껍데기를 조금 뜯어내어준다.

"누가 그런 소리를 하던. 한 번만 살게 해주면 앞으로 어떻게든 사는 거야."

대표이사의 칭찬에 힘입어 그 소설의 구절이 생각났고, 겨드랑이 부근이 좀 찜찜하긴 했지만 그래도 그녀는 멋진 출제를 하기로 마음먹었다. 그녀에게 뻔한 미래란 없다. 청년이란 미시세계의 전자처럼 입자이자 파동인 존재이다. 불확정성의 원리는 양자역학에만 존재하는 것이 아니라 인생에도 존재하니 말이다.

위 상황에 대해 추론한 내용으로 옳은 것은?

① 이우리는 대표이사와 자신의 계급 차를 망각하는 우를 범했다.

② 부하직원들은 그들의 상사인 유부장을 위해 존재하는 도구와 같다.

③ 이우리는 자신의 업무 능력이 뛰어나다고 생각하지만 실상은 그렇지 않다.

④ 대표이사가 이우리의 몸 어딘가를 만진 것은 곧 다른 데도 만질 것이라는 예고이다.

⑤ 회사의 인물들이 품은 동상이몽은 결국 매한가지로 거대하고도 알 수 없는 것을 지탱하고 있다.

III

〈세번째 문제〉

다음 상황에 대하여 파악한 것으로 적절한 것은.

그녀는 하루에 열두 문제를 출제하기로 했다. 대표이사가 그녀를 알아봐주는 한 유부장이나 우애경이 그녀를 어떻게 괴롭힌들 상관없었다. 하루에 열두 문제씩이라면 한 주 동안 모의고사 2회분만큼은 될 양이었고, 우애경이 검토하고 흠을 잡기에도 벅찰 것이었다. 그녀는 묵묵히 일하다보면 모두가 자신을 인정할 거라는 생각은 버렸고, 본인이 하루에 열두 문제를 출제하고 있으며 그것이 어떤 것들인지에 관해 누가 듣든 말든 마구 이야기해대기 시작했다. 말을 많이 하느라 점심시간이면 밥을 거의 먹을 수가 없었다. 그녀는 부석부석 말라갔고, 밥을 씹어 삼킬 힘조차 아껴서 문제를 내는 데에만 에너지를 썼다. 잠도 거의 자지 않았고 때로는 어차피 돌아와야 하는 것이 귀찮아서 집에 가지 않은 채 밤을 새우곤 했다. 그녀는 자신이 낸 아름다운 문제들과, 자신을 바라보는 우애경의 표정에서 희열을 느꼈다. 열두 문제를 내고 나면 뉴런 다발들이 걸레처럼 비틀어지는 것 같았지만 그녀는 자신이 우애경을 이겼다고 생각했다. 우애경의 눈 속에서 청자색이 옅어진 것을 본 그녀는 우애경을 때려눕히고, 옥수수처럼 흩어진 이빨을 주워모아 목걸이를 해 걸기라도 한 것처럼 뿌듯해했다.

어느 날의 점심시간, 그녀는 유부장에게 조언했다.

"계란을 많이 드세요."

유부장은 반찬 투정을 했다.

"흰자는 괜찮은데 노른자가 메스꺼워서 나는 계란을 안 먹어."

그녀는 드디어 원인을 찾았다는 생각을 했다.

"지난 사십 년 생애 내내 계란을 멀리하셨나요?"

유부장은 무심히 말했다

"그랬지. 내가 싫어하는 것 몇 가지가 있지. 계란, 콩, 두부."

그녀는 식습관을 바꿔야 한다고 말했다.

"한국인의 식생활에서 주된 콜린 공급원인 계란과 콩을 멀리하시니, 체내에선 아세틸콜린 합성이 원활하지 않을 거라고 생각됩니다. 그것도 사십 년째이니 결핍이 심각하리라고 예상되어요. 밤에 잠은 잘 주무시나요."

유부장은 그녀에게 건강 상담이라도 하는 듯 진지해졌다.

"잠은 쉽게 드는데 새벽에 곧 깨서는 전혀 못 자곤 해."

그녀는 무릎을 탁 쳤다. 아세틸콜린 부족 증상과 일치하고 있었다.

그녀는 유부장에게 자신이 출제한 문제를 꼭 풀어보라고 권했다. 치매의 발생과 뇌내 아세틸콜린의 관계에 대한 문제였다.

"요즘 기억력이 많이 떨어지시는 것 같아 유부장님의 뇌내 아세틸콜린 감소폭이 크다고 생각하고 있었어요. 부디 콩을 드세요."

그녀는 유부장을 보며 말했다. 유부장은 국에서 콩나물을 건져내고 있었다.

"난 콩이 싫어."

그녀는 유부장의 전두엽 기능에 이상이 있을 수 있다고 생각했다. 도덕 원칙이 대단히 흐려진 상태인 걸로 보아서 전전두엽에 기능 이상의 뉴런들이 많이 분포하고, 거기에 아밀로이드 침전물이 생겨나고, 그것 때문에 아세틸콜린 수치가 상당히 낮아지고, 낮아진 아세틸콜린 수치는 다시 전전두엽의 기능 이상을 야기하는 악순환이 일어나는 중인 것 같았다.

유부장은 어느 날, 그녀가 낸 문제들을 일괄 검토하고 싶으니 원본 파일로 보내달라고 했다. 그녀는 수백 개의 문제를 유부장에게 주었다. 얼마 후, 이영준이라는 강사가 그 문제들을 묶어 저서를 출간한 것을 알게 되었다. 이영준이 말하길, 잠을 줄여 만들어낸 토끼 같고 알토란 같은 문제들을 수험생에게 바친다고 했다. 그녀는 대체 어떻게 왜, 그녀가 출제한 수많은 문제들이 강사가 출제한 문제로 둔갑하였는지를 알고 싶었다. 유부장은 별로 당황하지도 않았고, 오히려 그녀를 훈계했다.

"이우리씨는 이 회사에서 월급 받고 문제를 낸 사람이고, 그 문제를 어디다 어떻게 쓸지는 몰라도 돼. 그건 회사가 결정하는 거야."

그녀는 주변을 수소문해서 사건 경위를 알아냈다. 이영준 강사는 계약을 해지한 뒤 경쟁사로 옮겨갈 계획을 품고 있었다. 유부장은 인터넷 스타 강사인 이영준을 붙들어야 했고, 저서를 만들어주겠다고 했다. 싱어송라이터인 가수가 사랑받는 것처럼, 직접 출제한 문제로 강의하는 엘리트 미남 강사라면 더욱 사랑받을 터였다.

"그건 저의 저작인격권을 침해한 거예요."

그녀는 바쁜 척, 그녀 같은 건 눈에 보이지도 않는 척 사무실을 누비는 유부장을 따라다니며 말했다.

"저작권에는 두 가지 개념이 있어요. 하나는 저작재산권, 다른 하나는 저작인격권. 저는 이 회사의 직원이므로 제 생산물의 재산권이 이 회사에 귀속되는 것만은 맞습니다. 하지만 저작인격권마저 유부장님이 침해하실 수는 없어요."

사과받고 싶은 나머지 애원하는 듯한 목소리가 흘러나왔다.

"제 인격권을 침해하신 점, 사과 바랍니다."

하지만 유부장은 들은 척도 않았고, 거래처에 간다며 나가버렸다.

그것뿐만이 아니었다. 유부장은 기억력이 심히 나빠진 것 같았다. 그녀가 자신 몫으로 매달 나오는 사원복지비를 전혀 쓰지 않았던 것은 그녀가 왕따였기 때문이었다. 그런 것이 있는지도 몰랐으니 청구하는 방법을 알 리가 없었다. 하지만 관리팀 김미영 대리는 눈을 휘둥그렇게 뜨고 무슨 소리냐며 반문했다.

"꼬박꼬박 사원복지비 십만원씩 쓰셨던데 무슨 소리예요? 유부장님이 이우리씨 복지비 신청을 대신 해주시던데요? 제가 영수증 다 갖고 있어요."

관리팀 김미영 대리와 함께 그녀는 그간 자신이 제출했다고 기록되어 있는 수십 장의 영수증을 살펴보았다. 밤 열한시 삼십분에 강남역 근처에서 맥주를 마셨다든가, 백화점에서 초밥을 먹었다든가, 동반인 일 인과 함께 영화를 보고, 어린이용 문구 세트를 샀다든가, 향수를 사고, 햄버거 세트를 먹었다든가, 디저트 카페에서 타르트를 먹은 일 따위가 영수증에 쓰여 있었다. 김미영 대리는 씁쓸한 표정으로 그녀를 돌아보며 말했다.

"유부장님이 매번 자기 계좌로 금액을 청구하시기에 좀 의아하긴 했어요."

그녀는 왜 자기 명목의 금액을 유부장이 사용한 것인지 따져 물었다. 유부장은 청각 장애가 있기라도 한 양 빤히 보기만 했는데, 한국어를 알아듣지 못하는 사람인 것처럼도 보여서 그녀는 자신도 모르게 여러 번 천천히 쉽게 또박또박 말해보기까지 했다. 한참 후에나 유부장은 씩 하고 웃으며 겨우 말했다.

"미안, 나는 기억이 나질 않네. 이우리씨가 무슨 말 하는 건지 전혀 모르겠어."

그런 뒤 유부장은 거래처에 간다며 휑하니 나가버렸다. 그녀는 허탈했고, 그리고 진짜로 자신이 뭔가 착각한 것은 아닌가 생각해보기까지 했다. 그다음에는 다시 그 이야기를 할 기회가 오지 않았다. 유부장은 며칠 지방 출장을 가 있었고, 유부장이 돌아왔을 때에는 그녀가 모의고사 마감을 해야 해서 미처 싸울 틈이 없었다. 열흘쯤 지난 뒤에 사원복지비 이야기를 꺼내려 하니 마침 유부장이 활짝 웃고, 다정해 보이기도 했기 때문에 차마 그 치사한 일에 대해 입이 떨어지지 않았다. 게다가 저작인격권 침해라는 더 중요한 문제도 있었기 때문에 그것부터 해결해야만 했다. 그래서 그녀는 말했다.

"부디 콩을 많이 드시고 착하게 사세요."

그녀는 밥을 먹는 유부장을 바라보았다. 유부장은 들은 건지 만 건지 콩나물은 건져둔 채 국물만 마셨다.

저작인격권 침해에 관해 유부장은 끝내 이렇게 말했다.

"아, 정말 짜증나게 하네. 이우리씨, 잘 들어. 월급 매달 제날짜에 받았어, 못 받았어?"

그녀는 월급이 무슨 상관이냐고 반문했다.

"네가 말하는 그것까지의 대가가 네 월급이야. 알았어?"

유부장은 내친김에 더 뻔뻔해지기로 한 것 같았다.

"그리고, 이영준 강사한테 교재를 넘긴 건 널 위한 일이기도 했어. 이영준이 고객을 끌어모아서 돈 벌어올 거고, 그러면 그 고객들이 네 모의고사에 응시할 거야. 결국 그 이익은 너에게로 돌아갈 거고 말이야. 난 오로지 회사를 위해서 한 일이었다고."

사과를 받지 못한 그녀는 대표이사를 찾아갔다.

대표이사는 자기 방을 찾아온 그녀를 아주 반가워했고, 대학 시절 미처 말 걸어보지 못했던 추억의 여인을 바라보듯 아련하게 미소짓고 손수 음료도 내주었다. 그리고 그녀의 하소연을 진지하게 들어주었다. 인격권에 관해 이야기하다가 그녀가 눈물지을 때에는 티슈를 내어주기도 했다. 그녀는 대표이사가 맞장구까지 치면서 자기 이야기를 들어준다는 것에 마음이 좀 풀렸고, 울고 난 뒤에는 정신과 상담을 받은 것만 같은 기분도 들었다. 대표이사는 그녀에게 말했다.

"일단, 내가 좋아하는 이우리씨가 그런 마음으로 회사생활을 하고 있었다니 가슴이 아프네. 그동안 몰라주어서 그게 참 미안하다."

그러나 대표이사는 선량하고 무력한 듯한 표정으로 덧붙였다.

"하지만 회사에는 위계질서가 있는 거야. 사원인 너의 불만을 대표인 내가 직접 해결할 수는 없다. 그러면 내가 임명한 중간관리자인 유부장의 권한을 무시한 게 돼."

대표이사는 콧물을 닦고 있는 그녀를 물끄러미 바라보더니 천천히 일어나 문을 열어주었다.

"생각해볼 테니 나중에 다시 이야기하자. 내겐 곧 중요한 회의가 있다."

그녀는 다 털어놓고 난 뒤의 후련함과, 그러나 결국 아무것도 바뀐 것이 없으므로 여전히 석연치 않은 기분을 안은 채 자리로 돌아왔다. 컴퓨터 앞에 앉아 그녀는 생각했다. 대표이사가 말한 '나중에'는 오늘의 나중인지, 아니면 미래의 다른 어떤 날을 의미하는 것인지? 다른 어느 날이라면 가까운 미래인지 설마 먼 미래를 의미하는 말인지? 그 '나중에'가 오늘 저녁을 의미하는 것일까봐 그녀는 밤 열시가 되도록 앉아 있어보았다. 그때껏 아무 일도 일어나지 않았다. 그녀는 자신이 무얼 기다리는지도 모른 채 허망한 희망을 품고 아주 천천히 출제를 했다. 어느 순간 등뒤에서 발걸음 소리가 들렸다. 대표이사였다.

"이우리씨."

돌아보니 대표이사는 멋쩍은 듯 웃음을 띤 채 그녀를 내려다보고 있었다. 손은 등뒤로 감춘 채였다. 그녀는 순간, 자신의 가슴속에서 희망이 반짝이는 것을 느꼈다. 대표이사는 씩, 하고 웃었다. 무릎이

허연 트레이닝복을 입은 채였다.

"일단 집에 가긴 갔는데, 이우리씨가 생각나서 그냥 있을 수가 있어야지."

대표이사는 혀를 살짝 내밀고 웃었는데, 그런 모습을 처음 봐서 어이가 없었다. 자기가 어렵던 시절을 잊지 않기 위해 젊을 때 타던 찌그러진 소형차를 몰고 왔다고 했다. 이따 한번 구경하지 않겠느냐고 묻는데 표정이 좀 이상해 보였다. 그녀는 대표이사에게도 치매가 시작된 것은 아닌지, 혹시 대표이사도 사십팔 년째 콩이나 계란을 배제한 식생활을 하는 건 아닌지 잠시 생각했다. 의아해하며 대표이사를 바라보는 가운데, 대표이사는 새삼 주변을 둘러보고 아무도 없다는 것을 확인하더니 그녀의 턱 앞에 손을 불쑥 내밀었다. 따뜻한 김이 끼쳤다. 손바닥에 커다란 감자 두 알이 놓여 있었다.

"야근하느라 배고프지? 이거 먹어."

대표이사는 그녀의 책상에 감자 두 알을 올려놓았다.

그러고는 감자의 온기가 남아 있는 손을 그녀의 등 위에 올려놓았다. 아주 짧은 순간임에도 불구하고 대표이사의 손바닥이 그녀의 7번 경추부터 꼬리뼈까지를 훑어 내려갔다. 그녀는 그 손바닥에서 몸을 떼어냈다. 반사적으로 말이 흘러나왔다.

"저는 감자 안 먹습니다. 사장님이나 드세요."

모니터를 바라보고 있는데 뒤에서 이상한 기운이 느껴졌다. 돌아보았더니 대머리까지 전부 빨개진 대표이사가 그녀를 노려보고 있었다.

"내가 감자 준 직원이 이 회사에 또 있는 줄 알아? 나 아무한테나 이러는 사람 아니야."

대표이사는 잠시 입을 앙다물더니 다시 말했다.

"감자 싫으면 그럼, 초밥 사다 줄까? 초밥 먹을래?"

그녀는 대꾸도 하지 않았다.

돌처럼 굳어버린 채 모니터만 바라보고 있었다. 대표이사는 등뒤에서 식식거리더니, 쿵쿵대는 발걸음으로 사라졌다. 그녀는 한참을 생각했다. 그리고 결심했다. 이제는 더이상 버틸 수 없는 때가 왔다.

흐와스코의 소설에는 철교 건설에 투입된 일꾼들의 이야기가 나온다. 그들의 모든 일상은 오로지 노동을 위한 것이었으며, 그들의 꿈은 단 한 가지, 건설 현장에서의 마지막날을 보는 것이었다. 그런데 고대하던 그 마지막날, 그들이 만든 다리를 떠나며 일꾼들은 뜨거운 눈물을 흘린다. 그들은 눈물의 이유를 알지 못한다. '그때 나는 그 다리가 이미 추억이 되었음을 깨달았다. 앞으로도 그 철교를 건너는 사람들은 그 다리가 우리의 것이라는 사실을 결코 모를 것이다.'

그녀는 소설 속의 인물들이 흘린 눈물과 알 수 없이 아파오는 마음에 관해 생각했다. 그리고 그것에 관해 마지막 문제를 내고 싶었지만 그 눈물의 의미를 정확히 표현하는 것에는 실패하고 말았다.

'눈물'의 의미와 위 글의 인물들에 대한 설명으로 옳은 것은?

① 그들의 청춘 전부가 바쳐진 다리를 자신의 창작물처럼 여기고 있다.

② 가장 본질적인 것까지 쥐어짜 노동했던 일에 관해 슬픔을 느끼고 있다.

③ 자신들의 청춘과 자신이 만든 다리를 동일시하는 우를 범하고 있다.

④ 박탈당한 청춘에 대한 애착이 말 못할 눈물을 흘리게 만들고 있다.

⑤ 드디어 노역에서 놓여났다는 기쁨보다 자신을 위해 쓰지 못한 청춘의 의미가 더 크기 때문에 눈물이 흐르고 있다……

선택지는 멈추지 않고 이어졌다. ⑥ 피 같고 살 같고 자식처럼 여겼던 대상이 고작 철교였다는 것을 깨달았으므로 그제야 흐르는 눈물이다. ⑦ 그들의 미래란 두고 온 날들보다 나을 것이 없으리라는 예감 때문에 흐르는 눈물이다. ⑧ 그들의 청춘이 누군가의 인생 속에서 부품이고 도구였다는 것에 대한 회한의 눈물이다. ⑨ 가장 중요한 것을 침해당했지만 그것이 무엇인지 기억할 수조차 없으므로 흐르는 눈물이다. ⑩ 정작 울어야 할 자들이 울지 않기 때문에, 대신하여 흘려주는 눈물이다……

그녀는 알 수 없이 굴러떨어진 눈물을 닦았다. 그리고 마지막 문제를 버려둔 채 자리를 떠났다.

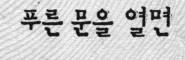

푸른 문을 열면

그것은 그림의 형식을 띤 문이었다. 프랑스제 실크 벽지가 발린 벽에 그 문 그림이 걸려 있었다. 이제 막 열리려는 듯한 푸른 문의 틈으로는 거품처럼 뽀얀 빛이 새어나왔다. 나는 색 바랜 그림 속 문틈의 빛이 잠든 환자의 얼굴에 비치는 햇살 같다고 생각했다.

그 그림이 아르쉬 종이에 그려진 불투명 수채화라는 것을 이 카페를 자주 찾는 어느 노신사 손님이 알려주었다. 아마추어 화가의 작품인 듯하지만 꽤 잘 그린 그림이라고도 말해주었다. 그림은 픽사티브로 보존되어 있으나 오래전에 그려진데다가 흡습 재질이어서 공기가 닿지 않는 것이 좋겠다고도 했다. 노신사가 알려준 대로 우리는 인근의 갤러리 골목으로 갔다. 적당한 유리액자를 맞춰다가 그림을 집어넣었다. 푸른 그림에 다가가면 물가에 선 것처럼 내 그림자가 아른아른하게 비쳤다.

금빛 아라베스크 문양이 직조된 크림색 벽지가 칼질로 찢겨 있었다. 나와 매니저와 레드 언니 모두가 매장을 비웠던 짧은 순간에 일어난 일이었다. CCTV의 사각지대여서 누가 그랬는지 알 수가 없었다. 근처의 앤티크 소품 가게에서 급히 골라온 그 그림은 여러 번 찢겨 갈라진 벽지의 흠터를 가리기에 딱 알맞았다. 그리하여 벽엔 그 문이 생겨났고, 푸른 문 그림 아래에서 손님들이 애프터눈 티를 즐겼다.

매니저는 우리 카페가 인기 끄는 것을 시기한 누군가가 그런 짓을 했을 거라고 말했다. 레드 언니는 범인이 누구인지 짐작이 간다고 했다. 다음에 또 나타나면 자기가 추궁해서 잡아내겠다고 말했다. 어떻게든 돈을 안 내볼 심산인지 레드 언니에게 시비 거는 손님이 있었다는 것이었다. 나는 어떤 추한 자가 이유 없이 벽에 칼질했을 거라고 생각했다. 온전한 것을 만나면 마음이 뒤틀리는 누군가가, 새로 바른 벽지에 추한 짓을 했으리라고 짐작했다.

레드 언니는 레드벨벳 케이크를 닮았다. 까무잡잡한 피부에 똥똥한 몸매, 언제나 입술을 빨간색으로 칠하고 반짝이는 작은 눈을 홉뜨는 레드 언니는 나보다 꼬박 열 살이 많은 서른네 살이었다. 내분비질환이 있어서 치료를 받는다고 했는데, 레드 언니가 왈칵 짜증을 잘 내는 것과 관련이 있어 보였다. 불균형하다는 호르몬 때문일 거라고 생각하려 했지만 그렇다고 그 성미를 참아줄 수 있는 것은 아니었다. 어느 날 레드 언니는 쪽지 때문에 짜증을 냈다. 애프터눈 티를 마신 여자들의 테이블을 치우러 갔더니 그것이 놓여 있더라고 했다. 레드 언니가 쪽지를 구겨버리면서 내게 말했다.

"내가 너 표정 안 좋다고 몇 번을 말했어, 한 번에 고치라고 했어, 안 했어?"

레드 언니가 던져버린 쪽지에는 '살찐 언니는 친절한데 젊은 언니가 표정이 안 좋네요. 직원 교육 똑바로 하세요'라고 적혀 있었다. 기분에 따라 그렇지 않은 날도 있기는 했지만 나를 보는 레드 언니의 얼굴에는 주로 '너 같은 사람이 세상에서 제일 싫다'라는 말이 쓰여 있었다.

"너 일 똑바로 하고, 남들한테 피해 주지 마라."

호르몬 치료를 받다보면 자꾸 살이 찌고 성격도 괴팍해진다고 들어서 알고는 있었다. 그렇다고 레드 언니를 견딜 수 있는 것은 아니어서, 나는 가게 밖으로 나가 한숨을 쉬거나 가끔은 울고 들어와야만 했다. 면접을 본 뒤 곧바로 카페에 출근해야 했던 날, 피치 못하게 삼십 분이나 지각하고 말았다. 늦을 것 같다고 미리 메시지를 보내두었지만 레드 언니는 나를 아래위로 노려보기만 했다. 미안하다는 말을 못 들은 사람처럼 불쾌한 티를 숨기지 않더니 무슨 이야기를 퍼뜨린 것인지 매니저가 나를 따로 불러냈다. 너, 늦게 갈 테니까 알아서 일해놓고 있으라고, 레드한테 문자 보냈다며? 왜 네 마음대로 그런 짓을 해? 다행히 오늘은 손님이 없지만, 원래 세시부턴 애프터눈 티 손님이 밀어닥치는 거 몰라?

카페는 과자의 집 같았다. 전철역 4번 출구, 길을 헤매던 헨젤과 그레텔의 눈앞에 나타난 케이크 카페. 외국인에게만 종이컵을 들이밀며 구걸하는 중년 여자와 때와 땀에 삭고 있는 남자 노숙자 앞을 지나 푸른 문을 열면 금빛 가장자리가 둘린 크림색 테이블 위에 장미무늬 티세트가 놓여 있었다. 얇게 켠 오이로 동그랗게 감싼 게살 케이크, 연어를 얹은 바게트 샌드위치, 요구르트 크림과 복숭아잼을 곁들인 영국식 비스킷, 딸기 쇼트케이크와 크레이프 케이크, 초콜릿을 채운 요 크셔푸딩이 얹힌 삼단 접시를 수십 장씩 찍어대는 손님들이 찾아와 애프터눈 티를 마셨다.

홍차 향기가 공중에 퍼지면 손님들은 다리를 꼬고 앉아 브이를 그 리는 포즈 같은 것을 한참 찍었다. 어떤 파워 블로거가 우리 카페의 케이크 중 샬럿로열을 칭찬하는 바람에 사람들은 그 케이크를 통째로 시키고, 여러 각도에서 사진 찍곤 했다. '장미꽃 봉오리로 만든 부케 같은 케이크'라고 그 파워 블로거가 적어서인지 손님들은 케이크가 예쁘고 신기하다며 탄성을 질렀다. 하지만 나는 돌무더기를 서빙하 는 기분이 들었다. 크림 위에 롤케이크 조각을 돔처럼 쌓아올려 만드 는 샬럿로열은 무덤처럼 둥근 모양이었는데 그 위에 장식된 민트 잎 을 볼 때마다 메스꺼웠다. 우리 할머니가 봄나물을 캐오던 일이 생각 나서 보고 싶지도 않은 케이크였지만 사장님이 파워 블로거에게 돈을 주고 케이크에 관해 쓰도록 청한 탓에 인기 메뉴였다. 맛집을 탐방하 는 TV 방송도 샬럿로열을 곁들인 애프터눈 티를 찍어 갔고, 푸른 문 그림 앞에서 조용히 홍차를 마시고 가는 노신사조차 샬럿로열을 좋아 하는 것 같았다.

과자의 집답게 거기에는 마녀가 있었다. 주로 레드 언니가 마녀 역 할을 했다. 저녁이면 때론 떡 파는 노인이 카페에 들어오기도 했다. 레드 언니는 그 노인의 어깨를 떠밀어 내보냈는데, 꼭 약을 뿌려 벌레 를 쫓는 것만 같은 표정이었다. '다음부터 저 할머니는 네가 막아!' 레 드 언니가 말했다. 레드 언니가 애먹는 것을 보면서도 내가 가만히 있 더라고, 매니저에게 내 욕을 했다는 것을 들었다.

손님들이 마녀 역할을 하는 날도 있었다. 애프터눈 티를 마시기 위해 무리지어 손님들이 들어오고, 그중 통통한 사람이 꽃무늬 옷을 입었고, 웨이브 진 긴 머리의 여자가 한 명 정도 있다면, 또 그중 누군가가 알파벳과 갈색 꽃들이 그려진 커다란 가죽가방을 메고 있다면 그날은 반드시 장미 접시가 없어졌다. 운이 좋을 땐 티스푼 정도였으나 티포트가 통째로 사라지는 날도 있었다. 레드 언니와 나는 꽃무늬 여자가 앉은 테이블을 주시하며 식기들을 지켰지만 눈 깜짝할 새에 뭔가가 사라지곤 했다.

한번은 레드 언니가 시키는 대로 전철 승강장까지 달려가 티포트 도둑을 붙들었다. 어깨에 멘 가방에서 도자기가 달그락거리는데도 그 손님은 눈을 부릅떴다. 경찰서에 가자는 것이었다. 경찰 앞에서 가방을 열어보고, 아무것도 나오지 않는다면 그 자리에서 명예훼손으로 고소할 터이니 그리 알라고 삿대질을 했다. 그 여자의 친구들이 나를 에워싸고 목소리를 높였다. 장사 이런 식으로 하고 무사할 줄 아냐면서 나를 밀치기까지 했는데, 사람들의 시선이 몰려들어 나는 몹시 당황했다. 그 틈을 타 여자들은 마침 도착한 전철을 타고 사라졌다.

과자의 집에 들어간 헨젤과 그레텔이 그후 어떻게 되었더라…… 푸른 문의 그림을 보며 나는 그 이야기에 관해 생각했다. 노신사는 '이 그림을 좋아해요?'라고 물었는데, 언제나처럼 인자하고 부드러운 미소를 띠고 있었다. 나는 바람이 심하던 날에 그 그림이 그려졌다는 것을 느낄 수 있었다. 푸른 문이 살짝 열려 있고 빛이 새어나오는 것은 그림 속에 바람이 불고 있기 때문이었다. 이야기 속의 헤매던 아이들은 바람 속을 지나던 중 과자로 만든 집을 찾아냈던가, 화가는 왜 푸른 문을 그렸을까……? 노신사는 그것이 대수롭지 않은 이유일 거라고 생각하는 듯했다. 아마추어들이 습작을 할 때 사진을 보고 그리는 일이 많은데 푸른 문 그림도 그러한 종류의 습작일 거라고 했다.

"자연광에서 정물화는, 누가 어떻게 그리든 시간의 흐름이 담길 수밖에 없어요. 그런데 이 그림에는 시간이 정지되어 있잖아요?"

그림을 살피는 나를 보고 노신사가 지그시 웃었다. 하지만 이 그림에도 화가 자신의 시간만은 담겨 있어요, 천천히 그린 그림이어서 그래요. 노신사가 말했다. 푸른 문에 드러난 붓자국이 여러 번 다독여진 것을 바라보며 나는 그 말이 멋지다고 생각했다.

카페에서 조금만 나가면 세계 음식의 거리가 펼쳐지고, 펍과 음식점들 사이엔 트랜스젠더 바도 여러 개 있었다. 주로 지하에 숨겨져 있는 터라 눈에 띄지 않았지만 해가 질 무렵이면 그 세상의 사람들도 활동하기 시작했다. 가끔은 생일 케이크를 사기 위해 그녀들이 카페에 왔다. 비단잉어 같은 몸매의 그녀들이 나타나면 손님들의 눈이 휘둥그레지는 것을 볼 수 있었다. 뜯어질 듯 꼭 맞는 드레스에서 수천 개의 비늘이 빛나고, 드레스 자락 틈으로 드러난 종아리에 선명한 하트 모양으로 근육이 불거져 있었다. 해가 다 타지 않은 이른 저녁에는 두터운 화장 속의 거친 피부와 주름들이 똑똑히 보였다. 그녀들 중 누군가가 커다란 콧소리로 말했다.

"이게 뭐야, 징그러워!"

그녀들에게 샬럿로열을 추천해보던 레드 언니의 얼굴이 무안한 표정이다가, 다음엔 화가 난 표정이다가, 곧 무표정으로 바뀌었다. 그러다 나와 눈이 마주치자 이내 활짝 웃는 표정으로 변했다. 저 케이크는 토할 것 같아, 소골같이 생겼어, 그녀들이 콧소리로 떠들었다. 당황한 듯 레드 언니가 말했다. 샬럿로열은 방송으로도 나왔고 손이 많이 가는 고급 케이크인데, 다른 것 찾으시면 혹시 레드벨벳 케이크는 어떠세요? 그녀들은 레드벨벳 케이크를 보더니 소리내어 웃었다. 이건 생등심 같네, 등심 먹고 싶다! 근데 아까 그 케이크 정말 소골 같지, 먹지 마, 광우병 걸릴라! 크레이프 케이크를 보면서는 속닥이며 고민하더니 그녀들이 일제히 나가버렸다. 푸른 문을 밀면서 야, 저딴 거 먹느니 그냥 부침개 부쳐 먹자, 라고 말하는 소리를 들을 수 있었다.

처음 받은 월급으로 우리 할머니에게 생등심을 사드렸다. 할머니는 그걸 제대로 먹지 못했다. 할머니가 정말로 죽을 만큼 아프던 때여서지만, 우리가 굽던 소고기의 생년월일이 벽에 적혀 있어서이기도 했다. 이 년 사 개월 전에 충남 어디서 출생한, 이러이러한 개체번호를 지닌 한우를 누가 키우다가, 언제 도축했다는 것이 적혀 있었다. 고기를 구우며 할머니와 나는 말을 그다지 하지 않았다. 출생이라는 말은…… 안 쓸 수 없었을까, 그 벽 아래에서 우리는 서로가 평범하지 않은 사람들이라는 사실을 새삼스럽게 되새겼다. 첫 월급으로 저녁을 사드린 일은, 죽는 날만 기다리던 할머니에게 몹쓸 짓을 한 것과 마찬가지였다.

첫 월급 이후로는 마지막 월급뿐이었다. 첫 직장을 두 달 조금 넘게 다니다가 그만두었다. 첫번째 회식은 회사 근처의 고깃집에서였는데 초원에서 풀을 뜯는 누렁소의 사진 아래에서 고기를 굽고 자르는 것이 내가 할 일이었다. 부장님이 본인의 소주잔을 내게 건넸을 때 나는 그걸로 뭘 해야 하는지를 몰랐다. 옆에 있던 대리님이 알려주길 소주

를 받은 뒤 훌쩍 마시고 돌려드리는 거라고 했다. 고깃기름으로 미끈
미끈하고 이빨 냄새 같은 것이 가라앉은 잔이 내 손에 쥐여졌다. 마치
신하에게 술을 내리기라도 하는 것처럼 '아무에게나 주는 게 아니다'
라고 말하며 부장님이 내 손가락 두 개 정도를 슬쩍 쓰다듬었다. 나는
눈을 감고 소주를 삼켰는데, 그 술이 너무 역해서 손을 뻗어 물컵을
찾아 쥐었다. 입술에 갖다 댈 즈음 그게 대리님이 마시던 물컵이라는
생각이 들었지만 이상하게도 내 손이 너무 빨랐다. 컵에는 이미 소주
가 들어 있었다. 점액질의 술 섞인 액체에는 고춧가루도 하나 떠 있던
것 같았고, 나는 그 자리에서 토해버리고 말았다.

그 일 이후 고춧가루에 관해 매일 생각했다. 한 점의 고춧가루가 위
장 바닥에 붙어 떨어지지 않는 듯한 느낌에 시달렸다. 회사를 그만둔
뒤에도 그 느낌은 간혹 되살아났다. 화를 내는 레드 언니의 뾰로통한
입술 색은 고춧가루를 떠올리게 했다. 매운 독을 뿜으며 내 위장을 후
비던 고춧가루가 곤두서는 느낌이, 레드 언니를 볼 때마다 되살아났다.

전철역 앞에는 항상 버티고 있는 두 사람이 있었다. 창가에 앉은 손
님들은 전철역 앞의 두 사람을 외면하며 케이크를 먹었다. 창밖의 모
든 사람들이 어디로든 움직이는 중이었지만, 구걸하는 중년 여자와
매일 그냥 걸터앉아만 있는 남자 노숙자는 역 앞의 붙박이였다. 그 둘
은 서로를 흘겨보며 은근한 자리다툼을 하기도 했으나 주로 여자 쪽
이 좀더 편한 자리를 차지했다.

어느 저녁엔가 횡단보도 앞 용달차에서 전기구이 통닭을 팔던 아저
씨가 길바닥에 닭을 떨어뜨렸다. 남자 노숙자는 그 닭을 얻어다가 정
신없이 먹었는데, 구걸하는 중년 여자는 닭뼈를 빨고 있는 노숙자에

게서 한 발 더 떨어진 채, 외국 남자에게만 종이컵을 내밀며 미소지었다. 여자에게는 욕을 하거나 걸어가는 발등 위에 괜히 담뱃재를 떨구기도 했다. 그러나 흑인 남자를 보면 헬로 핸섬, 이라고 말을 걸고 몇 걸음 따라갔다.

구걸하는 여자는 가끔 창 안의 사람들을 노려보았다. 창가의 손님들은 자기가 지불한 몇만원어치의 행복을 남김없이 누리려는 듯 케이크를 향해 짧은 박수를 치고, 사진을 찍느라 머리를 맞대었다. 구걸하는 여자는 그 모습을 보면서 가래침을 끌어올려 천천히 뱉어냈다. 창가의 손님들이 고개만 돌리면 그 여자를 볼 수 있었다. 길바닥에 들러붙은 연녹색의 것도 선명하게 볼 수 있었다. 그러나 모든 손님이 필사적으로, 신경쓰지 않았다.

*

천식 때문에 잠을 잘 수 없는 날이면 나는 할머니에게 말했다. 할머니, 누우면 너무 답답해, 가슴 위에 돌덩이가 있는 것 같아. 할머니는 펄쩍 뛰었다. 그런 말은 입에 담지 말라면서 화를 냈다. 나는 앉은 채 그르렁거리다가 잠시 졸았다. 그랬다가도 내 거친 숨소리 때문에 이내 깨어버렸다. 나는 헐떡거리면서 할머니가 해주는 이야기를 들었다. 할머니가 말했다. 옛날에는 베개를 세워놓으면 도깨비가 된다고들 했어, 할머니가 베개를 세웠다가 그만 도깨비가 나타났는데, 글쎄 부엌에 들어가서 솥뚜껑을 우그러뜨리지 않겠냐…… 솥뚜껑을 접어서 고깔처럼 만들어놓았어, 할머니는 도깨비가 솥뚜껑 고깔을 쓰고 너

울너울 춤추는 것을 문틈으로 보았다고 했다.

나는 앉은 채 다시 졸고, 할머니는 깍두기를 안주 삼아 소주를 먹더니 울기 시작하고, 얼굴이 벌게져서는 노래를 부르기도 했다. 어머니, 아버지 왜 날 낳으셨소…… 어머니, 아버지 왜 날 버리셨소…… 일으켜주소, 나를 일으켜주소, 하는 그 노래가 무섭고 청승맞아서 나는 할머니에게 옛날이야기를 다시 청했다.

살살이꽃, 뼈살이꽃, 숨살이꽃을 꺾어들고 연이는 작은 문 앞에 선다. 그것은 푸른 문이었을까? '연이가 왔으니 문 열어라, 연이가 왔으니 문 열어라.' 나는 그 주문이 나오는 대목을 가장 좋아했다. 푸른 문을 열면 돌무덤 속에 버들도련님이 누워 있다. 할머니가 말했다. 옛날에는 풀이 날까봐 어린아이 무덤을 돌로 만들었다, 애기가 덮고 자던 이불 그대로 애기를 싸서 묻었어, 그런데 이불은 왜 그러는가 하면…… 애기야, 아이고 불쌍한 우리 애기야, 우리 애기 불쌍해서 어떡하누…… 엄마가 금방 따라갈 테니까 자는 듯이 있다가 나중에 만나자고……

연이는 돌 속에 잠든 버들도련님을 일으킨다. 살살이꽃으로 버들도련님의 살을 살리고, 뼈살이꽃으로 뼈를 살리고, 숨살이꽃으로 숨이 돌아오게 만들었다. 그러면 어느새 버들도련님이 눈을 뜬다! 이야기를 듣다보면 호흡이 골라지고 숨쉬기 편해져서 나는 잠을 잘 수 있었다.

푸른 문을 열고 준수가 들어왔다. 카페에서 준수를 만나게 될 줄은 몰랐다. 웨이브 진 긴 머리에 꽃무늬 원피스를 입고 알파벳과 갈색 꽃이 연속되는 가죽가방을 멘 여자가 준수의 팔짱을 끼고 있었다. 나는 당황해서 아무 말도 하지 못했다. 반가운 기색으로 준수가 먼저 말을 걸었다. 준수는 나를 본 것이 처음이 아니라고 했다. 선배 여기서 일하는 거예요? 얼마 전에 전철에서 선배를 봤어요, 그때 인사 못했는데 여기서 다시 만났네요. 준수 곁의 여자는 왠지 샐쭉해서는 다른 곳만 바라보고 있었다.

"선배가 너무 바빠 보여서 그때 그냥 지나갔거든요. 그날 선배는 정장 입고 있었고 떡 같은 거 먹고 있었는데…… 기억 안 나요?"

아마도 면접을 보고 오던 그날인 것 같았다. 얼굴이 뜨거워진 나는 아, 라고밖에 하지 못했다. 저번에 학교에서 듣기로도 선배가 취업됐다고 했는데…… 그때 정장 입은 거 보고 저는 선배가 회사 다니는 줄 알았죠, 카페에서 볼 줄은 몰랐어요. 나는 새 직장을 찾고 있으며, 잠시 아르바이트를 하는 중이라고 준수에게 말했다. 준수가 나를 딱하게 여기는 듯한 표정이어서 마주보기가 난처했다. 준수의 애인은 나와 눈을 마주치지 않았다. 쳐다보기라도 하면 목례를 할 텐데, 그 여자는 준수의 팔을 잡은 채 진열장 안의 케이크만 보고 있었다.

"저희, 캐러멜 마키아로, 두 잔 마실게요."

준수가 반듯한 표정으로 말했다. 준수와 조별과제를 함께한 적이 있었다. 자연 체험과 문화 체험을 적절히 섞어 서울 근교 당일여행 상품을 기획하라는 과제였다. 원래 조원은 네 명이었으나 한 사람이 수강 포기를 했고, 한 사람은 골절을 당해서 입원해버렸다. 그래서 준수와 나만 매의 동상이 있는 기념탑 아래에서 만났다. 싸움을 나갈 때에 자기가 살던 둥지를 부수고 떠난다는 매였다.

매의 앞모습은 장수답지만 뒷모습이 좀 볼품없었다. 앞에서 보면 아주 사실적이어서, 사냥감이 된 것처럼 매와 눈이 마주치는 기분이

들었다. 그런데 뒷모습 또한 사실적인 게 문제였다. 새의 가느다란 두 발목 위에 짧고 통통한 다리가 잠시 생겨났다가 이내 맞닿았고, 그 맞닿는 부분부터는 갈라져 있었고, 갈라진 중앙에는 오목하게 항문이 새겨져 있었다. 우리는 정확히 그 매의 항문 아래에서 처음 만났다.

외국에서 살던 준수는 서울 근교에 관해 아는 것이 없었다. 여행 코스는 그래서 전부 내가 만들었다. 과수원에 가서 배꽃을 보고, 거기서 점심으로는 칼국수를 먹고, 인근의 전통 사찰에 잠시 들르고, 수목원에서 삼림욕을 하는 주말 여행을 상상하며 나는 내내 행복했다. 예전에 할머니와 함께 과수원에 갔던 일이 생각나고…… 아가, 꽃 봐라, 속상한 거는 생각도 하지 말고 너는 이쁜 거만 봐라, 라고 할머니가 말했던 일이 생각났다.

내가 배나무들 아래를 돌아다니는 동안 할머니는 어딘가에서 봄나물을 캐 왔다. 옛날이야기 속 연이가 나물을 캐러 헤매듯이 봄만 되면 할머니는 산과 들을 쏘다녔다. 그땐 할머니가 나물 캐는 것이 어찌나 싫었던지, 이런 거 캐다가 나 모르게 길에서 팔 생각인 걸 모르는 줄 아냐고 짜증을 부렸다. 정작 할머니는 봄나물을 먹지도 않았다. 내게 반찬으로 해준 적도 없었다. 아무 말도 않았지만 분명 할머니는 내가 지나갈 리 없는 어느 길바닥에 쪼그리고 앉아 그것을 팔아왔을 터였다.

나물 때문에 잠시 다투기는 했으나 우리는 애호박을 잔뜩 썰어넣은 칼국수를 사이좋게 나눠 먹고 행복해했다. 할머니와 내가 함께 웃는 모습을 본 사람들은 이상하다고 생각했을 수도, 어쩌면 누군가는 소름끼친다고 말했을 수도 있었다. 실제로 우리는 엄마의 사망보험금으로 먹고살기도 했다. 할머니는 자주 울었고, 할머니가 속상할까봐 나는 아예 울지 않았다. 오히려 자주 웃었는데, 진짜로 행복해서 그랬던 적이 많았다. 그것은 우리가 서로를 통해, 우리 엄마를 느꼈기 때문이었다.

그때의 준수는 말을 하기 전에 입술을 달싹이고, 눈을 천천히 깜박이기도 했고, 뭔가 말하려다가 미소만 짓기도 했다. 나는 준수가 말을 하기 전에 음, 하고 시간을 들이는 것을 좋아했다. 말하고 싶은 단어가 한국어로 떠오르지 않을 때 그랬던 것 같은데, 정 생각이 나지 않을 때에는 웃어버리는 표정이 선하고 반듯했다.

과제를 완성했던 날 준수가 왜 나를 시외버스 정류장까지 데려다줬는지는 알 수가 없었다. 정류장에 내리쬐는 저녁 해가 강렬해서 나는 얼굴을 찡그렸다. 준수는 해를 막아서고 손바닥을 펴더니 내 머리 위를 가려주었다. 그애는 뭔가 말하려다 음, 이라고 시간을 들였고 끝내 그냥 미소만 지었다. 나는 우리의 머리 위로 배꽃이 지는 것을 함께 보러 가고 싶다고 생각했다.

이내 버스가 도착했고 준수는 버스의 행선지 표시를 소리내어 읽었다. 내가 버스에 오르기 직전, 준수가 한참 만에 말했다. '연이 선배, 참 먼 데 사시네요.' 버스에 탄 나는 창을 붙들고 준수의 뒷모습을 보았다. 준수가 버스를 돌아보면 앞으로도 계속 좋아하고, 돌아보지 않으면 그만두는 거라고 생각했다. 그러고는 끝이었다. 준수는 돌아보지 않았다.

"저 이만, 갈게요."

커피를 마시고 일어난 준수가 말했다. 준수와 나 사이에 어색한 침묵이 흘렀다. 연락할 일도 다시 만날 일도 없는 사이에는 뭐라고 말하고 헤어져야 하나? 생각이 나지 않아서 나는 고개만 끄덕였다. 준수의 애인은 문을 열고 나가는 순간까지 나를 한 번도 쳐다보지 않았다. 그애들이 남긴 커피잔을 치우다가 나는 내가 가슴 아파하고 있다는 것을 깨달았다. 준수의 애인이 한 번도 상처받은 적 없는 사람의 표정을 하고 있었기 때문이었다.

"이 문은 닫히려는 문일까요, 열리려는 문일까요?"

아이리시 위스키 크림 홍차를 가져다주자, 푸른 문 그림을 보고 있던 노신사 손님이 물었다. 나는 모르겠다고 대답했다. 이 그림은 썩좋은 그림이에요, 봐도 안 질리고 볼 때마다 새로우니까. 노신사가 지그시 웃으며 말했다. 그림이나 사람이나 마찬가지예요, 아무리 봐도 또 보고 싶고 볼 때마다 새로운 게 좋은 거예요. 노신사는 홍차를 한모금 마셨다. 내 말 이해해요? 노신사의 눈이 이상한 빛으로 번쩍거렸다. 그림이나 사람이나 똑같은 거예요. 내 말 꼭 기억해둬요. 기억해달라는 것은 버거운 말이었다. 나는 내게 뭘 해달라는 사람들에게 지쳐 있었다.

늦은 밤, 떡 파는 노인이 카페에 들어왔다. 납작한 배낭을 멘 노인이 테이블마다 다가가 주눅든 표정으로 떡을 권했다. 손님들은 무표정하거나, 아니면 싸늘한 얼굴로 노인을 외면했다. 레드 언니가 내게 말했다. 저 할머니는 네가 막으라니까! 나는 레드 언니가 떠미는 대로 노인에게 다가갔다. 그리고 노인만 듣게끔 작은 소리로 말했다.

"여기 사람들은 단걸 이미 많이 먹어서, 아마 떡을 안 살 거예요."

나는 노인을 데리고 카페 밖으로 나갔다. 앞으로 제가 하나씩 살게요. 저한테 오시면 돼요. 저는 떡 좋아해요. 노인은 반가운 기색이었다. 그래? 아가씨, 무슨 떡 좋아해? 나는 바람떡을 좋아한다고 말했다.

"그럼 다음에 바람떡 가지고 올게. 내가 파는 거 좋은 떡이야, 우리 딸이 시장에 떡집 나가는데, 거기서 떼어오는 떡이야. 몸에 좋고 깨끗한 거야."

노인은 자랑 섞인 어조로 말했다. 딸이 있구나, 다행이라고 생각하면서 왠지 조금 슬퍼지기도 했다. 우리 할머니한테는 딸이 없었는데. 노인은 떡이 든 보따리를 들고 전철역으로 갔다. 귀갓길의 사람들에게 팔아야겠다고 생각하는 듯 서두르는 걸음이었다.

내 생일이면 할머니는 수수와 팥을 넣은 떡을 만들어주었다. 소를 쪄서 경단을 만들어두고, 찜통의 쌀가루가 익으면 뜨거운 걸 치대서 떡 반죽을 만들었다. 오미자물로는 빨간색, 호박즙으로 노란색, 시금치즙으로 녹색, 포도 껍질로는 보라색, 그냥 쌀 반죽만으로 하얀색까지 오색의 떡덩이를 만들어낸 뒤 할머니는 그 반죽들을 조금씩 섞어 다시 주물렀다. 밀대로 밀어 펼친 오색 반죽 위에 수수 팥 경단을 올려놓고 반을 접어 종지로 찍어내면, 색동저고리 같은 바람떡이 만들어졌다. 나는 할머니 곁에 앉아 떡이 만들어지는 족족 집어먹었다. 할머니, 바람 많이 넣어줘! 라고 하면 할머니는 수수 팥 소를 조그맣게 떼어넣고 떡 반죽은 부풀려서 바람 많은 떡을 만들어주었다.

할머니는 우리 엄마의 생일에도 바람떡을 만들었다. 내가 잠든 밤에 몰래 만들어둔 떡이 아침상에 올라오면 나는 아무 말도 하지 않고 우리 엄마의 생일떡을 먹었다. 색동 떡을 빚은 할머니의 마음을 알고 있었다. 할머니는 생일마다 떡을 만들었다. 내 생일, 우리 엄마 생일 말고도 두 사람의 생일이 더 있었다. 색동 바람떡을 먹으며 나는 할머니의 바람을 들어주었다. 나 말고는 아무도 산 사람이 아니라는 것을 절대로 알은체하지 않았다.

*

전철역 입구에 남자 노숙자가 쓰러져 있었다. 술에 취한 그는 전철역 층계로 통하는 계단참에 다리를 걸친 채 아무렇게나 누웠다. 행인들은 쓰러져 있는 노숙자에 놀라 한마디씩을 했고, 구걸하는 여자는 그들 중 외국인만 골라 헬로, 라고 말하며 종이컵을 내밀었다. 행인들은 노숙자의 발치 쪽으로 돌아서 전철역 계단을 내려갔다. 어떤 사람은 노숙자의 무릎께를 뛰어넘기도 했다. 어떤 사람은 악취 때문에 얼굴을 찡그렸고, 노숙자의 바짓가랑이에서 흘러나온 액체로 바닥이 젖은 것을 보며 혐오의 표정을 짓기도 했다.

누군가의 신고로 경찰관이 나타났다. 경찰은 짜증난다는 표정으로 노숙자를 툭툭 찼다. 어이, 아저씨, 또 이러고 있어? 좀 일어나봐요. 노숙자는 꿈쩍도 하지 않았다. 일어나, 여기가 당신 집 안방이야? 그 말에 구경하던 사람 몇이 쿡, 하고 웃었다. 이보쇼, 자는 척하지 말고, 대한민국이 우스워? 당장 일어나지 못해? 경찰은 노숙자를 한번 더 걷어찼다. 좀 힘이 들어간 동작이었다. 노숙자는 눈을 질끈 감았다. 경찰은 노숙자를 또 걷어찼다. 욱, 하는 소리를 냈지만 노숙자는 눈을 뜨지 않았다. 이것 봐라, 안 일어나? 경찰은 노숙자의 옆구리를 더 세게 걷어찼다. 노숙자의 눈에서 찐득한 즙액 같은 물이 흘러나왔다. 구경하던 사람 몇이 어머, 라고 말했고 노숙자가 흐느끼기 시작했다. 경찰은 또다시 노숙자를 걷어찼다. 그때였다. 동전이 든 종이컵이 날아와 경찰의 얼굴을 때렸다.

동전이 사방으로 흩어지고 사람들이 비명을 질렀다. 경찰이 어리둥절해하는데 구걸하는 여자가 뛰어들어 경찰복을 쥐어뜯더니, 자기 얼굴을 향해 날아오는 경찰의 손을 꽉 깨물어버렸다. 삽시간에 피가 뚝뚝 떨어졌다. 경찰이 악을 쓰고, 곧이어 또다른 경찰관들이 나타나고, 구걸하던 여자와 노숙자를 차에 태우기까지 한동안의 소동이 지나가야 했다. 피맛을 본 구걸하던 여자는 흰 눈자위를 번득이며 가만 안 둘 줄 알아, 라고 목이 쉬어 외쳤다. 흩어진 동전은 지나가던 사람들 중 아무것도 모르는 사람이 주워 갔다. 그러나 소란의 흔적은 길바닥에 남아 있었다. 그것은 카페의 안쪽에서도 선명히 알아볼 수 있는 것이었다. 전철역 앞에는 핏방울이 흩어져 있었다.

푸른 문을 열면, 피가 고여 있다. 소녀는 열쇠를 떨어뜨린다. 푸른 수염의 비밀을 모르는 체했지만 소녀의 눈동자만은 소리없이 경악하고 있었다. 수염이 푸른 남자가 지그시 웃었다. 웃으며 소녀를 내리치려 한다. 비밀을 발설하지 않겠다며 소녀가 애원하자 푸른수염이 말했다. 네 죄를 모르는군. 비밀 같은 건 별것도 아니야. 푸른수염이 웃음을 거두고 분노한다. 소녀를 해치기로 작정한 그의 수염은 더욱 푸르러졌다. 푸른수염이 외쳤다. 그런데 너는 왜 그 문을 열었지? 너는 왜 끝까지 두려워하지 않았지? 감히, 어디 너 같은 것이 감히!

액자에 낀 먼지를 닦으며 나는 내가 푸른 문을 두려워한다는 것을 느꼈다. 유리에 비친 내 모습은 살얼음처럼 엷어 보였다. 문을 열어버린 그 소녀는, 나처럼 파리한 얼굴을 하고 있었을까? 나는 얼굴빛을 점차 잃고 있었다. 나는 내가 푸른 문을 두드리지도 못한다는 것을 생각했다. 이력서를 보낸 어느 회사에서도 나를 찾지 않았다.

　손님이 드문 시각, 노신사가 카페에 왔다. 언제나처럼 푸른 문 앞에 앉은 노신사는 이상하게도 나를 거들떠보지도 않았다. 그리고 레드 언니를 향해서만 손짓했다. 위스키 크림 홍차를 주문하는 노신사의 얼굴은 웬일인지 기분이 좋지 않아 보였다. 홍차를 마시고는 레드 언니를 불러들여 뭔가 불만을 이야기하는 기색이었다. 레드 언니가 홍차를 다시 가져다주었고, 노신사는 홍차를 연거푸 세 잔이나 마셨다. 그러자 기분이 나아진 듯, 지그시 웃었다. 그가 손을 들어 나를 부르더니 말했다. 딸기 박힌 샬럿로열, 오늘 만든 걸로 포장해줄 수 있어요? 큰 걸로? 롤케이크 조각을 쌓아 딸기로 장식한 샬럿로열은 독한 버섯이 돋아난 무덤처럼 보였다.

　할머니는 마흔 살에 우리 엄마를 낳았다고 했다. 어느 봄날, 나물을 잔뜩 캐 온 할머니가 말했다. 그래도 시집가도록 다 키워보고, 손녀딸까지 보게 한 건 네 엄마 하나였다…… 우리 엄마가 태어나기 훨씬 전, 어쩌면 할머니가 지금의 내 나이쯤이었을 때에 할머니는 내 이모와 삼촌을 잃었다. 할머니가 말했다. 지 자식을 둘이나 자기 손으로 묻었으니, 네 할애비 속은 나보다 더했겠지……

　할아버지는 먼동이 트기 전 지게를 지고 어둠 속을 나갔다. 그 등 뒤에 대고 할머니는, 길가에 묻으라고, 사람들 다니는 데를 골라 묻으라고 말했다. 산에 있으면 캄캄할 텐데, 우리 애들은 겁이 많은데, 아, 이 양반이 어디다 묻고 왔는지 말을 절대로 안 하는 거라…… 그래서 내가, 나물 캔다는 구실로 찾아다녔다……

그 시절의 할머니는 새로 만든 돌무덤을 찾아 산과 들을 쏘다녔다. 돌무덤에 산나물이 돋아 있으면 잡아뜯어 던져버리고, 꽃이 피어 있으면 그냥 두었다. 있잖아, 봄에 나는 나물 중에 돌나물이라고 있거든, 그게 돌 위에서도 자란다. 그래서 나는 그 나물은 절대로 쳐다도 안 본다……

할머니는 여자가 성장하기 위해 알아야 할 중요한 것들을 나에게 직접 가르쳐주었다. 은밀하게 배워야 하는 그것들을 손녀딸에게 가르치며, 할머니는 우리 엄마를 생각했을까. 아니면 언젠가는 손녀딸만 혼자 남을 거라는 걸 생각했을까. 그때 할머니는 행복해했고 근심스러워도 했고 눈물을 글썽이기도 했다. 커가는 나를 보며 봄마다 일삼아 나물 캐러 다녔던 것은 모든 것을 기억하기 위해서였는지도 모른다. 나는 할머니가 혼자 나물을 캘 때 가끔은 밀려오는 기억에 황홀해서 울고, 산 사람으로 여기고 풀이며 돌을 만져보고, 아무도 듣지 않는 곳에서 마음껏 말 걸고 소리내어 그리워했을 거라고 생각했다.

샬럿로열 위에 장식된 허브잎은 무덤에 자란 이상한 풀처럼도 보였다. 나는 케이크를 상자에 넣어 포장했다. 노신사는 그 케이크가 나에게 주는 선물이라고 말했다. 받아요, 집에 가져가서 먹어요. 노신사가 웃음을 띠고 말했다. 홍차에 위스키가 너무 많이 들었던 것인지, 노신사에게서는 술냄새가 났다. 나는 얼굴이 굳어버렸다. 받을 수 없다고 말했더니 노신사는 자신의 성의라며 꼭 받으라고, 윽박지르듯 말했다. 고맙지만 사양하겠다고 했는데 노신사가 갑자기 내 손목을 잡았다. 그의 손은 털을 뽑은 닭의 살갗처럼 축축했다. 얼얼한 손목을 빼내었더니 그가 웃고 있었다. 그는 나를 아래위로 보고는 입을 일그러뜨리고 물었다.

"이런 데서 일하면 얼마나 받니?"

눈동자에는 요것 봐라, 라고 쓰여 있었다. 그는 양복 안주머니에서 명함케이스를 꺼냈다. 내게 건넨 명함은 온통 한자로만 적혀 있었다.

"필요한 거 있으면 언제든 연락해라."

나는 이름 옆에 화가, 라고 적혀 있는 것을 보았다. 뒷면은 프랑스어로 쓰여 있었다. 명함을 읽을 수도 없었고 읽을 이유도 없었지만 뒷면까지 뒤집어 본 뒤 나는 그 명함을 그에게 돌려주었다. 그가 받지 않았기 때문에 테이블 위에 명함을 내려놓았다. 어찌된 건지 그 동작에 힘이 들어간 터라 바람을 일으키며 명함이 떨어졌다. 그는 미소를 거두지 않았다. 나를 노려보며 여전히 웃고 있었다. '그림이나 사람이나 같은 거라면서요. 당신이 그리는 그림은 추하겠네요.' 속으로 생각한 것이지만 내 표정에는 드러났을지도 모른다. 나를 바라보는 그의 얼굴에서 일순간에 비웃음이 사라졌다. 그가 나를 향해 욕을 내뱉는 것을 들었다. 그는 상자를 열어 케이크를 꺼내더니, 그 케이크를 푸른 문 그림을 향해 던져버렸다.

롤케이크 조각이 사방으로 흩어지고, 으스러진 딸기가 핏물처럼 튀었다. 푸른 문 그림은 시계추처럼 흔들리다가 떨어져버리고 말았다. 유리가 깨지는 소리 때문에 레드 언니가 달려왔다. 레드 언니는 어찌된 일인지, '죄송합니다, 손님'이라고 말했다. '손님, 안 다치셨어요?'

나는 얼빠진 것처럼 거기에 가만히 서 있었다. 다시 점잖아진 노신사는 그림값을 변상하겠다고 했고 레드 언니는 '저희 불찰이니 그러지 않으셔도 됩니다'라고 했다. 노신사는 석 잔의 홍차와 샬럿로열 값을 지불하고는 가게 밖으로 나갔다. 한참 동안 나는 혼이 나간 것만 같았다.

홍차에 위스키를 더 넣어달라고 할 때부터 이럴 줄 알았다고, 레드 언니가 말했다. 단골한테 위스키 아끼는 게 말이 되냐면서 더 넣으라고 하는데, 아, 딱 말투가 오늘 진상 부리겠더라고. 레드 언니가 말했다. 아까부터 다 보고 있었어. 너한테 수작 걸더라? 레드 언니는 심심하던 차에 재밌는 일이 생겼다는 듯, 신이 난 기색으로 떠들어댔다. 갤러리 골목에서는 진상으로 유명한 놈이야. 거기서는 얼굴 들고 앉을 가게가 없으니 여기까지 기어와서 점잖은 척하는데, 예술가라는 놈이 꼴같잖구나, 언제 진상 부리려고 저러나, 생각하고 있었지…… 나는 레드 언니에게 물었다. 언니, 대체 왜…… 그분 이런 사람인 줄 저는 생각도 못했는데…… 왜 저한테 말 안 해주셨어요? 레드 언니가 말했다. 의기양양한 표정이었다.

"네가 어디 내 말 듣는 애니? 직접 겪어서 아는 게 제일 좋을 거라고 생각했어."

고소하다는 듯한 눈빛으로 레드 언니가 내 얼굴을 찬찬히 훑었다. 너, 세상이 우스운 애잖아, 그치? 다 네 맘대로 될 줄 아는 애잖아? 레드 언니의 얼굴에 패씸하다는 듯한 표정이 얼핏 스쳐갔다. 너, 어디 취직하려고 면접 보고 다니는 걸 내가 모를 줄 알았니? 취직하면 하루아침에 여길 그만둘 애인 걸 내가 모를 줄 알았어? 언니가 뭐라고 했어, 일 똑바로 하라고 했지? 그때 알아들었어야지…… 무슨 생각인지 레드 언니는 픽, 하고 웃더니 한마디 덧붙였다.

"그리고 널 위해서 말 안 한 것이기도 했어, 내가 널 모르니까. 워낙 알 수 없는 애니까 또 모르지…… 네가 저런 진상을 좋아할지도."

나는 쪼그리고 앉아 롤케이크 조각을 손으로 주웠다. 깨진 마음을 주워 모으는 듯 가슴이 아팠지만 나는 울지 않았다. 다만 우리 할머니가 보고 싶었다. 푸른 문 그림은 완전히 못쓰게 되어버렸다. 나는 내가 그 문을 두드려보지도 못했다는 것을 생각했다. 할머니가 이야기해줬던 손 없는 색시는, 두드릴 수 없는 푸른 문 앞에서 무슨 생각을 했을까? 옛날이야기 속, 손 없는 색시는 아이를 업고 온 세상을 떠돈다. 손 없는 색시에게 세상은 모조리 닫힌 문일 뿐, 색시는 자신에게 등돌린 문 앞을 떠돌면서도 아이를 먹여 홀로 키운다.

할머니가 말했다. 어느 날 목이 말랐던 색시는 엎드려 샘물에 입을 댔는데, 그때 등에 업은 애기가 훌렁 넘어가버렸다. 색시가, 손도 없으면서 애지중지 키운 그 애기가 물에 빠져버렸어…… 다급해진 색시는 물속의 아이를 향해 있지도 않은 손을 뻗었다. 그러자 온 세상이 환해지더니, 하늘이 도와 색시에게 손이 생겨났다! 색시는 아이를 무사히 건져냈다. 살아난 아이를 쓰다듬으며 색시는 전부 꿈인 것처럼 울고 웃었다.

못쓰게 된 그림을 쓰다듬으며 나는 할머니를 생각했다. 할머니…… 할머니, 미안해. 할머니가 나물 캐는 거 싫어한 일 미안해, 내가 할머니 딸, 우리 엄마, 미워한 거 정말 미안해…… 나를 버리고 일찍 떠났다고, 엄마를 미워한 것은 엄마가 보고 싶을까봐 그랬던 것일 뿐 진짜로 미워한 적은 한 번도 없었다. 내가 엄마를 생각하면 우리 할머니가 울고, 할머니가 울면 나는 엄마를 생각할 터이니 그랬던 것이었다.

내 기억 속의 엄마가 날 사랑했던 일은 등불 하나 지닌 것처럼 힘이 되었다. 유릿조각을 주우며 나는 그 힘에 관해 생각했다. 다리 아프다고 꾀병을 부렸더니 엄마가 말없이 업어줬던 일, 학교 갔다 왔을 때 엄마가 집에 있으면 좋겠다고 했더니 돈 벌러 나가던 것을 그만두고 집에서 맞아줬던 일이 떠올랐다. 그리고 내가 두고 간 준비물을 챙겨든 우리 엄마가 운동장 저편에서 걸어오는 것을 창문으로 보았을 때의 일. 마지막으로 병원에서, 엄마가 정말 죽을까봐, 울면서 내가 엄마, 자? 하고 물었을 때 우리 엄마가, 온 힘을 다해, 응? 아아니, 라고 대답했던 일을 생각했다. 내게, 울지 마라, 라고 말해주는 힘……

나는 내가 어느새 푸른 문을 지나왔다는 것을 깨달았다. 준비하지 않은 작별처럼 푸른 문 그림은 유리에 찢기고 붉게 물들어버렸다. 쓸쓸한 마음으로 나는 그림을 어루만졌다. 그 문을 볼 때마다 속으로 말했던 일을 생각했다. 연이가 왔으니 문 열어라, 연이가 왔으니 문 열어라. 문틈으로 새어나오는 빛이 두려웠지만 언젠가는 그 문을 내 손으로 열겠다고 생각했었다. 그러기 위해서는 내 품안의 푸른 문 그림을 향해 마지막으로 말해야 했다. 울지 마라.

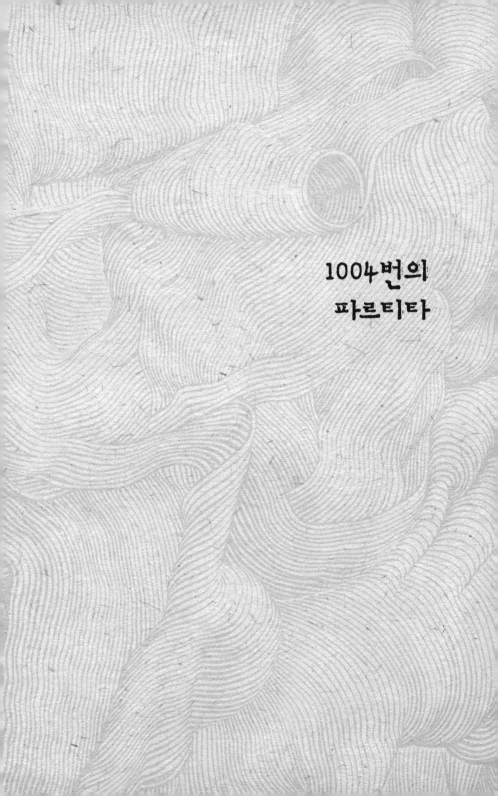

1004번의
파르티타

그가 태어난 날은, 다리가 끊어진 날이었다. 그날 아침 그의 아버지는 '박원장이 죽었어, 나중에 연락할게'라고 말했다. 그의 어머니는 그 다리의 남쪽 끝에 있는 산부인과에서 홀로 아들을 낳았다. 산고와 외로움에 지친 그의 어머니가 세 끼니의 미역국을 먹었는데도 아무도 산부인과에 찾아오지 않았다. 자정을 넘겨서야 그의 아버지가 나타났다. 옷자락에는 술냄새, 원한과 울부짖음의 냄새, 개냄새가 배어 있었다.

"영안실에 있다가 이제 나왔어. 낮에는 박원장 사고 때문에 나 혼자 환자들을 봐야 했고, 어쩔 수 없었어. 수술 예약은 지켜야 하잖아."

아버지의 환자들이란 주로 개였는데 드물게는 토끼나 뱀도 환자가 되곤 했다. 그의 어머니는, 첫 출산이 얼마나 외롭고 두려웠는지를 미처 말하지 못했다. 남편이 풍기는 냄새가 역겨워 헛구역질을 했고 가까이 오지 말라며 손사래를 쳤다. 그리고 어떻게 자신을 혼자 둘 수가 있느냐며 울부짖었다. 아이 아버지는 차가운 눈으로 이렇게 말했다.

"내 동업자 박원장이 죽었다고. 사람이 죽은 날인데도 늦게 왔다고 난리치니?"

그의 어머니는 '사람이 죽은 날'이 아니라 '내가 당신 아들을 낳은 날'이라고 말했다. 혼란스런 사건을 감당하기는커녕 그 의미조차 알아내지 못하고 있던 그의 아버지는 소리를 질렀다.

"너, 애 낳았다고 유세 떨어야 되는데 그걸 못해서 지금 원통하다 이거지? 야, 네가 그렇게 무시하는 우리 엄마는 갯벌에서 일하다 말고 부엌에 들어와서 혼자 자식들 낳았어. 대한민국에서 제일 호화판이라는 산부인과에서 너한테 뭘 못해줬는데? 뭐가 모자라서 이 난리인데?"

언성을 들은 간호사가 병실을 기웃대자 그의 아버지가 간호사를 향해 물었다. 와이프가 자꾸 구역질을 하네요. 애를 낳고 나서도 입덧을 계속하기도 하는 건가요? 그의 어머니는 코를 막은 채 눈물을 흘리고 있었다. 그의 어머니가 구역질을 계속해댄 것은 개냄새 때문만이 아닐 수도 있었다. 분명 그날 그의 아버지는 혼돈과 원한과 고통의 냄새를 묻혀왔다. 그리고 그 냄새 속에서 자기 아들을 처음 만났다.

아무도 그날 태어난 아이를 축하할 정신 같은 것은 지니고 있지 못했다. 신생아를 보러 온 친지들도, 신생아를 돌보는 간호사들도 모두 그 다리 이야기만을 하고 있었다. 그래서인지 그는 울면서 태어난 것만을 기억하는 듯, 한 번도 웃지 않았다.

그가 걷고 뛰기까지 할 무렵에는 그 다리의 보수공사도 완료된 터라 그 일을 다들 잊었다. 사람들은 보수된 그 다리를 건널 때에만 그 일을 떠올리곤 했는데, 어떤 사람들은 그날이 있어서는 안 되는 날이 었다고 말했다. 다리의 단면이 과자 조각처럼 엉성한 모양이었다든가 거기에 샤프심처럼 가느다란 철근이 몇 가닥 튀어나와 있었다든가 하는 것을 말로 표현하는 사람은 아무도 없었다. 그날의 일에 관해서는 다들 생각도 하기 싫어했고 되도록 말을 하지 않으려 들었다. 다 자란 뒤에도 그가 잘 웃지 않았던 것은 그래서인지도 몰랐다.

그의 어머니가 그에게 처음 사준 바이올린은 십만원이면 살 수 있는 연습용 바이올린이었다. 그는 그 바이올린을 가지고 십만원어치 이상의 소리를 냈다. 아들에게 혹시 음악적 재능이 있을지도 모른다는 생각에 그의 어머니는 전에 없이 행복해했다. 누군가는 아직 늦지 않았으니 예고 입시를 준비해보라고 권했다. 그게 나라를 위하는 길이 될지도 모른다며 아첨하는 사람도 있었다.

그러나 천만원짜리 바이올린을 갖게 되었을 때, 놀라운 말을 듣게 되었다. 한 음대 강사는 그에게 연주를 시켜보고는 이렇게 말했다. '어설픈 재능은 장점이 아니에요. 단점일 수도 있어요.' 그 음대 강사에게 입시용 레슨을 청하러 간 자리였다. 그는 천만원짜리 바이올린을 연주하여 십만원어치쯤 되는 소리만 냈다. 음대 강사는 한숨을 쉬었다. '물론 일반 아이들보다는 재능이 있는 거겠지요. 하지만 전공을 하기에는 평범함에도 못 미치는 수준입니다.' 그의 어머니는 무슨 말을 그렇게 하느냐며 화를 냈는데 음대 강사는 끄떡도 하지 않았다. 뛰어난 아이 중에서도 자신에게 레슨을 받고픈 아이가 너무 많다는 듯 귀찮은 표정이었다.

그를 데리고 집에 돌아온 그의 어머니는 얼굴이 툭눈붕어처럼 될 때까지 울었고, 바이올린을 그만두자고 했다. 사실 그가 비브라토를 연습할 때마다 편두통 때문에 죽을 것 같았는데 참아왔다는 것이었다. 참았던 모든 게 헛수고였다며 어머니가 우는 것을 보고 그는 죄책감을 느꼈다. 그의 외모는 어머니만을 닮은 터라, 그가 공부에 소질이 없는 것은 남들도 흔히 잘 납득하곤 했다. 수의사인 아버지는 이성적이고 논리적인 반면 그의 어머니는 생각이라곤 없고 감정적인데다가 모든 면에서 무능하다는 것이, 그의 아버지가 강조해오던 것이었다. 그리고 그의 아버지는 그의 어머니가 거짓말을 잘한다고도 말했다. 어머니는 결혼 당시에 자기 집안의 재산 규모를 부풀려 말하기까지 했다는 것이었다.

"알고 보니까 돈도 그닥 없는 집안이었지. 원 그러면서도 재벌집이기라도 한 것처럼 온 식구가 유세를 떨었지. 의사도 아니고 개 의사를 사위로 본 게 기막히다고 하던 당신 엄마를 생각하면 치가 떨려."

먼바다의 섬에서 자란 그의 아버지는 아주 가끔, 당황했을 때에만 그 가난한 섬의 사투리를 썼다. 그리고 사투리를 누군가가 지적하면 얼굴을 붉혔다. 그는 어릴 적에 꼭 한 번, 아버지의 고향 마을에 가본 적이 있었다. 그때 그의 어머니는 섬에 사는 시댁 식구들이 아들을 만져보고 싶어하는 것조차 싫어했다.

"동물병원 차릴 때 당신 엄마한테 빌린 돈을 오 년 만에 이자까지 갚았다. 내가 그렇게 잘되고 난 뒤에는 당신 식구들도 내 덕 보고 싶어했지. 사위한테 갚으라고 빌려줬던 돈이겠느냐고 당신 엄마가 그제야 말하더라, 아직도 소름이 끼쳐."

그의 아버지는 덧붙였다.

"아이엠에프 직후 동물병원은 다들 문 닫고 길거리에 유기견 천지였어. 그때 입양센터 만들고 진심으로 동물봉사하면서, 구멍가게 같은 동네 병원을 이차 병원으로까지 키운 사람은 대한민국에 나 하나였어. 내가 어떤 노력을 했는지 알아? 당신 식구들이 그거 백분지 일이라도 이해할 수 있을 것 같아? 내 흉내라도 낼 수 있을 것 같아?"

그의 아버지는 이혼을 바랐지만 혼자 바란다고 되는 것이 아니어서 이루어지지 않았다. 대신 처가 쪽 사람들을 보지 않게 해달라는 소원만은 이루어졌다. 그래서인지 그의 어머니는 항시 외롭게 지냈다. 가끔 얼굴에 지방이식수술 같은 것을 해서 퉁퉁 붓는 것 말고는 어머니에게 아무 일도 일어나지 않았다. 어느 날 아침 식탁에서 그의 아버지가 말했다. '얼굴 부어 있는 건 대체 왜 그러는 건가? 무슨 부작용 아닌가?' 그의 어머니는 싱크대 앞에 붙여둔 거울을 한번 확인하더니 우울해하며 말했다. '지방이 아직 착상이 안 돼서 그런가봐.' 그의 아버지는 소리내어 비웃었다. '착상은 자궁에나 하는 거고.' 그의 어머니는 잠자코 있다가 말했다. '그래, 착상은 아니지, 옛날 말버릇이 튀어나왔네.'

음대 강사를 만난 일은 그의 어머니에게, 아무 일도 일어나지 않고 아무것도 아닌 삶을 떨칠 수 있는 기회 같은 건 처음부터 없었다는 것을 알려준 사건이었다. '애, 그거, 쥐소리처럼 끽끽대는 거, 그거 안 들으니 살 것 같구나.' 그리하여 그는 어머니의 바람대로 바이올린을 연주하지 않았다. 벽장 안에 넣어둔 채 가끔 만져보기만 하며 아무 소리도 안 나게끔 그냥 두었다.

*

　여행지에서조차 그의 부모는 서로 눈을 마주치지 않았다. 그의 가족들이 해외여행을 자주 다닌 것은 가정이 화목해서가 아니라 친지들과 사이가 좋지 않아서였다. 그는 해외여행이 조금도 즐겁지 않고 귀찮을 뿐이라고 한 적이 있는데, 그의 어머니가 말했다. '나도 그래.' 남들의 시선이 부담스러운 명절이면 갈 곳 없는 그의 가족들은 해외의 호텔로 갔다.

　오키나와의 한 호텔에서 그는 어둠 속을 부스럭거리는 어머니의 기척을 느꼈다. 침대에서 일어나 앉은 어머니는 작은 한숨을 쉬었고, 그의 얼굴 위로 손바닥을 흔들어 그가 잠들었는지를 확인했다. 그 순간 잠에 빠져들고 있던 그는, 어머니가 마치 체리 꼭지를 딸 때와 같은 작은 파열음을 내는 것을 들었다. 그리고 몇 초 정도 잠에 빠졌을까, 갑자기 불이 환하게 켜지고 아버지가 소리를 지르고, 그의 얼굴 위에 핏방울이 뿌려졌다. 그는 그것이 따뜻하다고 느끼고 있다가, 핏방울의 냄새 때문에 퍼뜩 깨어났다. 어머니는 칼로 손목을 그었다. 칼을 뺏은 아버지가 어머니의 뺨을 후려치고 있었다. 정신 차리라며 아버지는 욕을 하고, 응급처치를 하고, 능숙한 일본어로 구급차를 불렀다. 어머니가 병원에 실려간 뒤 그는 이불 위에 흩어진 핏자국을 보며 두려워 떨었다.

　그 사건은 생각보다 빨리 수습되었다. 어머니는 마치 그런 짓을 한 적이 없는 사람 같은 표정으로 아들을 대했고, 그의 아버지도 대수롭지 않다는 듯이 말했다. 모든 것이 계산되었을 거라고 했다. 그의 아버지가 일본어에 능숙하다는 것이나 그 호텔에서 응급실까지의 거리를 고려하고 죽지 않을 만큼의 상처를 내는 법 모두를 계획해서 그의 어머니가 일부러 벌인 일일 거라고 말했다. '사실 이런 일은 한두 번이 아니었어…… 네 엄마는 누구라도 견디기 힘든 여자다. 관심 끌려고 자살소동을 벌이는 여자야. 남자로서 아빠를 이해해라.'

그는 동물을 키우고 싶어했다. 하지만 그의 어머니는 그것을 허락하지 않았다. 아버지가 풍기는 개냄새만으로도 죽을 것 같다고 했다. 아버지가 조소를 띤 채 말했다. '개냄새를 고소하게 맡아야지만 개 의사의 마누라 자격이 있지.' 아버지는 그에게 햄스터 한 쌍을 주었다. 병원 앞에 케이지를 놓고 달아난 초등학생들의 햄스터였다. '방에서 몰래 키우면 네 엄마도 별말 안 할 거다.' 그는 침대 밑에 케이지를 숨기고 햄스터를 돌보았다. 그의 어머니는 그것을 아주 싫어했지만 꽤나 오래 참아주었다. 그러나 어머니가 폭발해버린 것은 햄스터가 처음으로 새끼를 낳았을 때였다. 털도 없이 꼬물거리는 새빨간 새끼들을 보고는 비명을 지르고, 창밖으로 내던져버리겠다며 수선을 피웠다. 그때 그의 아버지가 말했다. '키워봤으니 이제 그만, 햄스터를 없애는 건 어떻겠니.' 부모의 의견이 한 번에 맞는 것은 오랜만에 본 일이었다. 아버지는 햄스터가 무섭게 불어날 거라고 말했다. '내가 쥐먹일 돈까지 벌어오는 건 아니기 때문에.' 그의 아버지가 덧붙였다. 어머니는 쥐소리의 환청이 들린다며, 햄스터 냄새가 나는 것 같아서 편두통이 사라지지 않는다고 말했다.

그가 햄스터 케이지를 학교에 가지고 다닌 건 아버지 때문이었다. 어느 날 학교에서 돌아왔을 때 그는 햄스터 한 쌍만 남아 있을 뿐 갓 태어난 새끼들은 모두 사라졌다는 것을 알게 되었다. 아버지가 새끼들을 가지고 갔다는 것 말고는 아무것도 알아낼 수 없었다. 아버지의 동물병원으로 달려간 그는 애완용 뱀인 볼파이톤이 마침 병원에 입원 중이라는 것을 알 수 있었다. 그는 아버지가 혹시 자신의 햄스터를 가져다가 뱀에게 먹였는지를 간호사에게 물었다. 간호사는 말을 얼버무렸다. 그는 한번 더 물었다. 이 뱀은 뭘 먹고 지내느냐고. 그러자 간호사는 쥐, 라고 짧게 대답했다. 그 일에 관해 아버지가 말했다. '그게 자연의 섭리야. 뱀의 먹이가 되는 게 쥐의 운명이다.'

그리하여 그는 남은 햄스터들을 지키기 위해 애를 썼다. 학교에 햄스터를 데려가 교실 뒤의 사물함에 넣어두고 쉬는 시간이면 햄스터를 돌보았다. 햄스터는 스트레스 때문에 이상행동을 보였다. 조용할 때면 교실 앞쪽에 앉은 그의 귀에까지 햄스터의 비명이 희미하게 들렸다. 햄스터를 학교에 데리고 다닌 지 이틀째 되던 날, 교실 맨 뒤에 앉은 규성이 그에게 경고했다. 찍찍대는 소리 때문에 짜증나니까 가지고 오지 말라고 했다. 한 번만 더 가지고 오면 자기가 쥐를 죽일 테니까 알아서 하라는 것이었다. 정말로 죽일 것 같아 보여서 그는 겁이 났다. 하지만 그는 결국 셋째 날에도 햄스터를 학교에 데리고 갔다. 사물함에 넣고 자물쇠를 채워두면 규성이라고 할지라도 어쩔 수 없을 거라고 생각해서였다.

그러나 그날, 미술 수업을 준비하기 위해 조각칼 상자를 열어본 그는 조각칼에 피가 묻어 있는 것을 발견했다. 피를 보자 가슴이 뛰고 머릿속이 하얘졌다. 책상 서랍 안에 손을 넣었을 때 그는 죽은 햄스터 두 마리를 만질 수 있었다. 피에 젖은 햄스터를 꺼내어 든 그의 주변으로 아이들이 몰려들었다. 잔혹한 것이 불러일으키는 이상한 흥분 때문에 소년들은 환호성을 질렀다. 햄스터의 두 눈은 예리한 것으로 도려내어져 있었다.

"감자 눈깔 팔 때처럼 돌려 팠지."

규성은 피 묻은 조각칼을 집어들고는 그것을 한 바퀴 돌리는 시범을 보였다. 그리고 오른발을 들어 운동화 바닥을 모두에게 보여주었다.

"이게 그 눈깔이야."

규성 앞에서 그는 소리내어 울었다. 눈물 흐르는 그의 얼굴에 규성의 오른발이 닿았다. 내가 쥐새끼 갖고 오지 말라고 했지, 들었어, 못 들었어? 그때였다. 진태라는 아이가 규성의 멱살을 쥐었다.

오른발을 올리고 있던 터라 규성은 균형을 잃고 쉽게 쓰러졌다. 규성의 가슴 위에 올라탄 진태는 규성의 목을 누르며 얼굴을 후려쳤다. 목이 눌린 규성은 힘을 쓰지 못했다. 팔을 휘저었지만 진태는 규성의 어깻죽지를 양발로 밟아 눌렀다. 환호하던 아이들의 목소리는 점차 비명으로 바뀌었다. 목이 눌린 규성의 얼굴빛이 검어지고 있었다. 진태는 규성의 입에서 거품이 솟아오르는 것을 보더니 규성을 풀어주었다.

"너 이 새끼, 또 까불면 내가 죽여버린다."

그는 그 장면을 마음 깊이 기억해두었다. 그것은 그의 인생에 진태가 들어온 순간이었다.

중학교 삼학년 때의 그 일 이후 그는 진태와 내내 절친하게 지냈다. 진태가 그에게 말했다.

"있지, 나 사실 입양아다."

진태는 자신이 입양되었다는 것을 초등학교 육학년 때 알게 되었다고 했다. 친척 동생이 그것을 알려주었다는 것이었다.

"어느 날 걔가 그러는 거야, 형이 데려온 자식이래, 라고 하더라. 자기 부모가 그랬대."

당시 진태는 그 말을 믿지 않았다고 했다. 그러나 그것이 사실이라는 것은 결국 인정할 수밖에 없었다고 했다. 그게 사실이라는 것을 받아들이자 모든 의문이 풀리는 느낌이었다고도 했다.

오랜만에 만났다는 엄마의 옛 지인이 '아니, 언제 애를 낳아서 이렇게 크게 키웠어?'라고 하자 진태 엄마가 몹시 당황했던 일, 언젠가 등 뒤에서 쑥덕대던 아줌마들이 '에미랑 닮았지? 그러게 다 키우는 사람 닮는 거야'라고 말했던 일이 이해되었다. 무엇보다도 괜찮은 것은 진태를 바라보는 진태 아버지의 눈길이 왜 그런 것인지가 이해된다는 것이었다. 엄마를 두들겨 패고 엄마 등을 쳐먹는 그 술주정뱅이를 증오해도 괜찮다는 것이 마음에 들었고, 불분명한 것보다는 앞뒤가 척척 맞는 것이 훨씬 좋은 일이어서 속이 시원했다고 말했다.

"나 언젠가 그 새끼를 죽일지도 모른다."

진태가 자기 아버지를 두고 한 말이었다. 진태는 자신이 진실을 알고 있다는 것을 비밀로 해두었다. 앞으로도 알리지 않을 생각이라고 했다.

"왜, 왜냐고? 우리 엄마는 내가 그걸 안다는 걸 벌써 눈치챘거든. 우리 둘 다 알면서 모르는 척하는 거기 때문에."

그는 묵묵히 듣고 있었다. 진태는 그의 눈치를 보더니 덧붙였다.

"그런데, 우리 엄마는 정말 좋은 사람이야. 너 나중에 우리 엄마 봐봐. 치킨도 튀겨주고 카르보나라도 만들어줘."

그 말은 그의 마음조차 설레게 만들었다. 그는 한동안 아무 말도 하지 않았다. 그러던 어느 순간 불쑥, 그는 진태에게 말했다.

"나, 기돈 크레머를 좋아해."

음악을 들려주기 위해 그는 진태에게 헤드폰을 씌웠다. 진태는 십오 분 동안이나 미동도 않은 채 그것을 들었다. 헤드폰을 낀 진태를 바라보며 그는 머릿속에 완전히 외워둔 그 곡을, 자신에게만 들리는 소리로 혼자 느꼈다. 그는 눈물어린 눈으로 진태를 바라보았다. 음악을 듣고 난 진태는 그에게 고맙다고 말했다.

그가 그 헤드폰을 잃어버렸을 때에도 진태는 교실을 다 뒤지고 아이들을 수색해주었다. 햄스터를 잃고 난 뒤 그는 동물을 키울 생각을 버렸지만 대신 어디엘 가든 헤드폰을 챙겨 다녔다. 가진 돈 전부를 들여 산 전문가용 헤드폰은 그가 어디에 있든 세상으로부터 완벽한 보호벽이 되어주었다. 아무리 불안하고 두려울지라도 음악과 그 헤드폰만 있으면 그는 안전할 수 있었다. 그러나 그는 자신이 무언가를 좋아하게 되면 항상 잃는다는 것을 알고 있었다. 그리하여 그 헤드폰을 잃어버린 뒤 그는, 새 헤드폰을 사게 되면 꼭, 그것을 좋아하지는 말아야겠다고 생각했다. 그리고 그의 곁에는 진태가 있으니 세상은 이전보다 견딜 만했다.

*

그는 진태의 거침없는 모습을 좋아했다. 진태가 그에게 담배를 가르쳐주던 어느 으슥한 공원에서, 행인과 시비 붙은 일은 그에게 추억이 되었다. 처음 피운 담배에 어쩔 줄 몰라하고 있을 때에 운동복을 입은 아저씨가 나타나 호통을 쳤다. 네 이놈의 어린놈의 새끼들이 어디서 어른 앞에서 담배질이야? 너네 어느 학교 몇 학년이야? 일어서서 다른 곳으로 향하는 그들의 뒤를 따라오며 아저씨가 말했다. 네 이놈의 버르장머리 없는 새끼들, 어른한테 사과를 안 해? 그 말을 들은 진태는 아저씨를 향해 다가갔다.

뭘 사과해야 하는데요. 살기등등한 진태의 기세에 아저씨는 주춤거렸다. 뭘 사과해요, 아저씨가 우리 아빠라도 돼요? 진태는 아저씨를 밀어붙였다. 우리 아빠는 상관도 안 하는데, 아저씨가 뭔데 그래요, 뒤로 주춤대던 아저씨는 한번 더 호통을 쳤다. 너 이놈의 새끼들 내가 신고할 거야, 애비 없는 후레새끼들 같으니라고.

진태는 아저씨를 밀쳐 나무가 울창한 곳으로 갔다. 진태가 아저씨를 나무에 묶어버린 것은 순식간에 일어난 일이었다. 진태는 발버둥치는 아저씨를 나무에 밀어붙이고 팔을 돌려 꺾더니 말했다. 빨리 묶어! 그때껏 넋을 놓고만 있던 그는 퍼뜩 정신을 차렸다. 그는 아저씨의 허리춤에 있던 줄넘기 줄을 풀어 아저씨의 양 손목을 묶어버렸다. 웃음이 그치지 않고 터져나왔다. 한 이십 분쯤 달리고 한 시간쯤 웃었을까, 그는 아저씨가 걱정이 되어 물었다. 밤새도록 거기에 있어야 하면 어떡하지? 진태는 대수롭지 않게 여겼다. 넌 묶여본 적도 없냐? 줄넘기 줄은 금방 풀려. 진태에게는 무슨 일이든 별것 아닌 일이었다. 그는 그런 진태를 보는 것만으로도 힘을 느꼈다.

진태는 엄마가 일하는 것을 보고 충격을 받은 적이 있다고 했다. 슈퍼마켓에 들어서다 말고 진태는 벽 뒤에 몸을 숨겼다고 했다. '딱 우리한테 시비 걸던 그 아저씨같이 생긴 놈이었어, 우리 엄마한테 반말을 하더라고. 물건을 골라오더니 어이! 어이, 아줌마! 이게 큰 거야, 작은 거야? 미친 새끼가 이러더라고.' 계산원인 진태 엄마는 중년 남자의 반말에 확 굳어버렸으나 이내 웃으면서 농을 치더라고 했다. '아유, 아저씨는 큰 걸 몰라서 물어? 아유, 아저씨는 참, 큰 걸 왜 몰라? 큰 걸 왜 보고도 몰라?' 그러면서 아저씨를 팔꿈치로 슬쩍 밀기까지 했는데, 엄마의 유들유들한 기세 때문에 진태는 당황해버렸다고 했다.

진태의 집에 처음 놀러갔던 날, 그는 진태의 엄마를 보게 되었다. 임대 아파트의 으슥한 복도를 끝까지 걸어가 현관문을 열었을 때, 식탁 모서리에서 국에 만 밥을 먹고 있던 진태 엄마가 인상을 썼다. '엄마 오후조여서 열두시 넘어야 들어온다. 저거 데워서 밥 먹어라.' 진태 엄마는 손가락으로 가스레인지 위의 냄비를 가리켰다. '얘는 처음 보는데 누구니, 넌 어디 사니?' 그는 왠지 주눅든 기분으로 자기가 어느 아파트에 사는지를 알렸다. 그 말이 끝나자마자 진태가 자기 엄마를 향해 말했다.

"얘네 아빠 동물병원 원장이야."

진태 엄마의 얼굴에 의미를 알 수 없는 눈빛이 잠시 스쳐갔다. 짜증이나 지겨움, 피로와 귀찮음 같은 것을 견딜 수 없다는 듯한 목소리로 진태 엄마는 진태를 향해 이렇게 말했다. '너는 이 새끼야, 계란을 하루에 몇 개를 처먹는 거야. 오늘 계란 한 판 또 사다났다. 작작 좀 먹어.'

그는 진태의 집에 온 일을 후회하게 되었다. 진태가 화장실에 간 새에 진태의 서랍을 열어본 일은 정말로 하지 말았어야 하는 일이었다.

그는 왠지 모르는 나쁜 예감 때문에, 그리고 그 예감이 틀렸다는 것을 증명하고픈 바람 때문에 서랍 깊숙이에 손을 넣었다. 떨칠 수 없던 그 상상은 역시나 사실이었다. 예상대로 그 익숙하고도 그리운 감촉을 진태의 서랍 안에서 발견할 수 있었다. 반가운 마음과 슬픔이 한꺼번에 몰려왔다. 잃어버렸던 그 헤드폰이 진태의 서랍 안에 들어 있었다.

그는 그 매끈하고 뿌듯한 헤드폰의 감촉을 두 손바닥에 다시 한번 담아두었고, 그것으로 기돈 크레머를 들었던 추억을 마지막으로 되새기려 했지만 그때 마침 진태가 변기 물을 내리는 소리가 들려왔다. 그는 헤드폰을 재빨리 서랍 안에 되돌려두었다. 슬픔은 별로 중요한 일이 아니었다. 그 헤드폰을 좋아했던 일과 그 헤드폰을 잃고 마음 아파했던 일도, 그리고 진태의 집에서 헤드폰을 다시 보게 되었던 일 모두를 잊기만 하면 그만이었다. 그는 모든 것을 기억에서 지우겠다고 결심했다.

각기 다른 고등학교에 진학하고 난 뒤에도 그는 진태만을 친구로 여겼다. 그의 부모가 해외여행을 떠난 추석 연휴에 그는 홀로 집에 남겨져 있었다. 정말로 혼자만 두고 가도 되겠느냐고 그의 아버지가 물었을 때 그는 속으로 이렇게 말했다. '전 돈만 받으면 돼요.' 부모가 떠난 빈집에 진태가 자기 친구들을 데리고 놀러왔다. 고기를 구워 술을 마시고 놀던 나중에는 여자애들도 불러들였는데, 득달같이 도착한 여자애들은 짙은 화장을 하고 있었고 둘 다 아주 가슴이 컸다. 그는 가슴이 큰 여자를 싫어했기 때문에 그 여자애들을 탐탁지 않게 여겼다. 가슴이 큰 여자들이란 전부 자신의 어머니를 닮아 보였기 때문이었다. 게임에 진 그는 이것저것이 섞인 술을 많이 마시고는 소파에 앉은 채 토해버렸고, 토사물에 정수리를 박고 잠이 들었다가 곧 누군가들에 의해 들려 옮겨지는 것을 느꼈다. 그를 침대로 옮긴 누군가들이 방문을 닫고 나가는 소리를 들은 것을 마지막으로 그는 꿈도 없이 잘 잤다. 목이 말라서 일어났을 때에는 새벽녘이었고 파티의 흔적이 어지러운 거실에는 아무도 없었다. 그러나 그의 부모의 방에서 여자애의 울음소리가 나고 있다는 것을 알게 되었다.

안방 문은 닫혀 있었다. 그는 문밖에 선 채 여자애와 진태의 목소리를 들었다. 진태는 여자애를 달래고 있었다. '미안해, 네가 그렇게 싫어한 줄은 몰랐어…… 다들 그냥 게임한 거였어, 네가 그렇게 싫었다는 거 알면 다들 안 했을 거야.' 여자애의 흐느낌은 잦아들고 있었다. 진태는 여자애를 다독이는 것 같았다. '미안해, 정말 사과할게. 내가 다른 애들한테도 다 사과하라고 할게. 근데 너네 아까는 너무 취해 있었어, 계속 웃으니까 싫은 줄 몰랐지…… 술을 왜 그렇게 많이 먹었어.'

그는 발소리도 내지 않고 도로 자기 방으로 갔다. 뭘 해야 할지 몰랐기 때문에 모든 것을 모르는 척하기로 했다. 왜, 대체, 어떻게 그의 부모의 안방에서 무슨 일이? 아침이 되어도 그는 진태에게 묻지 못했다. 안방은 아무도 들어간 흔적이 없는 것처럼 말끔히 정리되어 있었고, 진태는 자기 친구 중 어떤 버릇없는 녀석이 안방 침대에서 자고 있기에 내쫓아버렸다는 말만 했다. '여자애들은?' 묻고 난 뒤 그는 진태의 기색을 살피며 덧붙였다. '여자들은 언제 갔어?' 진태는 여자애들이 일찌감치 집에 가버렸다고 대답했다. '여자들은 버스 끊기기 전에 나갔지.' 진태는 어떤 진실도 알려주지 않을 생각인 것 같았다. 그는 그런 진태를 보며 어찌할 바 모르는 두려움과 불안함을 느꼈다.

*

그의 어머니는 항상 팔찌를 꼈다. 동맥을 자른 자국이 붉은 떡을 이겨 뭉개놓은 듯한 흉터로 자라났기 때문에 그것을 가리기 위해서는 굵은 팔찌를 착용해야만 했다. 그런데 그의 어머니는 팔찌를 잃어버렸다고 했다. 삼십 돈짜리 순금 팔찌가 없어졌다는 것이었다. 그 말에 그는 추석 연휴에 안방에서 있었던 어떤 일을 마음에 걸려했지만 그의 어머니는 냉장고 설치기사를 의심했다. 냉장고를 새로 들이면서 여러 낯선 사람이 집을 오가고는 물건이 없어진 것이 분명하다고 말했다. 신발장 위에 놓인 항아리에 동전을 모아놓곤 했는데 그 동전도 좀 줄어든 것 같다고 말했다. 어머니는 백화점에 전화를 걸고, 냉장고를 만든 본사에 전화를 걸고, 며칠이나 난리를 피웠다.

"가져가지 않았다는 것을 증명하세요, 누가 다녀가고 난 뒤에 귀중품이 없어졌으면 나로서는 당연히 그 사람이 범인이라고 생각하지 않겠어요?"

어머니가 전화에 대고 한 그 말은 그를 너무나 괴롭게 만들었다. 진태를 잃고 싶지가 않았다.

그러나 며칠 후 어머니는 그 팔찌를 손목에 걸고 있었다. 금속 알레르기 때문에 순금 액세서리밖에 착용할 수 없는 그의 어머니는 잃어버렸다던 그 팔찌를 손목에 건 채 천연덕스럽게 과일을 깎고 있었다. 팔찌를 어떻게 찾았느냐고 물었더니 어머니가 대답했다.

"싱크대 배수구에 걸려 있더라. 그걸 모르고 며칠을 헛수고했지 뭐니."

냉장고 설치기사도 그 사실을 알고 있냐고 그가 물었다. 그의 어머니가 말했다.

"말해줄 필요는 없지. 그 사람들은 그런 일 좀 겪고 그래봐야 나쁜 버릇 안 들이는 거야."

어머니는 손목의 흉터를 가렸다고 생각하지만 그것은 전혀 가려지지 않았다. 붉은 흉터는 순금 사슬 틈으로 언뜻 드러나곤 했다. 그는 그가 어머니를 싫어한다는 것을 느꼈다. 그리고 스스로 진태를 의심했던 일을 가슴 아프게 여겼다.

그가 극기훈련을 떠나던 날, 그의 어머니가 말했다.

"태양아, 가지 마."

그것은 그가 태중에 있던 시절에 불렸다는 애칭이었다. 갑자기 그 이름으로 불린 그는 어리둥절해졌다. 어머니는 각도기의 외곽선처럼 둥글고 선명하게 멍이 든 눈꺼풀을 깜빡이며 그에게 다가왔다.

"태양아, 가지 마. 엄마랑 같이 살자."

그날 그의 어머니는 이상해 보였다. 멈칫하고 있는 그를 보며 다시 희미하게 웃더니, 잘 다녀오라며 수십 장의 지폐를 주었다. 고속버스를 타고 떠나면서도 이상하게 자꾸 어머니의 슬픈 미소가 생각나고 눈물이 날 것만 같았다. 그가 없는 사이에 어머니가 또 자살 시도를 하지는 않을지 두려웠다. 그러나 어머니가 쌍꺼풀 수술을 한 지 얼마 되지 않았다는 점 때문에 안심해도 될 거라고 생각했다. 분명 어머니는 스스로 살을 베고 싶은 마음을 참아내느라 쌍꺼풀 수술을 한 것일 테고, 적어도 그 상처가 다 아물 때까지는 혈관을 베는 짓을 하지 않을 터였다.

그렇게 생각한다고 해서 마음이 놓이지는 않았지만 그는 정말로 어머니를 걱정할 시간이 없었다. 극기훈련의 첫째 날은 샤워할 순서를 기다리다가 곯아떨어져서 씻지도 못할 정도였고, 둘째 날에는 서바이벌 게임을 하는 내내 자신이 죽을 것만 같은 기분, 죽은 것만 같은 기분에 사로잡혀 있었다. 누군가가 그를 조준하고 쏜 물감이 왼쪽 가슴에 묻었을 때 그는 그 물감의 색 때문에 눈물을 참을 수 없었다. 붉게 튄 물감 방울은 견딜 수 없이 기분이 이상해지게 만들었다.

그리고 극기훈련에서 돌아왔을 때, 그의 어머니는 정말로 죽어 있었다. 어머니가 사라져버렸는데도 아버지는 어머니를 찾으려 들지 않았다고 했다. '그런 식으로 주기적으로 관심을 끄는 여자였기 때문에 이번에도 그런 거겠거니 했습니다만……' 한강의 주차장에 있던 어머니의 차가 경찰에 신고되었고, 유서도 있었다. 그의 아버지를 향해 남긴 편지였는데 그 내용이 무엇인지는 공개되지 않았다. 그의 아버지는 그 유서를 그의 어머니와 함께 화장해버렸다.

어머니가 불타는 동안 그는 열 살 때의 일을 생각했다. 아파트 놀이터에서 만난 어떤 중학생 형이 관리사무소 화장실로 그를 데려가 저질렀던 일에 관해 이야기했을 때 그의 어머니는 전혀 알아듣지 못했다.

"무슨 소린지 모르겠구나, 모르는 형이랑은 좀 놀지 마."

영생기도원에서 수련을 마치고 막 돌아온 그의 어머니는 전에 없이 활기차 보였다. 그 모습은, 그 짓을 하고 난 뒤의 중학생 형이 훨씬 유쾌해지더니 더 신나게 놀아주었던 것을 떠올리게 만들어서 그는 소리 없이 울었다. 그 일은 단 몇 분 만에 일어났고, 그 형은 아무 일도 없었던 것처럼 굴었고, 그 역시 나쁜 꿈을 꾼 것만 같고 기억이 잘 나지 않았지만, 교복 바지에서 맡은 지린내와 벨트에서 나던 가죽 냄새는 언제까지나 콧속을 떠나지 않았다. 소리없이 울 때면 그의 어머니가 그를 향해 말했다. '엄마가 기도해줄게. 엄마는 항상 너를 위해 기도하고 있어.'

마침 유럽 여행중에 비보를 전해들은 그의 외가 식구들은 장례식에 겨우 참석했다. 너무 늦게 도착한 외가 식구들이 어머니의 장례식을 망쳐버렸다. 그의 아버지를 향해 책임지라며 울부짖는 외가 식구들을 보자 그는 겨우 소리내어 울 수 있었다. 태어날 때부터 망해버린 상태였다는 것을 그제야 확인한 기분으로 그는 어머니와 작별했다.

*

"오빠, 오빠는 참 잘생긴 것 같아요."

그의 얼굴을 올려다보며 연주가 말했다. 그는 당황해서 아무 말도 하지 못했다. 오빠, 오빠는 아니, 잘생긴 것보다…… 예뻐요. 연주는 까치발을 들어올리고 그의 눈을 물끄러미 바라보았다. 눈썹도 예쁘고 눈도 예쁘고…… 입술도 참 예뻐요. 그가 연주의 시선을 피하는 사이 연주는 손을 올려 그의 이마를 조심스레 어루만졌다.

"오빠는…… 오빠 어머니도 그렇게 말씀하시죠, 어머니가 맨날 예쁘다고 하시죠?"

연주의 손이 닿은 자리가 불타오르는 것 같았다. 어머니가 없다는 말은 그후로도 한참 동안 하지 못했다. 잃어버린 것인지 처음부터 없었던 것인지 알 수 없지만 그 무언가의 빈자리가 아프고 공허하게 느껴졌다. 매일 그 서글픈 공허가 커져갔으므로 그는 자신이 연주를 사랑하게 되었다는 것을 깨달았다. 그러나 진태가 이렇게 말했다.

"너는, 사람 보는 눈 없어서 큰일이야…… 연주 걔는 만나지 마라."

이유를 묻는 그에게 진태는 귀찮다는 듯 짧게 답했다. 야, 딱 보면 모르냐? 그런 애는…… 암튼 자세한 건 됐고, 더 말 안 할 테니까 걔 만나지 마. 입대를 앞둔 진태는 항상 초조해했고 짜증을 자주 냈다. 군대에 가야만 하는 상황인데 진태의 엄마가 마침 아프다고 했다. 진태는 급전을 자주 빌려갔다. 바로 갚을 때도 있었지만 늦어질 때도, 잊어버렸는지 아예 주지 않을 때도 있었다. 도통 연락이 되지 않고 만나기 어렵던 진태는 입대일 직전에 그를 찾아왔다. 입시종합학원 앞에서 진태는 빌려갔던 돈을 약간 갚았다. '삼수나 하면 되는 네가 뭘 알겠냐.' 어떻게 돈을 벌었느냐고 물었더니 진태가 한 말이었다.

'내가 먼저 가보고 말해줄 테니까 너는 공부나 하다가 천천히 와라.' 그 말을 끝으로 진태는 군대에 가버렸는데, 휴가를 나와서는 겨우 말하길, 아픈 엄마를 간병하느라 바쁘다고 했다. 진태 엄마가 암투병중이라고 했다. 그는 진태가 엄마를 돌보는 데에 필요한 돈을 빌려주었다. 갚을 방법이 없을 거라고 생각했으므로 돌려받을 생각도 하지 않았다.

연주는 진태 덕에 만날 수 있었던 여자였다. 어떤 요리주점에 갔던 날, 진태는 술을 마시고 있는 여자들에게 다가가 말을 걸고는 연주를 데려왔다. 연주는 가슴이 작은 여자였기 때문에 그는 불편함을 느꼈다. 가슴이 큰 여자는 그의 어머니를 생각나게 해서 싫어했지만 가슴이 작은 여자들이란 그의 어머니를 닮지 않아서 낯설었다. 진태는 가슴이 크지도 작지도 않은 여자와 어울리고 있었는데, 가슴이 크지도 작지도 않은 여자는 그를 혼란스럽게 만드는 경향이 있었다. 연주의 친구인, 가슴이 크지도 작지도 않은 여자가 그날 이렇게 말했다. '저 오빠는 뭐야, 왜 저렇게 말이 없어? 우리가 마음에 안 든대?'

진태는 가슴이 크지도 작지도 않은 여자의 귀에 대고 말했다.

"신경쓰지 마, 쟤는 그냥 병신이야."

댄스음악 속에서도 그는 진태의 목소리를 선명하게 들었다. 진태는 가슴이 크지도 작지도 않은 여자의 목덜미에 얼굴을 묻고 있었다. 안절부절못하고 있는 그를 향해 연주는 밖으로 나가자고 말했고, 그날 밤 그는 연주와 함께 강변을 한참 걸었다.

연주가 그에게서 열몇 걸음쯤 떨어진 채 누군가와의 긴 통화를 두 번 한 것과 화장실에 세 번 다녀온 것을 제외하고는 먼동이 틀 때까지 그들은 내내 함께 있었다. 그는 연주가 서울 근교의 대학을 다닌다는 것과 부모는 지방에 살고 있다는 것, 언니는 호주에서 베이비시터를 하고 있고, 다섯 살 차이 나는 남동생은 중학생이라는 것들을 들었다. 그 이야기들을 들으며 그는 연주가 불쑥 그의 어머니에 대해 알고 싶어할까봐 내심 걱정하고 있었다. 그가 알기로 보통의 어머니들은 사랑한다는 말을 어색한 순간에만 부담스러운 방식으로 하거나, 친구가 보는 앞에서 많은 액수의 용돈을 일부러 주거나, 주사를 맞아서 일그러진 얼굴로 우아한 척하거나 하지 않았다. 보통의 어머니라면 그런 식으로 죽거나 하는 일도 대체로 없을 거라는 걸 생각하면 그의 마음은 끔찍하게 어두워졌다. 그런데 연주는 그에게 별다른 것을 묻지 않았고 한강변을 걷는 것이 처음이라는 말만 했다. 그 말을 하면서 반짝이는 눈으로 그를 올려다보았는데, 그 모습이 그를 설레게 만들었다.

어머니가 떠나버린 뒤, 그는 사람들이 무어라고 하는지를 예민하게 느꼈다. 때로는 환청처럼 사람들의 속마음이 그의 귀에 들려오곤 했다. 많은 사람들이 어머니의 일을 두고, 죽을 자격도 없는 사람이 죽었다고 말하기까지 했다. '지가 없는 게 뭔데, 모자란 게 뭐고 못하는 게 뭔데 복에 겨워서 자살을 해? 돈이 감당이 안 돼서 죽었나? 시간이 넘쳐나니까 정신병을 만들어 앓았나보네.' 그런 식으로 죽어간 어머니를 동정할 이유는 아무도 못 느끼는 것 같았다. 그는 스스로에게 질문을 던져보았다. 어머니는 과연 좋은 사람인 적도 없었던 것인가? 그 의문에 관해 그는 잠시 흐느끼고는 모르겠다고 답할 수밖에 없었다. 어머니는, 좋은 사람이었다는 말조차 누구에게서도 듣지 못한 채 떠나버렸다. 사람들은 그의 어머니에 대해 말하길, 잘 모르는 사람이라고만 했다. 마치 원래 없었어야 할 것이 없어진 것처럼 세상은 잘 돌아갔다.

아버지의 병원에 갔을 때, 그는 마침 원장실에서 나오던 여자가 아버지의 여자라는 것을 직감적으로 알았다. 키가 크고 젊은 여자가 옷자락을 나부끼며 복도를 걸어오고 있었다. 그는 그 여자의 자신만만한 눈빛과, 가슴이 크지도 작지도 않은 옷태를 눈여겨보았다. 아버지의 여자에게서는 그의 어머니와 전혀 다른 냄새가 났다. 날씬한 얼룩무늬 동물처럼 병원을 빠져나가는 여자의 뒷모습을 보며 그는 그의 어머니가 단 한 순간도 남편에게 사랑받지 못했으리라는 것을 새삼스레 깨달았다.

그날 동물병원의 유기견 입양센터에서 그는 하얀 개를 만났다. 관절염을 앓고 있고 여섯 살가량 되어 보이는 개에게 그는 유키라는 이름을 지어주었다. 그는 개에게 간식을 사주었는데 바싹 마른 유키는 그것을 거들떠보지도 않았다.

"왜 안 먹어? 이거 내가 아버지한테 돈 주고 사온 거야. 제일 맛있는 거야. 먹어봐."

유키는 그를 응시했다. 개의 눈은 마치 이렇게 말하는 것 같았다. '내가 이걸 먹으면, 너도 역시 나를 버릴 테니까.'

그의 아버지는 유키가 유전병을 앓고 있다고 했다. 유키의 견종에 흔한 질병인데 이미 중증이라는 것이었다. 뛰지도 못하는 유키의 상태는 호전될 가망이 없어 보였다. 그는 유키를 자기가 키워도 되겠느냐고 물었다. 그의 아버지는 안 된다고 했다. 안락사를 시켜야 할 날이 곧 다가올 것 같아 보인다고 말했다. 개의 심장이 아주 좋지 않다는 것이었다.

그는 유키를 보러 아버지의 병원에 자주 갔다. 유키는 피를 팔아 목숨을 부지했다. 수혈이 필요한 개가 병원에 왔을 때 유키의 피가 도움이 되었다고 들었다. 그는 목에 붕대를 감은 유키가 우리 안에 웅크리고 있는 것을 보았다. 닭고기를 뜯어 턱밑에 놓아두었으나 유키는 몸을 움츠려 그것을 피했다. 유키는 컴컴하고 끔찍한 눈빛을 하고 있었다. 그는 유키에게 한참 동안 애원했다. '먹어, 제발. 먹어줘. 그리고 나랑 같이 살자.' 유키는 그를 물끄러미 바라보더니 뭔가 결심하기라도 한 것처럼 닭고기를 먹기 시작했다. 아버지의 반대에도 불구하고 그날 그는 유키를 집으로 데려갔다.

*

집 앞에 데려다줄 때마다 연주가 그에게 말했다.

"지금 방에 곰팡이가 너무 심해서 들어가자고 할 수가 없어요. 이 사 가고 나면 오빠를 초대할게요."

연주는 그가 사준 꽃들을 전부 말려서 보관하고 있다고 했다. 이사 갈 때에도 부스러지지 않게 조심해서 가져갈 거라고 했다.

"돈이 마련되면요…… 곰팡이 없는 데로 이사 가고 싶은데 돈이 모자라요. 알바해서 돈 모이는 대로 이사 가려고요."

그때 연주의 입술은 빨아먹던 사탕처럼 투명하게 반짝였고 무슨 향기라도 나는 듯이 느껴졌다.

연주가 그의 생일을 물었을 때, 그는 연주가 혹시 그가 태어난 날에 관해 알고 있을까봐 조금 망설였다. 연주는 그의 생일이 기억하기 좋은 날짜라고 했다. 그리고 뭔가 생각하더니 로맨틱하다고 말했다. '오빠 생일로부터 구 개월 전이면 크리스마스 즈음이에요. 오빠는 제일 로맨틱한 달부터 세상에 있었던 거네요.' 연주의 말 때문에 그는 자기 생일에 관해 계산해보았다. 그리고 크리스마스는 그의 생일로부터 삼백 일 전이기 때문에 아무런 관련이 없다는 것을 알게 되었다.

그러나 실망하려던 순간, 그의 어머니가 했던 말이 생각났다. '넌 예정일보다 삼 주나 늦게 나왔어.' 부른 배를 어루만지며 어머니는 삼 주 내내 노래를 불렀다고 했다. 아가야, 나오너라, 달맞이 가자. 그 음색이 떠오르자 가슴이 뛰었다. 그가 수태된 날은 이미 태어났거나 태어나지 않은 아기에 관해 세상의 모든 남녀들이 생각해보는 크리스마

스이브였다. 적어도 그날은 자신의 부모가 보통의 남녀들처럼 서로를 사랑했을 것이라는 생각에 그는 자신이 정상이라는 판정을 받은 듯 위안을 느꼈다. 그러나 그의 아버지가 말했다.

"내가 너를 낳기 위해 얼마나 많은 돈을 썼는지 아니?"

아버지는 그저 이혼으로 아내를 잃기라도 한 것처럼 아무렇지도 않게 말했다. '처음부터 나와 맞지 않는 여자였다. 그래도 애를 낳으면 달라지기를 기대했지. 네 엄마가 임신을 원했으니까. 하지만 소용이 없었어. 나이들수록 더 심해지더라.'

시험관 아기 시술 덕에 그의 어머니는 겨우 임신할 수 있었다. 몇 년간 반복된 임신시술 때문에 황폐해질 대로 황폐해진 그의 어머니는 임신 기간 동안 우울증과 심한 입덧으로 그의 아버지를 더욱 괴롭혔다고 말했다. 아버지가 말했다. '나도 사람인데, 네 엄마를 생각하면 나도 마음이 아프다. 하지만 그동안 나 역시 고통받았어.' 그 말 때문에 그는 옛일을 떠올렸다. 당신은 사람도 아니라고, 아버지를 향해 어머니가 울부짖던 일들을 생각했다. 아버지도 그 일들을 떠올리는 듯, 지긋지긋하다는 듯한 표정을 지었다.

아버지가 가족을 위해 쓴 돈과 지독한 결혼생활의 결과물을 바라보듯 그는 식탁 유리에 비친 자신의 얼굴을 보았다. 자신의 얼굴 위로 눈물이 여러 방울 떨어졌다. 아버지는 그것을 보지 못한 듯 이렇게 말했다. '결혼생활이란 불쌍하다는 이유로 참는 게 아닌데 말이야. 나는 항상 네 엄마가 불쌍하다고 생각했었다. 이혼해버리면 그걸 감당할 수 있는 여자가 아니었기 때문에.' 그리고 선심 쓰듯 덧붙였다. '자식 낳아줬으니 고맙다는 생각은 항상 했어. 그나마 그 생각으로 같이

살았던 거지.'

연주는 그를 자주 만나주지 않았지만 막상 만나게 되면 목말랐던 기다림을 보상해주는 여자였다. 어느 날 연주는 그에게 불쑥 고맙다고도 말했고, 물끄러미 올려다보는 그 눈동자는 마치 그가 필요하다고 말하는 것처럼 보였다. 제대로 걷지도 못하는 유키를 데리고 연주를 보러 갔을 때 연주는 유키를 귀여워해주었다. 유키를 껴안은 연주의 모습을 보고 그는 자기가 좋아하는 것들의 공통점을 발견했다. 그는 안쓰럽고 소중한데다가 곧 사라져버릴까봐 두려운 것들을 사랑하고 있었다. 아름다운 영상만 보여주던 텔레비전이 갑자기 폭발해버리는 것처럼, 행복이 어느새 사라져버릴까봐 두려웠다.

그 예감은 사실이었다. 그는 연주가 왜 갑자기 떠났는지를 알지 못했다. 연주는 그의 전화를 받지 않았고 이내 전화번호도 바꿔버렸다. 연주가 살던 방에는 기름진 장발을 흐트러뜨린 남자가 살고 있었다. 그는 연주가 살던 방 앞에 매일 찾아갔다. 기름진 남자는 그에게 말하길 한 번만 더 얼씬대면 가만두지 않겠다고 했다. 그 표정은 햄스터를 살해했던 중학교 시절의 급우 규성을 닮아 보였기 때문에 그의 마음에는 더욱 스산한 허공이 커져버렸다. 기름진 남자가 연주를 어떻게 해버리기라도 한 것처럼 괴롭고 미칠 것 같았다. 연주가 어딘가로 이사 간 것이 확실하다는 걸 부동산을 통해 들었지만 그는 연주가 무사하지 않을까봐 걱정하느라 거의 미쳐 있었다.

여행을 가자고 먼저 제안한 것도 연주였고, 한방에서 자도 된다고 말한 것도 연주였다. 그런데 그날 연주는 갑자기 울부짖고 그를 거부하더니 집에 가게 해달라고 애원했다. 당황한 그가 옷을 주워 입는 사이에 연주는 다른 사람인 듯 돌변해 있었다. 차가운 표정으로 짐을 챙긴 연주는 펜션의 사무실로 뛰어갔다. 펜션 주인에게 불러달라고 한 택시가 도착하도록 연주는 그의 얼굴을 한 번도 쳐다보지 않았다. 그는 머뭇거리며 택시기사에게 서울까지의 택시비를 건넸는데, 연주의 옆모습은 창백했고 마치 침이라도 뱉고 싶다는 듯한 표정이었다. 그렇게 떠난 순간부터 연주는 그의 전화를 받지 않았다.

연주가 다닌다는 대학에 찾아가봤지만 다들 그를 경계했고, 연주를 모른다는 말만 했다. 진태가 그에게 사람 보는 눈이 없다고 말했던 일이 생각났다. 진태는 이 일을 예상할 수 있었던 것일까? 묻고 싶었지만 진태를 만날 수가 없었다. 휴가를 나와서도 아르바이트를 해야만 하는 형편이라고 했다. 진태는 군대에서도 전화를 걸어 돈을 빌렸다. 제대하고 나면 일을 할 수 있을 테니까 곧 갚겠다고 했다. 그는 수중의 돈을 전부 진태에게 주었다. 돈 같은 건 아깝지도 않았다. 연주에 관해 말하고 싶었지만 진태 엄마가 아프다고 하니 그럴 수는 없었다. 그러던 어느 날 그는 진태 엄마와 마주쳤다.

어떤 슈퍼마켓 계산대에서 만난 진태 엄마는 그를 향해 '어서오세요'라고 말했다. 오래된 대중가요를 들으며 발장단을 맞추고 있던 진태 엄마는 입술에 색깔을 칠해서인지 그 옛날 처음 보았을 때보다도 밝아 보였다. 그가 말을 걸었지만 진태 엄마는 그를 한 번에 기억해내지 못했다. '진태는 잘 있대요?' 진태 엄마가 대답했다. '진태 잘 있지, 내일모레면 또 휴가 나오지. 요새는 진태랑 연락 안 하니?' 망설이다가 그는 결국 그것을 물어보았다. '그런데, 다 나으신 거예요? 병원에 계신 줄 알았는데…… 이렇게 밖에서 일하셔도 돼요?' 진태 엄마는 무슨 말이냐며 영문을 몰라했다. '자궁암 걸리셨다고 들었는데……' 진태 엄마는 눈이 찢어지도록 그를 흘겨보았다.

"애는 뭐래는 거야, 무슨 소리니? 내가 왜 암에 걸리니, 암에?"

진태가 휴가를 나온다는 날짜에 맞추어 그는 진태의 집에 찾아갔다. 진태는 여전히 좁은 복도 끝 집에 살고 있었다. 진태는 귀찮고 짜증스러운 표정으로 문을 열어주었다. '어머니가 그러시던데 너 전화기 몰래 갖고 있다며? 왜 나한테는 말 안 했어?' 그가 진태에게 물었다. 입안에 든 것을 뱉으려는 듯한 표정으로 진태가 그를 쏘아보았다.

"내가 왜 너한테 그걸 말해야 하는데?"

진태의 사나운 표정 때문에 그는 할말을 잃고 머뭇거렸다. 진태가 다시 물었다.

"용건이 뭔데, 왜 왔어?"

뱃속에서 뭔가가 치밀어올랐지만 그는 여러 번 침을 나누어 삼키면서 그것을 가라앉혔다. 진태의 방을 둘러보았다. 스위치 주변 벽지에 때가 더 앉은 것 말고는 예전과 달라진 것이 없는 풍경이었다. 참을 수 없는 것에 에워싸이는 기분으로 그는 결국 진태에게 묻고야 말았다.

"너, 그때 내 헤드폰 왜 가져갔어?"

그 말을 해버리자 결국 눈물이 쉬지 않고 쏟아졌다. 그는 손등으로 눈물을 문질러 씻으며 물었다.

"너 그때 왜 그랬어?"

진태는 기가 막힌다는 표정을 지었다. 하, 이 새끼 봐라, 이거 완전 미친 새끼네, 진태는 허리에 손을 얹고 방안을 한 바퀴 돌았다. 참 내, 어이가 없어가지고. 진태는 경멸하는 눈으로 그를 바라보았다.

"야, 너 내가 불쌍해서 데리고 다닌 거 모르냐? 병신 같은 새끼 불쌍해서 봐줬더니, 뭐? 빨리 꺼져라."

진태는 그를 밖으로 몰아세웠다. 그는 진태의 사나운 성질을 건드린 것을 후회했다. 그 헤드폰을 잊기로 했으면서도, 수없이 결심했는데도 그 말부터 해버린 것은 무엇 때문이었는지 알 수 없었다. 그는 진태에게 애원했다. 잠깐만 이야기 좀 해. 나 너무 힘들단 말야. 그러자 진태가 말했다.

"힘들어? 웃기고 있네. 뭘 못하고 뭐가 없어서 네가 힘들어, 씨발 새끼가. 복이 터져 넘치고 배가 불러갖고 지가 힘들대, 씨발 새끼가. 너 같은 새끼는 당해봐야 돼."

진태는 그를 완전히 내쫓고 현관문을 닫아버렸다. 그러고는 다시 문을 열어 맨발로 서 있는 그에게 신발을 던져주었다. 그때 진태는 그의 눈을 똑바로 바라보았다. 몸서리쳐지는 조소와 낯선 증오가 진태의 눈동자 안에 들어 있었다. 야, 진태가 그를 불렀다. 이상하게도 그 순간은 아주 길게 느껴졌다. 진태가 말했다. 잘 들어, 난 너 같은 새끼 친구라고 생각한 적 한 번도 없어. 그 말을 끝으로 현관문은 닫혀버리고 다시 열리지 않았다.

*

키 클 때에 그런 꿈을 꾼다고 들었다. 그런데 키가 다 자란 뒤에도 그는 그 꿈을 여전히 꾸었다. 꿈속에서 그는 매번 그 다리에서 떨어졌다. 끝도 없이 떨어지다가 강물 속으로 잠기는 순간에 꿈에서 깨어났다. 강물 속에는 깊이를 알 수 없는 어둠이 있었다.

태생부터 강했다는 아버지와 달리 그는 나약하기만 했다. 아버지는 자기 모친의 몸을 뚫고 나와 시골 부엌의 흙바닥 위로 떨어졌다고 했다. 누가 가르쳐준 것도 아닌데 아버지의 모친은 본능적으로, 탯줄을 발로 밟은 채 끊어냈다고 했다. 아버지의 모친은 엉덩이에 피가 묻은 채로 병자가 있는 집을 찾아가 자기 태반을 팔았다. 그리고 그 돈으로 고기를 사서 손수 국을 끓여먹었다. 그의 아버지는 그 젖을 빨아먹고 자란 강인한 사람이었다.

소중한 것이라고는 모두 잃어버렸으므로 그는 아버지 없이는 살지도 못했다. 그러나 아버지에게 적응하는 것은 죽는 것보다 어려웠다. 그것은 그의 어머니가 알려준 현실이었다. 아버지의 바람대로 그가 수의대에 진학하고 수의사를 며느릿감으로 데려오고 동물병원을 경영하는 일은 일어나지 않을 것 같았다. 그는 아버지를 조금도 닮지 않은 사람이었기 때문에, 네번째의 입시에도 실패할 것이 분명했다. 그러면 포기를 모르는 그의 아버지가 다섯번째 입시를 준비하게 만들 것이 분명했다.

그래서 그는 어둠을 보러 갔다. 유키를 안고 그 다리 위를 걸었다. 당장이라도 죽을 수 있다는 사실이 주는 이상한 평정심이 마음에 들었다. 거센 바람에 출렁대는 그 다리는 오래전의 그 일을 흉터처럼 간직하고 있었다. 다리를 이어붙인 자국이 아스팔트 위에 선명히 남아 있었다.

정말로 진태를 잃었다는 것을 받아들일 수 없었다. 친구로 여긴 적이 한 번도 없다는 그 말은, 진태가 절망해서 해버린 말일 수도 있었다. 진태야말로 친구를 용서할 수 없었을지도 모른다고 생각해보았다. 자초지종을 묻지도 않고 화내는 녀석을 친구로 믿었던 것에 스스로 화가 났을지도 모른다. 수년 전 철없던 시절의 실수를 추궁하는 녀석을 친구로 믿고 지냈던 것이 후회스러웠을지도 모른다. 그는 그게 사실이었으면 좋겠다고 생각했다.

어차피 항상 그래왔지. 나는, 좋아하는 것들을 전부 잃게 되지. 내가 정말로 좋아했던 건…… 연주, 그리고 엄마. 그는 모든 것을 자기 탓으로 돌리기로 했다. 그렇게 생각하면 아무도 미워하지 않을 수 있다는 것이 마음에 들었다. 그가 가진 힘 전부는 버림받은 스스로를 긍정하는 데 써도 모자랐다. 사랑하는 사람들에게 그가 필요 없다는 것만으로도 세상은 견디기 어려웠다. 강물 위에 뜬 달을 보며 그는 자신이 왜 살아 있는지 모르겠다고 생각했다. 부릅뜬 외눈처럼 너무 커다란 달이 그를 노려보고 있었다.

낯선 여자의 종아리를 보아도 연주가 생각났다. 전철에서 내리기 직전, 종아리가 연주를 닮은 낯선 여자는 경멸하는 눈으로 그를 노려보았다. 입 모양으로 매섭게 중얼거리는 낯선 여자의 눈길을 보자 그는 자신이 연주를 생각하는 데 골몰하고 있었다는 것을 깨달았다. 세상 모든 여자들이 연주와 어딘가는 닮아 보여서 연주를 잊을 수가 없었다. 내가 널 어떻게 잊어? 어떻게 찾아왔냐고 연주가 물었을 때 그는 그렇게 말했다.

인터넷 검색으로 연주가 이사 간 동네를 알아낼 수 있었다. 연주는 원룸 이사를 전담하는 업체의 사이트에 이사비용을 문의하는 글을 남겼다. 틈만 나면 그는 연주가 이사 간 동네를 찾아갔고 연주가 쓰던

연두색 커튼이 어딘가에서 눈에 띄기를 기대했다. 연주의 커튼이 쳐진 창을 찾아 쏘다니던 어느 날 밤, 그는 마침 한 건물에서 나오는 연주를 만날 수 있었다. 건물의 이층 창문에는 연두색 커튼이 달려 있었다. 연주야, 놀라게 해서 미안해, 걱정돼서 왔어. 그를 발견한 연주는 새하얗게 얼어붙었다.

겁에 질린 모습을 보자 마음이 아팠다. 그가 한 발 다가서자 연주는 뒷걸음질쳤다. 연주야, 너 갑자기 연락도 끊고, 이사 가버리고…… 오빠가 걱정했잖아. 연주가 또 뒷걸음질칠까봐 그는 다가가지 않았다. 연주는 그의 눈을 피했다.

"오빠, 부탁이에요…… 그냥 가세요. 미안해요."

그는 연주에게 말했다. 내가 잘못한 거 있으면 말해줘, 다 고칠게. 연주는 고개를 흔들었다. 그는 자신도 모르게 한 발 다가섰다. 연주는 또 뒷걸음질쳤다.

"지금 집은 안전해 보인다. 이사는 잘한 것 같은데, 연주야, 오빠가 그때 준 돈…… 너 주려고 바이올린 판 거였어."

연주는 눈을 깜빡였다. 무슨 돈이요? 뭘 말하는 거예요? 그가 말했다. 연주야, 너 이사 가고 싶은데 보증금 모자란다고 했었잖아. 연주는 고개를 저었다. 무슨 소린지 모르겠어요. 그가 말했다. 연주야, 오빠도 돈 없어. 그래서 너 주려고 악기 팔았어, 내가, 우리 엄마 가신 뒤로는 바이올린 때문에 겨우 살았어. 연주야, 오빠가 너한테 소중한 거 준 거야. 연주는 울음을 터뜨렸다.

"왜 이래요, 내가 뭘 잘못했다고 나한테 이래요."

울면서 연주가 말했다. '이제 와서 이러지 마요. 어차피 다 끝났어

144

요.' 연주는 눈물을 씻더니 단호하게 말했다. '오빠도 알잖아요, 처음부터 이러려던 건 아니었어요. 정말 미안해요…… 가주세요.' 그는 연주에게 물었다.

"연주야…… 알겠어, 하나만 물어볼게. 너 이사 갈 때에도 오빠가 사준 꽃 가져갈 거라고 했잖아. 그거 정말 갖고 왔어?"

연주는 고개를 저었다. 입술을 굳게 다문 연주의 눈동자에는 두려움이 일렁이고 있었다. '오빠가 무서워요. 제발, 부탁할게요…… 다시는 나타나지 마요, 무서워요.' 그 순간 그는 남자의 헛기침 소리를 들었다. 이층의 연두색 커튼 뒤에 숨어 있는 그림자가 그를 내려다보는 것만 같았다. 인사도 하지 못한 채 그는 연주에게서 돌아섰다. 모든 게 마지막이라고 생각하니 마음이 끊어지는 것 같았다. 진실 같은 것은 알고 싶지 않았으나 헛기침은 분명 그가 잘 아는 사람이 낸 소리였다.

그 다리의 난간에서 유키를 치켜든 채 그가 말했다.

"네가 왜 살아야 하는지 그 이유를 하나만 대봐."

강바람에 유키는 떨고 있었다. 끔찍한 것을 품고도 흐를 수밖에 없는 침묵이 그의 발아래에 있었다. 유키의 눈을 똑바로 보면서 그가 말했다. 유키, 너 같은 걸 낳은 일은 네 엄마도 기억을 못할 거야. 네 엄마였던 어떤 암캐는 강아지 만드는 공장처럼 새끼를 낳아댔겠지, 그리고 새끼들은 다들 똑같이 하얀 털에 관절이 약했겠지. 셀 수도 없이 낳았을 거야, 전부 너처럼 유전병을 앓았겠지. 네 부모 형제들은, 족보가 뒤엉키도록 근친교배를 당하다가 지금쯤 많이들 죽었을 거야. 그는 유키에게 다시 물었다. 그런데도 너는 살아야 할 이유가 있니?

그는 난간 아래로 유키를 떨어뜨려야겠다고 생각했다. 네게 같이 살자고 했던 것, 미안하다. 나는 그런 말 할 가치도 없는 사람이야. 그때였다.

마지막으로 해야 할 일인 것처럼, 유키가 그의 손을 핥았다. 그 감촉 때문에 정신이 든 그는 옷자락을 벌려 유키를 껴안았다. 다리에서 떨어지는 악몽을 꿀 때마다 유키는 그를 핥아 고통스러운 잠에서 깨워주었다. 흐느끼다 눈을 뜨면 유키가 걱정스런 눈으로 그를 보고 있었다. 그는 유키의 마음을 느낄 수 있었다. 유키가 말을 할 수 있다면 이렇게 말할 터였다. 내가 없으면 네가, 너 혼자만 남을 텐데 그 언젠가, 너만 있을 그때가 너무 걱정돼…… 그는 옷자락 안에 파고든 유키가 그의 상처를 건드리는 것을 느꼈다.

왼쪽 가슴에는 뭉툭한 상처가 있었다. 조각칼을 꽂아 여러 번 돌려 팠더니 상처는 뭉툭하게 자라났다. 아물기 전에 잉크를 부으면 그것은 얼룩덜룩한 덩어리로 커져갔다. 그가 밥을 먹으면 상처도 밥을 먹고, 그의 몸이 자라면 상처도 자라났다. 그의 눈에도 그것은 늑골을 뚫고 나온 심장이나 함부로 핥겠다고 내민 혀, 혹은 쏘아달라고 애원하는 조준점처럼 보였다. 연주는 무서워할 수밖에 없었겠지. 그 작고 귀여운 애로서는 견뎌낼 수가 없었겠지. 하지만 더 깊어지기 전에 먼저 그가 얼마만큼 병든 인간인지를 알려야만 했다.

곁에 있어줬던 것 고마워. 사랑하는 사람들을 떠올리며 그가 말했다. 품안의 유키는 그의 상처를 냄새 맡고 있었다. 우왕좌왕 부딪치는 물살 위에 차마 할 수 없는 말처럼 밤빛이 일렁였다. 나는 날 때부터 망하고 있었지. 젊은 놈이 꿈도 없으니 살 가치도 없다고 사람들이 말하겠지. 유키를 안은 채 그는 저물어가는 달을 보았다. 저는 죽을 자격도 없는 놈입니다. 이 다리 위에도 신이 있습니까.

어쩌면 그는 연주가 스스로 떠나기를 바랐던 것일 수도 있었다. 그로서는 매일 그 자신을 감당하는 것조차 버거웠기 때문이었다. 하지만 그때에도 어쩌면 연주가 그를 사랑할지도 모른다는 생각 때문에 죽고 싶지 않았다. 그렇게 버티는 게 그가 가질 수 있는 행복인 것 같다고, 그때의 그는 생각했었다.

네가 왜 살아야 하는지 이유를 대봐. 다리 위의 신이 말한다면, 그는 한 가지만 묻고 싶었다. 제겐 망가진 추억 말고는 아무것도 없습니다. 그래도 그걸로 괜찮겠습니까……? 돌아보면 그는 썩지 않으며 강물 속을 흘러온 것과 마찬가지로 살아왔다. 그는 그의 몸에 새겨진 기억들이 매일 그를 밀고 왔다는 것을 생각했다. 아직도…… 사랑하고픈 마음이 남아 있는데, 혹시 그것으로도 괜찮겠습니까. 대답처럼, 망가진 그 다리가 출렁거렸다.

꿈꾸는 리더의
실용지침

첫번째 지침

그들은 사과하는 사람들로 보였다. 그게 이 회사의 첫인상이었다. 그녀는 그들의 사과가 찍힌 동영상을 몇 번이나 반복해서 보았다. 기자회견장에 모인 임원들은 장례식에 갈 때 즐겨 입었을 듯한 양복 차림을 하고 있었다. 눈길을 끄는 것은 모두가 열 맞춰 허리를 숙이는 장면이었는데, 대표이사가 '사과'라고 말하고 곁눈으로 지시하자 일어난 일이었다. 저 깍듯한 사과는, 다짜고짜 들이미는 사과에 대해서는, 대체 어찌 생각해야 할까? 그것은 사과에 알레르기가 있는 그녀로서는 특히나 거슬리는 장면일 수밖에 없었다.

알레르기는 사과향을 맡기만 해도 코가 가려워지고 두드러기가 생길 정도의 중한 수준이었다. 사과를 먹기라도 하면 즉시 입술과 혀가 가려워지고 목구멍이 부어올랐다. 집단 사과의 경우에는 어찌 응해야 할지, 이가 시리도록 육질이 치밀한 사과를 깎아놓고 눈을 부라리며 권할 때에는 어떻게 대처해야 할지, 그녀로서는 사과에 대해 생각하는 것 자체가 큰 부담으로 느껴졌다. 동영상 속 임원들은 문상에서 지어봤을 듯한 슬픈 것 같은 표정을 하고 있었다. 그러나 굴욕감을 참아내는 그들의 눈빛만은 번득였다. 화면 속의 그들을 가리키며 유부장이 말했다.

"내가 올봄에 상무로 승진했더라면, 꼼짝없이 저렇게 얼굴 파는 신세였겠지."

유부장은 자랑스러운 기색이었다. 살다보면 새옹지마라는 말을 실감하게 돼. 똑똑한 놈에게만 전화위복의 기회가 오는 거야. 고소한 것을 혼자만 깨물다가 감추는 표정으로 유부장이 미소지었다. 이 회사는 직급이 중요하지 않은 회사야. 실속은 내가 제일 크지. 내 힘이 안 미치는 데가 없어, 유부장은 눈앞에 군중이 있기라도 한 것처럼 턱을 들어 좌우를 둘러보았다.

"이우리씨가 내 사람이니까 이런 말 해주는 거야. 나는 겉보기보다 훨씬 머리 좋은 사람이야. 앞으로 나한테 배울 게 많을 거야."

그녀는 유부장에 대해 자신이 알고 있는 것을 정리해보았다. 유부장은 친절한 톤으로 부탁을 한다. 눈웃음을 잘 웃는데 눈이 아주 작기 때문에, 눈빛을 파악하기 어렵다는 특징이 있다. 어딘지 의심스럽고 못 미더운 사람이라는 생각이 들 때쯤이면 유부장은 피아노를 전공한 자기 아내 이야기를 자주 꺼내고 딸들의 사진도 보여준다. 작은딸은 핑크색 물건만 좋아한다는 것이나 큰딸이 수학경시대회에서 상을 타왔다는 이야기를 꺼낸다. 그럴 때면 보통의 애들 아빠인 것처럼 보여서 유부장의 눈빛을 알 수 없다는 것에 그리 마음쓰지 말아야겠다 싶기도 했다.

하지만 며칠 후엔 또다시 어딘가 석연치 않아졌다. 그러면 유부장은 학창 시절 이야기를 꺼냈고 신입사원 시절 고생해본 이야기도 꺼냈다. 유부장은 대학교 이름이 적힌 티셔츠를 입고 노상 방뇨를 하다가 행인에게 창피를 당한 적이 있으며 화가 나면 명패를 집어던지는 상사 때문에 전전긍긍한 적이 있다. 그것 말고는 유부장에 관해 안다고 말할 수 있는 것이 없었다. 불안해할 때면 유부장은 다정하게 굴었다. 회사 적응은 잘되니, 아침에 전철은 어때, 좋은 회사 들어왔다고 부모님이 기뻐하시지? 매일 많은 말을 나누었어도 유부장에 대해 아는 것이 늘어나지를 않았다.

심지어 그녀는 자기가 무슨 일을 하는 건지도 정확히 몰랐다. 그녀를 뽑은 유부장도 그 점을 알고 있었다. 영업기획운영평가팀이 뭐하는 데인지 알고 있어요? 면접장에서 유부장이 물었다. 모르겠다고, 그녀는 솔직히 말했다. 그때 유부장은 활짝 웃었는데, 그 눈이 아주 작았다. 영업기획운영평가팀이라는 신설 부서에는 유부장과 정대리, 갓 입사한 그녀까지 세 명이 있었고 차차 직원을 늘려갈 계획이라고 했다. 유부장이 말했다.

"자기소개서를 하도 잘 써서, 이우리씨는 내가 찾던 사람이라는 것을 곧장 알아봤지."

그녀는 자신의 자기소개서를 들여다보았다. 자랑거리라고는 없는 그녀의 자기소개서에는 평범한 말들만 적혀 있었다. 다만 첫 부분이 보통보다 더 고리타분하긴 했다. '저는 항시 공부하는 직원일 것입니

다. 대학원에서 익혀온 연구자로서의 자세는 제가 세상을 대하는 근본이기 때문입니다.'

그래서인지 유부장은 그녀에게 온갖 것을 알아내라고 시키곤 했다. 몇 권의 책을 읽게 한 뒤 요약해보라고도 했고, 번역을 시키기도 했고, '그 영업사원은 회사 내에서도 골칫덩이였는데 드디어 사고가 터졌다는 것이 업계 후문'이라는 내용의, 드라마 시놉시스 같은 것을 쓰게 하기도 했다. 나중에는 그것이 증권가 루머랍시고 SNS를 떠도는 것을 보았는데, 그녀 스스로도 자신이 초를 잡은 내용이라는 걸 알아보는 데에 오랜 시간이 걸렸다. 그리고 또 유부장은 몇몇 재판을 방청한 뒤 보고서를 써오라고도 했고, 주부들이 모이는 인터넷 커뮤니티를 샅샅이 뒤져서 이용자 성향을 파악하는 것을 한동안의 임무로 주기도 했다. 특히나 동영상 속 그 사과에 관해서 네티즌이 뭐라고 말하는지를 집중적으로 파악해야 했다. 온갖 말을 하고 있었지만 주된 내용은 그 대국민 사과를 하게 만든 사건의 원인, 영업사원의 인성에 관한 것이었다. 또, 진정성 없는 임원들의 사과는 충분치 않고 석연치도 않다고들 했다. 이러한 보고를 올리자 유부장은 활짝 웃었고 그때에도 눈이 아주 작았다.

"이우리씨, 능력에 비해서 연봉이 적다고 느끼지 않아?"

앞이 번쩍 뜨이는 말이었다. 유부장이 웃고 있었다. 이우리씨가 얼마나 똑똑한 사람인지, 헐값에 이우리씨를 뽑은 게 마음이 아프다니까…… 그녀는 가슴이 두근거리는 것을 느꼈다. 생각지도 않은 행운이 폭격기처럼 다가오는 기분이 들었다. 마음 어디에선가 생겨난 욕심 때문에 유부장의 눈치를 자주 살피게 되었다. 그러기를 며칠 후 유부장이 말을 꺼냈다.

"입사한 지 고작 두 달인데 연봉계약을 다시 할 수는 없고 해서, 방법을 따로 알아봤지."

유부장은 계약서를 내밀었다. 협력업체에 계약금을 지불하는 형태로 천만원을 줄 수 있더라고. 주면 받을 거지? 어리둥절해지는 상황이었다. 일 잘하라고 그냥 주는 돈이야. 유부장이 눈을 찡긋해 보였다. 갑자기 눈이 멀어버린 것처럼 글자가 잘 안 보였지만 그녀는 계약서를 검토해보았다. 을이 최소 삼 년간은 본사에 근속할 것을 조건으로 천만원을 지급한다고 적혀 있었다.

"이뻐서 주는 용돈일지라도 명색이 계약인데, 아무 조건이 없을 수는 없잖아? 그래서 만들어넣은 의미 없는 조건이지."

삼 년간 근속한다는 조건에 관해 유부장이 말했다. 유부장은 그녀의 기색을 살피더니 재빨리 덧붙였다.

"아, 뭘 고민해? 워낙 유능한 인재니까 어디서 스카우트해갈까봐 내가 걱정한다는 거지. 국내에서 가장 알짜인 식품회사야, 그만두지 말고 평생 다녀달라는 뜻이야."

유부장은 줄곧 웃고 있었다. 그녀의 등을 두들겼다. 그냥 이우리씨한테 천만원 주는 거야, 다른 직원들은 잘릴까봐 전전긍긍하는데 이우리씨는 얼마나 특별대우야? 그녀는 홀린 기분으로 계약서의 다른 조항들을 읽어보았다. 삼 년 이내에 퇴사할 경우 일할계산으로 천만원의 차감이 들어간다고 적혀 있었다. 유부장이 재빨리 덧붙였다.

"삼 년 이상 일하면 되잖아? 매년 상승하는 연봉 말고도 퇴직금, 그리고 지금 주는 돈 천만원까지 전부 네 돈이지. 삼 년에서 하루만 더 일해도 이 계약서 같은 건 신경 안 써도 돼."

유부장은 그녀의 얼굴에 흐르는 생각을 전부 읽는 듯했다. 천만원이 적은 돈이 아니지, 혹시 대출 있다면 그거부터 해결할 수 있고. 아 왜 요즘 사원들은 다들 학자금 대출 갚고 있잖아? 그런 거라든가……

그녀는 유부장이 내내 웃고 있어서 눈빛을 전혀 알아볼 수 없었다는 것을, 계약서에 자기 이름을 쓰고 난 뒤에야 불안하게 여겼다. 계약서를 쥐고 법무팀으로 향하려는 유부장에게 그녀가 다급하게 물었다.

"부장님, 삼 년, 그후에 저는 어떻게 되나요?"

유부장은 별꼴을 다 봤다는 듯이 말했다. 미소는 어느새 사라지고 없었다.

"아니, 삼 년 뒤 일을 내가 어떻게 아나? 한 치 앞도 모르는 게 인생이야."

그녀는 취업을 준비하며 읽었던 자기계발서들이 도움이 되지 않았다는 것을 생각했다. 성공적인 회사생활을 위한 책들 어디에도 '회사를 옮겨보았자 유부장을 또 만나게 될 것이다' '제일 싫은 그놈이 눈웃음치며 환영해줄 것이다'라는 말은 적혀 있지 않았다. 그녀는 정말로 실용적인 내용만 들어 있는 자기계발서를 스스로 써야겠다는 결심을 했다.

실용지침: 나의 장점을 검토하라

만약 젊은 내가 어떤 장점을 지녔다면,

156

그 점 때문에 직장에서 저절로 대우받을 거라는 생각은 버려야 합니다. 나의 장점을 높이 여겨 진정으로 귀히 대할 사람은 한 사람쯤 있을까 말까 하며, 운이 좋으면 두 사람 이상 있을 수 있지만 대체로 운이 좋지 않을 것입니다. 나의 장점을 인정하는 사람들은 대개의 경우 그 장점을 사용하려 들거나, 아니면 시기하여 내가 사라지기를 바랄 것입니다. 그 외에 나의 장점을 인정하지 않는 사람들은 이러저러한 이유를 들어 앞으로도 그냥 계속 영원히 인정하지 않습니다.

나의 장점부터 생각해봅시다. 나는 뭘 지녔나요? 두뇌, 젊음, 체력, 용모, 양심? 어느 직장에 가든 나의 장점을 족집게처럼 찾아내어 알아보는 사람이 있게 마련입니다. 그러나 그 사람이 바로 나를 귀히 대해줄 사람일 가능성은 확률적으로 아주 낮습니다.

만약 젊지 않은 내가 어떤 장점을 지녔다면,

1. 나는 어떠한 장점을 지녔다는 문장을 써봅니다.

2. 그 문장의 모든 요소를 각각 부정해봅니다.

3. '나는' …… '어떠한' …… '장점을 지녔다'를 각각 부정해보다가 굳이 이런 걸 해야 하나 싶어진다면

4. 나의 적들이 그것을 했다는 점을 떠올려봅니다.

5. 나의 장점이 아직 남아 있다는 것이 확실하다면

6. 위의 '젊은 나의 경우'를 참고할 필요가 있습니다.

두번째 지침

정대리는 자신이 권리에 민감한 사람이라고 소개했다. '나는 화를 잘 안 내지만 부당한 건 정말 못 참아. 내 앞에선 그것만 조심하면 돼.' 첫인사를 이런 식으로 하는 사람도 다 있구나 싶었는데, 시간이 갈수록 정대리 앞에서 숨쉬기도 어려워졌다. 실제로 정대리는 산소를 남들보다 더 빨아들이고 몇 배로 이산화탄소를 내뿜는 사람 같았다. 혼잣말로 욕도 잘했는데 그 욕이 마치 그녀더러 들으라는 것만 같아서 정대리 앞에선 항시 조심하게 되었다. 그리고 그 혼잣말은, 그녀가 정대리를 임신부로 알고 있었다는 것을 들킨 뒤부터 시작되었기 때문에 정말로 그녀를 향한 말일 가능성이 아주 컸다.

가장 걱정이 되는 것은 점심시간이었다. 식당에 갈 때마다 정대리가 화를 내는 것을 보게 되었다. '이 인분 주문시 라면사리 서비스'라고 적혀 있는 전골집에서 정대리는 주인 아줌마에게 시비를 걸었다. 삼 인분의 찌개를 주문했는데 왜 라면사리는 한 개만 주냐고 했다. 이 인분 기준으로 사리 증정이라면 삼 인분에는 한 개 반은 줘야 한다는 것이었다. 라면사리를 한 개 더 얻어내고도 정대리는 화를 냈다. 고객을 기분 나쁘게 만들어놓고 왜 음료 서비스도 주지 않느냐는 것이었다. 주인아줌마를 불러놓고 꾸짖는 모습은 주변 손님들까지 숨죽이게 만들었다. 유부장은 정대리 덕에 사이다를 얻어 마시는 것을 좋아하는 기색이었는데, 정대리 거 적당히 좀 해, 라고 무심히 말하며 소리내어 트림을 했다.

사이다 같은 건 안 먹는 게 몸에는 더 좋다고, 정대리는 짐짓 엄숙한 표정을 지으며 말했다. '그래도 이 집 장사 똑바로 하라고 내가 일부러 알려주는 거야.' 부디 구내식당에서 점심을 때울 수 있길, 점심 시간이 다가올 때면 항상 기도하게 되었다. 회사 근처의 갈 만한 식당은 모조리 정대리가 싸움을 한 곳이었기 때문에 얼굴을 들고 앉아 있을 곳이 없었다.

여기서 잠깐, 나는 블랙컨슈머인가?(1문항당 1점. 2점 이하 정상, 3점은 재검 필요, 4점 이상 블랙컨슈머 확진)

1. 고객은 왕이므로 나는 정말 왕이다.
2. 음식을 제값 내고 먹으면 기분이 아주 나쁘다.
3. 손해봤다는 느낌은 나를 돌아버리게 만든다.
4. 내가 살아 있음을 느끼는 순간은 사과 받는 때이다.
5. 모든 식당은 호텔 수준의 서비스를 지향해야 한다고 생각한다.
6. 나는 타인을 훈육하고 징계할 권리와 의무를 지녔다.
7. 흠을 한눈에 찾아내서 몇 배로 튀겨버리는 탁월한 재능이 나에겐 있다.
8. 씹어댈 약점과 불만 요소란 천지사방에 널렸다. 지금 이 식당과 이 음식에도.
9. 서비스 마인드가 없는 종업원들은 혹독하게 다뤄줘야 한다. 세상을 우습게 본다는 뜻이니까.
10. 나의 안목과 나의 감각과 나의 귀족적인 감성을 매 순간 드러내지 않으면 세상 사람들이 나를 알아보지 못할 것이다.

무슨 일을 하는 부서인지는 시간이 흘러도 알아낼 수가 없었다. 매일이 수상하게만 흘러갔다. 그녀는 어디에 어떻게 쓰이는지를 알 수 없는 보고서를 수없이 썼다. 시의원당선 무효확인에 관한 재판을 방청하고 와서는 투표지 중간에 기표된 투표의 효력에 관한 쟁점을 정리했다. 원고측 변호사는 두 후보자의 기표란 정중앙에 기표된 투표지가 유효처리 된 것을 문제삼았는데, 문제가 된 투표지는 '정중앙'에 찍힌 것이 아니라 52대 48의 비율로 한쪽 후보를 지지하고 있다고 해석되었다는 것이다. 50대 50의 정확한 비율로 기표하는 것은 정중앙에 기표할 의사를 지니고도 완벽히 실현하기가 어렵고, 점 복 자를 형상화한 투표도장에서 그 절반이란 원 기준인지 문양의 기준인지의 여부도 불분명하며, 접선을 가로지른 기표의 기본의사란 누구에게도 표를 주지 않겠다는 의미라는 것이 우선적으로 존중되어야 한다는 대법원 판례가 있다고도 했다. 피고측은 이렇게 반박했다. '아니 그럼 검표를 할 때 현미경을 갖다 대고 파악하라는 말입니까, 오만팔천여 장의 표를 현미경으로 일일이 파악해야 한다는 말입니까?' 그녀는 보고서에 이렇게 적었다.
　'무효표의 조건인 '정중앙'의 의미를 최우선시하여 현미경을 갖다 대고 검표한 결과였다'라고 발언했다면 차라리 반론으로 성립될 수 있었으나 피고의 발언은 그것이 어느 입장을 지지하는지도 파악하지 않은 채 이루어진 성급한 반박이었다. 또 오만팔천여 장의 표를 현미경으로 검표해야 하느냐는 물음은 무의미한 것으로서, 문제시되는 정중앙 기표지의 경우만이 이번 소송의 관심사라는 당연하고도 기본적인 전제를 묵살했을뿐더러 피고의 정신적 역량에 관한 의구심이 생겨나게 만들었다. 또한 그 발언을 할 때 피고는 자기 코를 만짐으로써 심리적으로 수세에 몰려 있음을 무의식적으로 드러냈고, 재판정을 나간 뒤에도 '우리보고 현미경 갖다 대고 검표하라는 거야, 뭐야'라는 말을 했던 것으로 보아 그 말 외에는 아무런 대비책 없이 법정에 섰던 것으로 보였다. 개인적인 생각으로는 '현미경으로 검표하라는 말입니까'라는 발언이 심리적 불안에서 기인한 것이며 그 불안의 이유는 '공무원의 육안에 의해 검표가 이루어졌다'는 사실이리라고 본다. 육안이란 곧 공무원의 '주관'의 다른 말이라고 생각할 수 있다. 그러니까 이 말은 무효표를 공무원의 임의로 유효 판단한 것에 관한 심리적인 자백이라고 볼 수 있다.'

왜 재판을 방청하고 오라는 것인지, 시의원당선 무효확인 소송 같은 것과 회사가 무슨 관련이 있는지는 알 수 없었다. 하지만 칠순 잔치를 위한 호텔 연회장 탐방 보고서를 만드는 것보다는 차라리 관련 있어 보이는 업무였다. 그녀는 유부장의 장인 장모 혹은 그의 부모가 곧 칠순일 수 있겠다는 추측을 해보았으나 그 추측이 그녀를 힘들게 해서 그것에 관해 생각하는 것을 그만둬버렸다. 여러 호텔의 견적을 뽑고, 꽃 장식과 초대장 디자인, 냅킨 링에 관해서까지 최선의 보고서를 만들어 올리는 일을 하는 내내 유부장이 자주 웃고 다녀서 대체 무슨 생각인지를 알아볼 수가 없었다.

유부장은 언젠가 '정장 입혀놓으면 그림 괜찮아, 데리고 다니기에 창피하진 않잖아?'라는 말을 한 적이 있었는데 그 말은 분명히 그녀를 향한 말이었다. 연회장 계약을 하던 날에는 유부장의 뒤에 병풍처럼 서 있기도 했는데, 호텔의 연회예약 지배인이 그녀를 향해 비서님, 이라고 부르는 바람에 아주 당황해버렸다. 매일같이 고민이 계속되었다. 유부장은 제목도 적히지 않은 보고서를 만들어서는 어딘가로 회의를 하러 가곤 했다. 앞뒤가 백지로 막힌 보고서이지만 귀퉁이에는 삼각형의 까만 종이로 스테이플러 침을 가려두었다. 까만 종이는 뭐냐고 그녀가 물었다. 유부장은 싱긋 웃으며 말했다. '이거? 아첨지.' 그것은 유부장이 아첨을 하러 간다는 말인지, 아니면 그녀를 놀리기 위한 것인지, 진짜로 그 종이를 그렇게 부르는 것인지도 판단할 수가 없었다. 알 수 없는 일들만 계속되는 것에 괴로워하다가 그녀는 유부장에게 다시 한번 물었다.

"부장님, 그 계약서가 마음에 걸려서 드리는 말씀인데요, 삼 년 후 저는 정말 어떻게 되는 걸까요?"

유부장은 활짝 웃으며 말했다.

"이우리씨야 시집가면 그만이지 무슨 걱정이야?"

그 계약은 뭔가가 잘못된 것이 확실하다는 생각에 손이 떨려왔다. 그녀는 기어들어가는 목소리로 말했다. 부장님, 딸 가지신 분이 말씀을 그렇게 하면 안 되죠, 유부장은 작은 눈을 홉뜨고 반문했다. 정말로 모르겠다는 듯한 표정이었다.

"내 딸이 이우리씨랑 무슨 상관이야?"

그녀는 유일한 동료인 정대리가 어떠한 근로조건 아래에서 무슨 일을 하는지를 알아보려고 했다. 그러나 외근이 잦은 정대리가 무슨 일을 하는지는 알기가 힘들었다. 그리고 무엇보다 정대리에게 말 거는 것이 아주 힘들었다. 구내식당에서 식판을 받자 정대리는 자기 몫으로 나온 감자를 그녀의 식판 위에 확 쏟아버린 적이 있는데, 놀라는 그녀에게 말하길 '난 감자 싫어해'라고 했다. 달라고 한 적 없는 감자를 다짜고짜 들이붓고는 그게 무슨 배려를 행한 거라고 생각하는 듯했다. '다음에도 감자는 네가 먹어'라고 말하는 것이었다.

그 일을 제외하면 정대리는 그녀를 줄곧 냉대했는데, 다른 팀 사람들에게 뭔가 좋지 않은 말을 퍼뜨리고 다니는 것도 같았다. 잘못한 일이라고는 없었으나 한 가지가 마음에 걸렸다. 구내식당에서 샐러드가 나온 날 실수로 사과를 먹은 일이 있었다. 순식간에 입안이 부풀어오르고 가려워져서 그녀는 끝내 포크로 혀를 긁어야 했다. '감자는 너만 먹고, 사과가 나오는 날엔 사과를 나 줘.' 사과를 광적으로 좋아한다는 정대리가 볼 때에는 그것이 아주 이질감 느껴지는 행동이었으리라는 것이 자꾸 께름칙했다.

"사과? 그거 아주 쉬운 일이야."

유부장이 말했다. 말일 뿐이잖아. 자존심 잠깐 버리기만 하면 얼마든지 원하는 걸 얻을 수 있는데 그걸 왜 어려워해? 라고 했다. 유부장은 네티즌이 그 사과에 관해 뭐라고 하는지를 일자별로 파악할 것을 그녀에게 요구했다. 영업사원의 인성에 관한 분노가 가장 많았고, 대리점에 가해지는 압력이 근본적인 문제라는 인식도 널리 퍼져 있었으나 관심은 점차 줄어들고 있었다. 유부장이 말했다. '우린 사과도 이미 했고, 어려운 시기도 잘 참아내고 있어. 이제 앞으로 두 달 정도면 다 잊힌다.'

그녀는 정대리가 무슨 일을 하는지를 알게 되었다. 정대리는 책상 위에 보고서를 둔 채 유부장과 함께 임원 회의에 들어가버렸는데, 그

보고서에는 인터넷 커뮤니티에 관한 내용이 들어 있었다.

정대리는 스스로 64개의 아이디를 사용하여 댓글을 달았고, 나머지 182개의 아이디는 모처에서 근무중인 세 명의 비밀직원에게 배분하여 댓글을 달도록 했다. 과제는 '인성'이라는 키워드가 인터넷에서 범람하도록 하는 것이었다. 애인이 바람을 피우는 것 같다는 글이나 새로 한 머리가 마음에 안 든다는 어느 직장인의 글에도 '인성'이 문제라는 댓글을 여러 개 달았다. 주차 시비로 인한 폭행 사건이나 층간소음 때문에 일어났다는 살인미수 사건의 뉴스에도 댓글을 달았다. 가정교육이 문제고 개인의 인성 때문에 많은 사람이 피해를 보게 됐다는 내용의 댓글이 이어지다가 그 사과 사건에 관한 언급을 슬쩍 해두는 수법이었다. 나쁜 애인과 뻔뻔한 미용사와 인성이 문제인 그 영업사원이 마찬가지라는 말이 비속어가 섞인 채 적혀 있었다. 반대로 우리는 그런 적이 없는지 스스로 반성해보자는 댓글도 적혀 있었다. '인성이 문제죠, 우리부터 반성해야 해요. 우리도 어디 식당 가서 행패 부리고 그런 적 있었잖아요.' 그와 같은 댓글을 정대리가 직접 1897개 적었다.

"이야, 나는 참 머리 좋은 놈이야."

회의를 마치고 책상으로 돌아온 유부장이 활짝 웃으며 말했다. 어리둥절해하는 그녀를 곁눈으로 살피며 정대리도 공범처럼 마주 웃었다. 정대리는 자신만이 유부장과 정보를 공유한다는 사실을 만끽하는 듯 그녀의 시선을 피했다. '이제 떡값 헛돈 쓴 것만 아니면 다 되는 거라고.' 유부장이 그녀에게 물었다.

"이우리씨, 그 재판 선고기일이 다다음주라고 했지?"

무슨 재판을 말하는 건지 알 수 없어서 그녀는 특정경제범죄 가중처벌 등에 관한 법률위반 사건과 누군가의 이혼소송, 노동조합설립 신고서 반려처분취소 사건의 재판 일정을 다시 확인하고 말해주었다. 유부장은 아니, 당선 무효확인 소송 말이야, 라고 하며 답답한 표정을 지었다. 그게 제일 중요한 건데 사람이 저렇게 눈치가 없나? 유부장이 비난하자 정대리가 그녀를 향해 눈을 흘겼다. 자신이 어떤 상황 속에 있는지를 알 수 없어진 그녀는 등줄기에 땀이 흐르는 것을 느꼈다. 어떤 것도 판단할 수 없어지는 순간이었다.

실용지침: 판단이 어려울수록 판단이 절실한 때라는 점을 기억하라

우연히 이런 이야기를 읽었습니다.

대개의 대형마트는 상품진열을 담당하는 사원의 고용을 그 상품의 업체에 외주를 줍니다. 냉장식품을 주로 취급하는 한 식품회사는 대형마트의 진열사원 고용 문제를 그 마트 지점을 담당하는 대리점에 떠맡겼습니다. 대리점주는 인력업체를 통해 진열사원을 선발했고, 인력업체는 진열사원과 위탁계약을 맺었습니다. 그런데 바로 그 진열사원이 대형마트 내 냉장창고에서 사망하는 일이 벌어졌습니다. 냉매가스에 의한 질식이 원인인 것으로 보이지만 대형마트는 창고 안팎에 경고문이 붙어 있다는 것을 들어 과실을 축소하려 했습니다. 반드시 창고 문을 열어둔 채 작업할 것이 고지되어 있는데도 사망한 진열사원이 밀폐된 냉장창고에서 권고시간 이상을 보

냈다는 것이었습니다. CCTV에 따르면 진열사원은 처음에는 문을 열어둔 채 작업하고 있었으나 여러 대의 작업용 카트가 그 앞을 지나며 불편을 겪자 냉장창고 문을 닫아버렸습니다. 이 젊은 아르바이트생의 죽음에 대한 책임은 누구에게 있을까요? 대형마트, 냉장유통 식품회사, 대리점주, 인력업체, 마침 작업카트를 끌고 지나가던 마트 직원, 경고문을 무시하고 권고시간 이상의 업무를 냉장창고에서 행한 아르바이트생 본인?

세번째 지침

통로 건너 옆 팀에는 홀로 부서를 이룬 사원이 앉아 있었다. '소비자발굴팀'이라는 이상한 팀이었는데 그 사원은 이름 대신 빡빡이라고 불렸다. 물론 면전에서가 아니라 뒤에서 몰래 불리는 별명이었다. 어느 날 자기 머리를 스스로 밀어버렸기 때문인데, 그 사원이 여자이기 때문에 그건 아주 이상해 보였다. 파티션 위에 명패도 붙어 있지 않았고, 빡빡이가 앉아 있는 책상에는 컴퓨터조차 없었다. 아무것도 놓이지 않은 책상 앞에서 빡빡이는 종일 가만히 앉아 있기만 했다.

원래 빡빡이는 마케팅기획팀 소속이었는데 육아휴직을 끝내고 돌아온 뒤 혼자만 '소비자발굴팀'으로 발령이 난 것이라고 했다. 업무는 아무것도 주어지지 않았다. 이전 동료였던 마케팅기획팀 사람들은 빡빡이를 처음 보기라도 하는 것처럼 대했고, 대표이사를 찾아가 팀이 하는 일이 뭔지 자신의 업무가 뭔지 물었으나 일단 기다리라는 대답만이 돌아왔다고 했다. 매 순간 자기 손금만 들여다보며 그 어떤 순간을 기다려오던 빡빡이는 자진하여 퇴사하기 전날, 휴게실에서 마주친 그녀에게 이렇게 말했다. '내 말 잘 들어요. 이 회사에 서른다섯 넘은 여직원은 아무도 없어요. 어린 나이에 들어왔다가도 서른이 넘으면 하나씩 사라지죠.'

빡빡이는 휴게실에 비치된 커피믹스를 잔뜩 욱여 자기 핸드백 안에 넣었다. '내가 추하다고 생각해요? 나 이십대를 이 회사에 다 바쳤어요. 나 지금 커피믹스라도 가져가야겠어요.' 빡빡이는 홀더 속에 들어 있는 종이컵도 여러 개 뽑아 핸드백에 밀어넣었다. '화장실에 가서 종이타월도 챙겨야겠어요.' 떠나기 전에 빡빡이는 일부러 그녀를 찾아왔다. 그리고 귓속말로 말했다. '정규직이라고 안심하고 있죠? 근데 사실은 불안하죠?' 빡빡이는 눈물을 글썽이며 말했다. '지금은 내 맘 모르겠죠. 한 삼 년 빨아먹히면 그때쯤엔 알 거예요.'

그녀는 자신의 자기소개서를 다시 읽어보았다. 유부장이 무엇 때문에 자신을 뽑았는지를 알고 싶었다. 자기소개서에는 이런 말이 적혀 있었다. '저는 가장 순수하고 가장 열정적이고 싶다는 꿈을 지녔습니다. 순수하고 열정적인 꿈이 청년을 청년답게 만든다고 생각합니다.'

유부장은 그녀에게 46개의 아이디를 주고 인터넷 커뮤니티에 댓글을 달 것을 지시했다. 경쟁사의 제품에 관한 내용이었다. GMO를 안 쓴다고 광고하는 식품에서 GMO 성분이 검출되었다는 것은 잊어서는 안 되는 사실이며 이를 널리 알려야 한다는 것이 유부장의 생각이었다. 자신이 바보스럽고 부지런한 사람으로 해석된 것 같다고 여긴 그녀는 모든 의문을 참지 않기로 했다. 질문으로 귀찮게 만들었더니 유부장은 아주 짜증을 냈다.

"여론은 완성될 때까지 줄기차게 만드는 거야. 한 방울만 모자라도 물은 넘치지 않아. 하다보면 어떤 순간에 둑이 터지듯이 흘러나온다고. 이건 사회정의를 위한 일이야. 열정을 갖고 일해."

댓글은 경쟁업체를 비방하는 내용이어야 했는데, 깡패나 날강도, 조폭, 사기꾼이라는 말을 적절히 섞어 쓰는 것이 과제였다. 직접적으로 쓰지는 않되 암시적으로 은근히, 마음속에 부정적인 이미지가 남게끔 교묘하게…… 깡패, 날강도 등은 대국민 사과까지 해야 했던 이 회사의 평판이었는데 그걸 그대로 경쟁업체에 덮어씌우려는 것이었다. '몇 배나 비싸게 팔아먹으면서도 GMO가 나왔다니? 이건 소비자를 위한 거야. 널리 알려야 해.' 그녀는 유부장에게 물었다. 우리가 댓글 달아서 알려지는 건데도 이게 소비자를 위한 거예요? 유부장이 말했다.

"잘 들어, 이 나라 사람들은 주입식 교육을 받고 자란 사람들이야. 과정 같은 건 중요하게 여기지 않는다고. 원하는 건 오직 정답이다, 정답."

유부장은 엄숙한 목소리로 말했다.

"정답을 네가 만들어라. 그게 이 사회가 너에게 원하는 거다."

회사를 그만두려면 천만원을 돌려줘야 하는데, 그 돈은 이미 남아 있지 않았다. 또다시 대출을 받을 생각을 하니 머릿속이 복잡해졌다. 이렇게 골치 아픈 상황은 그녀가 자기 이름을 어딘가에 함부로 썼기 때문이었다. 정대리는 그녀가 일을 배우려 들지 않는다며 못마땅해했다. '잘 봐, 가르쳐줄게, 지금 세상은 파이를 나눠먹는 세상이 아니야. 수단 안 가리고 부스러기 하나라도 주워먹어야 이기는 거야.' 정 대리는 노트북 네 대와 두 대의 데스크톱을 이용해서 삽시간에 진짜 사용자들의 반응을 이끌어내는 방법을 알려주었다. 그녀를 째려보는 정대리의 눈매가 찢어질 것 같았다. '일 가르쳐줘도 똑바로 안 배우 니?' 그녀를 향해 알 수 없는 말을 중얼거리기도 했다. 너 두고 봐라, 인간은 누구나 긁으면 바닥 나와……

유부장과 정대리는 바쁘게 지냈다. 그녀가 알지 못하는 다른 비밀 업무들로 분주한 것 같았다. 그녀는 유부장이 누군가와 통화하는 소 리를 들었다. 파티션 너머에서 유부장이 소곤거렸다. 그래, 그애가 운 이 없는 거지. 여태 아무 일도 없었는데 지만 그 꼴 난 건 그게 지 팔 자라는 거야…… 그걸 우리한테 어쩌라고! 전화를 끊고 난 유부장은 정대리를 향해 말했다.

"일일이 불쌍해하면서 살 수가 없어! 둘러봐, 당장 불쌍한 놈 천 지야. 난 이번 달에 장모님 생신, 결혼기념일, 사촌동생 결혼식이 있 어. 지금 이 회사에서 가장 불쌍한 놈은 아마 나일 거야. 다음 달엔 우 리 딸 여름방학 연수비까지 줘야 해, 이런 내 처지를 누가 알아줘?"

유부장은 회의를 다녀오더니 혼잣말로 씩씩거리기도 했다. 세상에 정의가 있는 거냐며 탄식했다. '다들 상식이 모자라? 그애는 계약서 도 없어. 며칠 일하고 말 거니까 계약서도 안 썼다고. 우리로서는 사 실 그런 애가 일했다는 걸 몰라도 되는 거야.' 유부장은 슬픈 표정을 준비하고는 혼자서 어딘가로 조문을 하러 갔다. 그녀는 유부장이 '아 무 문제 없어, 법적으로 아무 문제 없어'라고 전화에 대고 말하며 엘 리베이터 앞을 서성이는 것을 지켜보았다.

"이우리, 너 때문에 너무 짜증이 난다."

유부장이 없는 자리에서 정대리는 그녀에게 한참 동안 짜증을 쏟아 부었다. 너 이 회사에 들어올 수 있었던 거 다 내 덕인 걸 알아? 언니가 너 불쌍해서 뽑자고 했어, 정대리가 말했다. 정대리는 그녀의 약점을 샅샅이 알고 있었다. 너 지난번 회사 그만두고 팔 개월이나 놀았고, 네 말로는 그 기간 동안 여행도 하고 공부도 했다고 하지만 공부는 무슨, 그동안 취직 못해서 고생했다는 건 네 얼굴에 다 쓰여 있었어. 그녀의 이력서가 취업 사이트에서 오랫동안 공개 상태로 있었다는 것까지도 정대리가 알고 있었다. 그녀가 지닌 경력은 이 회사에 도움될 바 없는 것이며, 학벌도 별로인데다가 무슨 자격증이나 대단한 어학능력이 있는 것도 아니었고, 말 잘 듣고 어린 신입사원에 비하면 쓸데없는 자기소개만 늘어놓은데다가 다른 회사에서 뽑히지 않을 만큼 나이가 많다고 했다. 내가 널 뽑자고 하지 않았으면 넌 여태 놀고 있었을 거야, 알아? 네 나이는 편의점 아르바이트로도 받아주지 않아, 어린애들도 많기 때문에!

정대리는 한심하다는 투로 말했다. 뽑아주고 일 가르쳐줬으면 고마운 줄 알아야지…… 얼른 배워서 언니처럼 되어야겠다, 하고 열심히 따라와야지! 정대리의 얼굴에는 경멸과 증오가 가득했다. 너 무슨 계약 하고 삼 년 치로 천만원 받았지? 그거 하루에 한 팔천원쯤 되나? 불쌍하니까 힘내라고, 못하니까 잘하라고, 감사할 줄 모르니까 고마워하라고 준 돈이야! 정대리는 가는눈을 뜨고 그녀를 내려다보았다. 다른 팀 사람들 보기에 창피해죽겠어, 너 때문에!

유부장도 그 비슷한 말을 한 적이 있었다. 마케팅전략 3팀에서 분리되어 팀을 신설한 유부장에게는 적이 많고, 유부장을 견제하고픈 수많은 적들이 유부장의 새 사람, 즉 그녀를 지켜보는 중이라고 했다. 눈치 없이 얼빠진 표정으로 엘리베이터를 타고 내리지 말고 빠릿빠릿하게 인사도 하고 누가 말 걸기 전에 자기소개를 하라고 했다. 유부장은 경고하는 투로 말했다. 내가 쌓아온 것들을 네가 깎아먹을 작정이야? 너 출근할 때 표정이 아주 안 좋더라, 조심해.

세련된 소개를 하기는커녕 그녀는 자기가 속한 팀이 무슨 일을 하는 곳인지도 알지 못했다. 기다란 팀 명칭이 자주 헷갈려서, 그것조차 한 번에 발음하지를 못했다. 그녀는 자신이 유부장과 정대리에게 필요 없는 사람이라는 것을 깊이 느꼈다. 유부장은 그녀에게는 어디에 쓰는 건지 알 수도 없는 일거리만 떠맡겼고, 그녀가 조사한 것을 토대로 아이디어를 만든 뒤 회의에 들어갔고, 인간 병풍처럼 뒤에 세워놓고는 보이지도 않는 듯 취급했고, 정대리는 쓸모없는 그녀가 불쌍하다는 이유로 채용된 거라고 했다.

유부장과 정대리는 필요 없는 사람을 필요로 한다. 허드렛일을 시키고 열등감을 쏟아붓고 짜증을 흘려보낼 하수구 같은 것이 그들에게 필요하다. 천만원, 그 돈이 남아 있더라면 좋았을 텐데. 그녀는 유부장이 내민 종이에 자기 이름을 적고 점까지 찍었던 순간을 반복해서 떠올렸다. 그 이름을 적기 전으로 돌아갈 수 있다면 좋겠다고 생각했다.

실용지침: 분노의 진짜 원인을 찾아내라

"그냥 대리점 사람들한테 자꾸 화가 나요, 그렇다고 그렇게 한 건 그 직원 잘못이지만, 전 그 직원 마음 충분히 이해해요. 대리점 사람들 때문에 내가 지금 이 자리에 있어야 하는 게 너무 짜증나는데, 그 사람들은 잘해줘도 감사할 줄 모르는 사람들이에요. 저는 진짜 잘해줬어요, 월 매출 이천 이상 찍으면 연말에 이 퍼센트 판매장려금 받을 수 있게도 기안 올려줬어요. 해줬는데도 그거 못 받아내면 자기들 탓 아니에요? 자기가 노력만 하면 오백만원 돈 그냥 받아갈 수 있게 해줬는데도 그런 거 고맙다고 하는 사람은 아무도 없었어요. 새벽에 전화해서 소리나 지르고…… 새벽 한시에 퇴근해서 겨우 자는데 네시에 전화해서 대리점 사장이 화를 내면, 주문한 거랑 수량이 다르다면서 소리지르고 화를 내기 시작하는데, 그러면 또 전화 소리에 우리 애도 깨서 악을 쓰고 울어요, 와이프도 출근해야 하는데 애먹고…… 그 사람들이 물건 못 받겠다고 할 만하다는 건 알지만 그래도 쫓아가서 패주고 싶고 그냥 꺼져버렸으면 좋겠다는 생각이 자꾸 드는데 너무 화가 나서 참을 수 없을 때가 많았……"

네번째 지침

사과 알레르기는 점점 더 심해졌다. 이제는 사과, 라는 말만 들어도 귓속이 가려워졌다.

조간신문을 들고 유부장이 말했다.

"사과를 원하면 사과를 줘. 이게 이기는 거다."

172

신문에 난 기사는 대리점 연합이 이룩한 쾌거에 관한 것이었다. 대리점 연합의 요구사항이 받아들여졌고 주문한 물량이 전산기록으로 남지 않던 과거의 시스템이 폐기되었다. 이와 별개로 시민들의 불매운동이 이어지고 있었다. 줄곧 매출이 하향세였다. 뭐 이런 현상 나쁘지 않아, 자기들이 자기 살 깎아먹었다는 건 똑똑히 알았겠지. 유부장은 의기양양하게 말했다. 그냥 겸사겸사 잘된 거야, 매출 떨어지면 제일 먼저 손해보는 게 누군지 이제야 알았겠지? 대리점은 계약으로 묶여 있고, 무상제공 받은 첫 달 치의 물품대금만큼 담보가 잡혀 있으니 해약이 쉽지 않았다.

유부장은 불매운동도 별문제가 아니라고 말했다. 가정용 제품의 매출이 잠시 줄었을 뿐, 시민들이 제품을 완전히 피할 수 있는 방법은 어차피 없다는 것이었다. 대형마트의 PB상품이나 다른 식품의 원재료로 접할 수밖에 없으며, 요식업체와 대량급식의 매출에는 변함이 없으므로 이미 많이 먹고들 있는 중이라고 했다. 그리고 불매운동 자체가 귀찮은 일이므로 언젠가는 시들해질 수밖에 없을 거라고 했다. 좋은 상품 싸게 내놓으면 매출은 저절로 올라가게 되어 있고, 남은 일은 앉아서 그 광경을 보며 박수 치는 것이라고 했다.

정대리가 말했다. 웃겨, 다들! 자기들이 당한 게 뭐 있다고, 왜, 영업사원 한 사람의 인성 때문에 그렇게까지 화가 나셨어? 매사 이렇게 발 벗고 나섰어? 정대리는 자기가 단 댓글들이 적힌 파일을 펼럭이며 유부장을 향해 소리 높여 외쳤다. 주부들 커뮤니티에서는 심심하던 차에 아주 난리였어요! 연예인 욕이나 하던 주제였으면서, 물 만난 것처럼 난리치더라고요! 우리는 마녀사냥당한 거예요, 다른 놈들은 다 그냥 두면서 왜 우리한테만 그래요? 목소리를 높이던 정대리는 점차 더 흥분하는 것 같았다. 지들은 한 번도 안 그랬어? 한푼이라도 더 뜯어먹으려고 지들은 어디 가서 아등바등 발악하고 안 그랬어? 지들이 그런 짓 했다고, 여자들 커뮤니티에 맨날 글 올라왔어요! 그녀는 정대리에게 조용히 질문을 던졌다.

"그게 정대리님이셨나요?"

정대리는 황당하다는 얼굴로 그녀를 바라보았다.

"아등바등…… 발악했다고 거기에 글 올린 게 정대리님이셨나요?"

정대리의 얼굴이 순식간에 변했다. 정대리는 손가락을 들어 문을 가리키며 그녀에게 말했다. 너, 나가! 유부장은 마치 그녀가 자리에 없기라도 한 것처럼, 정대리만을 지켜보았다. 무슨 생각중인지 흐뭇한 미소를 띠고 있었다.

"이런 건 말이지, 전투에서 진 거야. 전쟁에서 이기면 된다."

그런데 유부장은 한 가지 의심을 품고 있었다. 분명히 경쟁사에서 불매운동을 부추겼을 거라고 말했다. 불매운동을 해서 이익을 보는 쪽이 엄연히 존재한다면, 거기가 배후일 거라고 생각하는 게 상식 아니겠어? 유부장은 이를 갈았다. 분명히 최초의 불씨는 개네가 당겼을 거야. 듣고 있던 그녀는 그것이 억측일 거라고 말해버렸는데 아무도 듣지 않았다. 경쟁사가 반사이익을 얻는다는 정황이 곧 경쟁사가 불매운동을 주도했다는 증거가 되지는 않는다고 말했지만 유부장은 신경쓰지 않았다. 증거 찾으면 돼, 분명히 있어, 내가 그거 못 찾는 게 아니야, 때가 안 좋아서 그냥 두는 거야. 유부장이 외쳤다.

"지금은 살려둔다! 언젠가는 맛을 보게 될 거야. 밟아버리면 그만인 걸 모르는 놈들! 은혜 모르는 놈들!"

그녀는 자기가 서명한 계약서를 다시 한번 읽어보았다. 그리고 거기에 사인할 때에 느꼈던 희망과 생에 대한 기대가 생각나서 쓸쓸함을 느꼈다. 돌아보면 이 계약서에 이르기까지 많은 우여곡절을 겪으며 살아왔다. 쓸모없는 것들을 공부했고 쓸모없는 고민들을 해왔고 아무것도 아닌 것들을 두려워하며 많은 시간을 보냈다. 정작 중요한 것이 무엇인지는 생각해볼 시간도 없었고 해야 하는 일들만을 좇아 달려왔지만 해낸 것은 하나도 없었다. 해보지 않았던 것을 시작하기 위해 많은 용기를 내야 했는데, 그 용기는 결국 스스로를 위해서는 쓰지 못했다.

"그 집은 소송 걸 돈도 시간도 없어, 그래서 조용히 넘어가게 될 일인데…… 그애 엄마가 한 말이 문제지, 하필 그 말이 바로 기사화 됐고. 지금 때가 아주 안 좋아, 거기로 이슈가 몰리는 건 막아야 해. 잘 지켜보다가 여차하면 차라리 사과 동영상이나 다시 까보자고."

유부장에게는 새로운 고민이 있었다. 아르바이트 갔던 아들이 학자금 대출만 남기고 세상을 떠났다, 라고 말한 어머니의 기사가 나오는 바람에 여러 전략을 짜보는 중이라고 했다. '우리 아들은 착한 애예요. 알바 간다고 나갔는데 그렇게 됐어요. 우리 아들이어서가 아니라 정말 세상에 그런 애가 없어요, 너무 착해요…… 알바 간다고 나갔는데…… 학자금 대출만 남았어요.' 유부장이 물었다. 혹시 증권가 찌라시 넘겨야 할 일이 생길지도 몰라. 이우리씨, 여기에 무슨 아이디어 있어? 그녀는 목까지 차오르는 슬픔 때문에 아무 말도 하지 못했다. 계약서를 손에 든 채 그녀는 이제 정말로, 유부장을 떠나야 할 때라고 느꼈다. 슬픔만은 언제나 그녀에게 답을 주었다. 그녀는 속으로 되뇌었다. 나는 이것을 잊으면 안 된다. 이것은 내 삶의 리더이기 위한 지침이다. 내 슬픔에는 언제나 중대한 이유가 있다.

"그 아르바이트 학생이 일 구했다고, 너무 좋아했다고도 기사에 나와 있었어요."

유부장은 말했다. 그애는 계약서도 안 썼어, 우리로서는 알지도 못한 거라니까. 그녀는 유부장에게 물었다.

"계약서 있었으면, 그러면 지금처럼 안 하셨을 거라는 말이에요?"

유부장은 그건, 계약서 문제가 아니지, 그건 복잡한 문제지, 라고 말했다. 웃음이 어색했다. 법무팀에서 알아서 할 문제지만, 계약서처럼 간단한 문제가 아니야, 라고 말하는 유부장의 입꼬리는 올라갔다 내려갔다 갈피를 못 잡는 것 같았다. 대리점 계약을 수정해서 제 계약서를 만드셨나요? 그녀는 유부장에게 물었다. 어쩐 일인지 유부장은 지금 대리점이 문제가 아니야, 그 알바 기사가 나온 게 문제야, 라고 대답해버렸다.

그녀는 기사 속의 그 학생에 관해서 생각했다. 아무것도 담보 잡힐 것이 없는 그는, 자신에게 일자리가 급하다는 것과 자신이 착하다는 것, 자신에게 경험이 없다는 것을 담보로 일을 구했다. 대학생은 잠시 일하다가 그만두는 경우가 많으므로 일주일간 써보고 결정하겠다는 말에, 그 학생이 순순히 응했다고 했다. '일하겠다는 사람은 벌떼처럼 몰려와. 나는 네가 특별하다는 걸 알아보았어. 그래서 너에게 기회를 주는 거야.' 그녀는 누군가가, 그에게 그렇게 말했으리라고 상상했다. 고개를 끄덕이며 감사하다고, 얼굴도 모르는 그가 고개를 숙이는 장

176

면을 생각했다.

"제 미래의 삼 년을 담보로 잡으셨지요? 대리점 계약할 때에도 그러셨지요? 모든 사람에게 그렇게 하셨지요?"

그녀는 유부장에게 물었다. 눈물이 치솟았지만 유부장 같은 인간 앞에서 울면 안 된다는 생각으로 안간힘을 써서 참았다. 유부장은 화가 난 표정을 지었다. 그녀는 유부장의 그 표정이, 시간을 벌기 위해 만들어내는 표정이라는 것을 알고 있었다.

무슨 말을 하고 싶은 거냐고 유부장이 반문했다. 이 회사에 들어오고 싶은 사람은 셀 수도 없이 많아, 난 너보다 나은 사람을 뽑아다가 앉혀놓을 거야. 네가 나간다고 여기에 불편한 거 있을 줄 알아? 유부장은 기가 막힌다는 듯이 팔짱을 끼고 의자 등받이에 몸을 기댔다. 경멸이 일렁이는 눈으로 유부장이 그녀를 응시했다. 유부장이 물었다. 대체 네가 하고 싶은 말이 뭐야? 너 지금 뭐하자는 거야? 실용지침을 알려주는 거라고, 그녀가 대답했다.

너와 함께
웃을 것이다

새소망독서실은 누가 보아도 망할 것 같은 곳이었다. 현관 유리문에 적힌 페인트 글씨가 간판을 대신하고 있었는데, 하필 '소'자 위에 경고 문구가 적힌 종이가 붙어 있었다. 그래서 그곳은 새로 망하는 독서실이라고 불렸다.

그 낡은 건물에 들어갈 때마다 그는 외부인 출입을 금한다는 문구가 누구를 보호하려는 것인지를 궁금해했다. 꿈이나 희망처럼 좋은 것만 품은 사람들이 그곳에 가까이 오기라도 할까봐 경고하는 문구는 아닌지 걱정되었다. 새소망독서실은 돈 떨어진 장수생을 가두는 감옥이 아닌지, 이보다 나은 생활은커녕 매일 새로이 망해가면서 살아야 하는 것은 아닌지, 그는 두려워하며 그곳에 공부를 하러 갔다.

망할 것 같은 예감은 그에게 있어 일종의 정서와도 같은 것이었다. 두려움은 나쁜 냄새처럼 피어올라 그를 에워쌌다. 새소망독서실에 단 한 개 있는 변기에서 나는 냄새와, 그게 물인지 확신할 수 없는 물기로 흥건한 계단에서 나는 냄새가 그의 옷과 머리칼에 배어들었다. 콧속에 스며든 그 냄새는 남들만큼 평범하게 살고 싶다는 그의 꿈을 조롱하고, 옅은 잠 속에서도 불안에 시달리게 만들었다.

아무도 없는 독서실에서 엎드려 자다가 깨었을 때, 마침 국사책을 베고 잤기 때문인지 그는 옹관 속에서 혼자 눈을 떴던 그의 전생을 떠올리기라도 한 양 두려워 떨었다. 누군가의 부장품이 되어 순장되었던 것만 같은 나쁜 느낌을 몸에서 떨치기 위해 한참을 애써야 했다. 독서실에서 죽었다는 장수생이 배회한다더니 어쩌면 근거 있는 이야기인지도 몰랐다. 장수생 귀신은 특히나 일반행정직을 준비하는 남자 수험생을 괴롭힌다고 했다. 일 년만 더 해볼 걸 괜히 죽었다고 후회하면서 수험생의 등뒤에 붙어 방해하고 악몽을 꾸게 만든다고 했다. 새소망독서실의 주인아줌마가 가끔 쑥을 태우는 이유도 그 귀신 때문이라는 말이 있었다. 그 냄새가 수험생에게 좋기 때문이라고 말하지만 사실은 귀신을 쫓아보려고 쑥을 태우는 것이며, 소금이나 팥 같은 것들을 여기저기 놓아두는 것도 그래서라고 했다.

그는 그 귀신이 분명 간지럼을 태우는 귀신일 거라고 생각했다. 지린내 나는 계단을 밟은 사람들이 낡은 카펫에 축축한 발자국을 남기고, 그 발자국은 모종의 생물을 키우는 배지가 되어 온갖 작은 것들이 바닥을 기어다니도록 만들었다. 때론 보이지 않는 벌레, 다리가 많거나 꼬리가 긴 벌레가 그의 슬리퍼를 뚫고 들어와 잔잔한 털이 돋은 정강이를 지나 허벅지까지 기어오르는 듯한 가려움에 시달리느라 그는 하루를 망쳤다. 하루를 망치는 이유 중에는 수험생들이 독서실 아줌마와 자주 싸운다는 것도 있었다. 싸우는 사람은 주로 여자들이었는데 허술한 화장실을 참지 못해서 나가겠다는 사람이 많았다. 환불을 요구받으면 독서실 아줌마가 이렇게 소리질렀다. '야, 니가 몇십만원짜리 독서실 왔어?'

자신이 여자였더라면 새소망독서실을 참아내지 못했을 것이라고, 그는 생각했다. 그에게도 한번은 실수가 있었다. 고장난 화장실 문을 열었을 때, 분명히 노크에 응답이 없었음에도 불구하고 안에 사람이 있었다. 가느다란 두 다리를 버티고 선 채 당황하던 여자를 보고 그는 사과도 못한 채 돌아서서 계단을 내려왔다. 그날 그 여자를 생각하느라 하루종일 공부를 못했다. 그다음날도 공부를 하지 못했다. 그 여자가 누구였던가 생각하며 새소망독서실의 여자들을 훔쳐보았으나 알아낼 수가 없었다.

여자 수험생을 볼 때 그는 위축되는 기분을 느꼈다. 여자들은 예민하니까 그에게서 어떤 느낌을 알아차릴 것만 같아 걱정이 되었다. 그가 항상 실패해왔다는 것, 홀어머니는 가난하다는 것, 대출받은 돈마저 떨어져간다는 것을 누군가가 눈치채지 않았을까 생각하느라 공부가 잘되지 않았다. 잡념은 한번 떠오르면 사라지지 않았다. 공부가 안되는 이유로는 가려움이 잡념보다 견딜 만한 것이었다. 가려움의 원인이 피부건선인지, 길거리 컵밥인지, 햇빛을 보지 못해서인지를 생각하는 게 그나마 나았다. 그의 나이가 곧 서른 살이 된다는 것이나 어릴 적에는 훤칠하다는 소리도 들었지만 지금은 모든 빛을 잃었다는 걸 생각하면 불안을 참기 힘들었다. 인맥도 거의 끊겼고 심한 소화불량과 트림 때문에 아침 점심은 거르다시피 해야 책상 앞에 앉아 있을 수 있는 컨디션이라는 것을 떠올리면 우울한 예감이 생겨나서 견디기 힘들었다. 그럴 때 그는 두유를 한두 모금 마셔서 허기를 가시게 하고 는 억지로 웃었는데, 우울해질 때를 대비하여 책상 앞에는 이런 표어를 붙여두었다.

"웃어라, 온 세상이 너와 함께 웃을 것이다. 울어라, 너만 홀로 울 게 될 것이다."

*

그는 각진 턱과 처진 입꼬리 때문에 경직된 인상을 풍긴다는 것을 알고 있었다. 어렸을 적에는 턱과 입매가 남자답고 믿음직하다는 말을 들었던 것 같았다. 그건 그 시절의 그가 운동으로 근육을 만들어놓아서였기도 했지만 세상이 자기 편이라고 생각했기 때문이기도 했다. 그러나 시험에 여러 번 떨어지고 난 뒤 자기 마음대로 되는 거라곤 입꼬리 정도라는 것을 알게 되었다. 그래서 그는 혼자서도 자주 웃었다. 웃는 것은 언제나 좋은 일이다. 웃고 싶지 않을 때, 혹은 뭘 해야 하는지 모를 때에도 웃음처럼 효과적인 것이 없었다. 그 여자를 만났던 날도 그랬다. 여자는 그가 웃고 있었기 때문에 이곳 사람이 아니거나 이제 막 수험생활을 시작한 사람인 줄 알았다고 했다.

학원 모의고사 결과를 확인한 날, 그는 술을 마시기 위해 카페에 갔다. 메뉴판을 자세히 보면 생맥주도 팔고 있는 그런 카페였다. 색색의 메모지가 벽에 잔뜩 붙어 인테리어의 효과를 내고 있었다. 마지막으로 그 카페에 갔을 때 그는 누가 볼까봐 두리번거리고는 재빨리 메모지를 붙여두었다.

"내 꿈은, 합격한 뒤 결혼하는 것. 주말이면 인절미를 구워먹으며 아내와 함께 영화를 다운받아 보는 것."

그가 쓴 메모지는 그대로 있었다. 다만 누군가가 그 아래에 굵은 글씨로 덧붙여놓았다.

"꿈 깨."

그는 맥주를 마시다가, 아무도 보지 않는 틈을 타서 황급히 그 '꿈 깨'를 뜯어냈다. '꿈 깨'는 그 밖의 소원들과 함께 떨어졌다. 색색의 메모지들이 한꺼번에 떨어지고, 그의 소망조차 떨어질 뻔했지만 그는 그 순간 손바닥을 재빨리 쳐올리는 것으로 추락을 막았다. 바닥에 떨어진 남의 소망들 중 일부에는 신발 자국이 생겨버렸다. 그는 '내년에는 나도 경찰' '국가직은 우리 것이다.' '필합 스터디팀' '이곳에서 떠난 그 사람 다시 돌아와준다면' 등을 대충 털어 다시 붙였고, 취기와 당황 때문에 밟아버린 소망들은 더 많이 구겨서 몰래 버리려고 했다. 그때, 그녀가 말을 걸었다.

"저기, 그거 제 거예요."

긴 듯한 단발머리에 빨간 스웨터를 입은 여자가 그를 올려다보고 있었다. 여자는 그의 손바닥을 헤치고 종이들을 꺼내어 자기 것을 골라냈다. 너무 많이 구겨지고 발자국도 나 있었다. 여자가 나중에 말하기로는 그때의 그가 내내 웃고 있었다고 했다.

"왜 웃어요?"

무채색 세상에서 그 여자만 빨강으로 튀어나온 것 같았다. 수험가의 여자들이 입지 않는 색의 차림이었다. 그 때문인지 그는 급작스런 취기를 느꼈다.

"왜 웃어요?"

두번째 물어볼 때에는 그녀도 이미 따라 웃고 있었다. 만지면 촉촉할 것 같은 살결에 눈빛은 착해 보였다. 미소를 보며 그는 용기를 얻었다. 전에 그래본 적 없이 청산유수 같은 말이 흘러나왔다. 사과의 의미로 술을 사겠다고 했을 때에는 이미 여자와 더불어 몇 번 소리 내어 웃기까지 하고 있었다. 다른 사람이 된 것 같은 느낌이 마음에 들었다. 마치 유쾌하고 매력 있어진 것만 같았다.

여자는 뒤꿈치에 스프링이 달린 것처럼 경쾌하게 걸었다. 좋은 일이 있냐고 물었더니 그를 바라보며 웃었는데, 그 모습이 그를 기분좋게 했다. 그의 보폭을 따라가느라 발걸음에 신이 난 것이라고 했다. 카페로부터 한참 떨어진 일식주점까지 가는 동안 눈빛 없는 물고기 같은 사람들과 수없이 마주쳤다. 학원에서 학생들이 쏟아져나오는 찰나 인파에 휩쓸릴까봐 그는 여자의 손을 잡았다. 여자의 이름은 다나, 성은 최라고 했다. 최인지 채인지 분명하게 듣진 못했지만 다시 묻지 않았다.

그는 왠지 모를 흥분과 기대로 가득차서 끊임없이 웃고, 빠르게 술을 마시고 취해버렸다. 여자도 학원 모의고사를 망쳤다고 했다. 무슨 직렬을 준비하냐고 물어보았지만 나중에 말하겠다고 했다. 학원이나 시험에 관한 말은 더 하고 싶지 않아서 그는 다른 이야기들을 꺼냈는데, 처음에는 친구 이야기라고 했다가 나중에는 자기 이야기라고 했다가 그가 알고 있는 모든 웃긴 이야기를 해서 여자가 웃도록 만들었다. 애인에게 차인 친구가 자살 충동을 느낄 때마다 휴대폰 게임을 하더니 게임의 신처럼 높은 점수를 얻게 되었다든가, 감기 때문에 주사를 맞는데 간호사가 갑자기 웃더라. 이유를 몰랐지만 나중에 보니 팬티에 큰 구멍이 나 있었다든가, 군대에 있던 시절 아주 큰 산더덕을 캔 적이 있는데 그게 군대에서 가장 좋았던 일이었다든가, 무슨 이야기를 해도 그녀는 흘러내리는 머리를 귀 뒤로 넘기며 내내 웃었다. 나중에는 취기를 빌려 그녀가 예쁘다고 말했고, 그렇게 말하고 보니 이상형에 가까운 것 같아서 이상형이라고도 말했다.

영업시간이 끝났다는 말을 듣고서야 그들은 술집에서 나왔다. 그녀는 그의 팔을 껴안고 있었다. 마법에서 깨어나고 싶지 않다는 생각 때문에 그는 빈 거리를 빨리 걸었다. 팔에 매달린 여자는 종종거리며 따라왔다.

"춥지? 빨리 가자."

어디로 가자는 건지 말하지도 않았는데 여자가 고개를 끄덕였다. 내려다보면 여자의 까만 머리칼이 빛나고, 그의 팔에 묻은 뾰족한 턱이 사랑스럽게 느껴졌다. 그들은 사육신공원 건너에 있는 모텔로 갔다.

*

시험 오 일 전인데 이게 무슨 짓인가.

스웨터를 입은 여자를 생각하다가 그는 고개를 흔들었다. 점심을 먹고 난 수험생들이 독서실 안으로 들어오고 있었다. 한결 쾌활해진 기색이었고 김치찌개 냄새가 났다. 그는 그가 무엇을 공부하고 있는지를 옆자리의 수험생이 지켜보고 있다고 느꼈다. 점심을 먹으러 나갈 때에 그의 책을 눈여겨봐둔 뒤, 돌아와서는 다시 훔쳐보며 페이지가 몇 장 넘어갔는지를 확인하는 것 같았다. 옆자리 수험생에게서는 담배 냄새가 났고, 팔을 움직일 때에는 고시식당의 튀긴 음식 냄새가 났다. 아마 오늘도, 마른오징어를 튀겨 만든 그 개껌 같은 탕수육이 나왔을 거야, 라고 생각하며 그는 옆자리 수험생에게 적의를 느꼈다. 그가 자리를 비운 사이에는 그의 책을 몇 장 떠들어보고, 그가 공부하고 있는 대목이 무엇인지 파악하고, 어쩌면 그의 실력을 가늠한 채 비웃을지 몰랐다. 시도 때도 없이 머리를 득득 긁는 소리로 그를 방해하며, 엎드려 잘 때에는 거센 콧숨 소리를 내고, 어금니쯤이 썩어 있을 듯한 입냄새를 풍기는 옆자리 수험생이 그를 감시한다. 이유 없이 그와 경쟁하려 들고, 그의 사소한 행동마저 일일이 제압하려 든다. 두유를 몇 모금 삼키며 그는 몹시 피로하다고 느꼈다.

옆자리 수험생이 뭔가를 지우고 있었다. 지우개질을 따라 책상이 움직였다. 그리고 찌들기 시작한 튀김 냄새가 뿜어져나왔다. 그는 혐오감을 누르고 문제를 풀었다. 그는 자기 머리가 아주 나빠졌다고 느꼈다. 몇 번을 봐도 암기가 잘되지 않았다. 괴로움과 열등감, 자책이 뒤섞인 이런 순간일수록 사실은 웃어야 했다. 웃을 자유도 없던 시절을 생각해보면 분명, 그의 인생은 아주 느린 속도로 나아지고 있는 거였다.

그의 생애에서 가장 암기력이 좋았던 때는 군대 이등병 시절이었다. 그는 중대 서열을 순식간에 외워버렸던 그날을 생각했다. 물론 지금은 그때 암기했던 것들을 전부 잊었지만, '맞으니까 잘 외워지지?'라고 했던 목소리만큼은 한 번도 잊은 적이 없었다. 그 일이 생각나자

심장이 뛰고 화가 치밀어서 도무지 견딜 수가 없었다. 그는 주먹을 여러 번 쥐었다 펴면서 천천히 심호흡을 했다. 독서실 생활이 오래되다 보면 인체에서 발생하는 모든 소리를 제어할 수 있기 마련이다. 그러나 그의 호흡이 그리 거칠지 않았음에도 왠지 모를 살기만은 감출 수 없었던 것 같았다. 책상을 흔들며 지우개질을 하던 옆자리 수험생이 멈칫하더니 동작이 작아지는 것을 느꼈다.

그놈을 찾으면 지금이라도 죽여버리겠다. 그는 선임병의 얼굴을 생각했다. 코를 골고 자다가 선임병에게 따귀를 맞은 일이 생각났다. 그때 이후 그는 코를 골지 않았다. 코를 고는 잠결이면 그때의 일에 소스라쳐 벌떡 일어났다. 그놈을 찾고 싶었다. 한 대 때려보지도 못하고 고스란히 당한 일은 평생 지닐 상처가 되었다. 주먹을 쥐었다 펴면서 나쁜 기억을 잊어보려 했지만 한번 생겨난 분노는 쉽게 사라지지 않았다. 누군가가 화장실을 이용중인지 긴 오줌발 소리가 들려왔다. 그 누군가는 발소리를 죽이지 않은 채 지린내를 풍기며 자리로 돌아왔다. 선임병의 얼굴에 그 수험생을 겹쳐 보며 한 대 치고 싶다는 생각마저 들었다. 그런 것은 좋지 않다. 시험으로부터 오 일 전이었다. 부정적인 기억에 사로잡히는 것은 어디에도 도움이 되지 않는 일이었다.

잡념을 떨치기 어려울 때에는 차라리, 기분좋은 잡념을 떠올리려 노력하는 것이 쉬웠다. 그는 책상 앞의 표어를 보며 억지로 입꼬리를 올렸다. 긍정적인 생각, 좋은 추억들만이 인생에 도움이 된다고 그는 믿었다. 몇 권 읽은 건 아니지만 그가 읽은 책마다 그런 말이 쓰여 있었다. 책 속의 어떤 사람은 붕어빵을 굽고 있지만 마음만은 재벌가의 손자인 것처럼 자신이 넘쳤고, 그러다보니 곧 대형 베이커리 카페를 경영하게 되었다. 붕어빵 사내는 자신의 성공이 웃는 얼굴과 당찬 자신감에 있었다고 말했다. 어떤 사람은 다이아몬드 목걸이를 열망하는 것만으로 결국 자기 것으로 만들었고, 사실은 세상 부자들이 모두 그런 마인드를 지니고 있어서 원하는 것이라면 모조리 갖는 거라고 했다. 긍정적인 생각만으로 췌장암을 이긴 사람의 이야기도 있었다. 곧 나을 거라는 긍정적인 생각이 실제로 암세포를 죽여버렸다는 것이었다. 그리고 또 책 속의 어떤 사람은 모두가 죽어 널브러진 틈에서도 좋은 추억만을 생각하다가 홀로 참사 현장에서 구조되었다. 그는 좋은 추억을 더듬어 떠올렸다. 어차피 몇 개 되지 않을 테니 금방 생각날 줄 알았는데, 떠오르지 않았다. 그래서 차라리 스웨터를 입은 여자를 생각하기로 했다. 차분한 생머리를 귀에 걸며 웃던 모습과 도자기 같은 뺨을 생각하니 가슴속에 들끓던 화가 가라앉았다.

*

모텔비가 생각보다 비쌌다. 지갑 안에는 현금이 부족했고, 신용카드는 승인이 안 될 수도 있었다. 순간 머릿속에 별생각이 다 스쳤다. 여자가 삼만원만 보태준다면 좋을 텐데, 라는 생각도 들었고, 여자도 같은 수험생 처지이니 알아서 그렇게 해줄 법하지 않나, 하는 생각도 들었다. 그는 스마트폰을 꺼내 잠시 검색을 하고 말했다.

"여기서 0.8킬로미터를 가면."

그는 '더 싼'이라는 말을 눌러 삼키고는 다시 말했다.

"더 괜찮은 데가 있는 것 같은데 거기 갈래요?"

말해버리고 난 뒤 그는 여자가 당혹해하는 것을 느꼈다. 그의 팔을 잡은 여자의 손이 풀려나갈 것만 같았다. 그래서 그는 재빨리 신용카드를 꺼냈다. 결제승인이 떨어지는 짧은 시간 동안 찬 땀이 솟았다. 영수증이 인쇄되는 소리를 들으며 한숨을 살짝 쉬었다.

모텔 앞에서부터 이미 마법은 어느 정도 끝났던 것만 같았다. 방안에 들어왔을 때에는 자신이 매력적인 남자인 것처럼 느껴지지도, 아까처럼 여자가 이상형으로 보이지도 않았다. 여자는 말할 때 이마에 힘을 주고 눈을 크게 뜨는 습관이 있었는데, 그럴 때마다 좁은 이마에 세 개의 가로 주름이 잡혔다. 그 모습은 어딘가 산뜻하지 않은 느낌을 남겼다. 마법은 고작 몇 시간만이었던가. 여자는 아까처럼 연신 웃지를 않았다. 여자가 이마에 힘을 준 채 말했다.

"너 북부학원 일반행정 종합반이라고 했지? 이 바닥 좁아! 너 찾아내는 건 금방이야. 날 여기 데려왔다고 소문내기만 해봐. 너 죽고 나만 사는 거야. 약속해."

그녀가 두 다리를 딱 버티고 선 채 반말로 호통을 쳤다. 그는 잠시 어리둥절해졌다. 그리고 그녀가 시키는 대로 약속을 했다. 순순히 약속을 하는 그를 보고는 여자가 다시 얌전해졌다. 행복했던 기분이 달아날까봐 그는 서둘러 여자를 껴안았다. 그리고 여자의 스웨터를 벗겼을 때, 행복했던 기분은 완전히 달아났다.

여자의 몸에는 상처가 가득했다.

철조망에 긁힌 것 같고, 새에게 쪼아먹힌 것 같은 상처들이었다. 오래된 상처 위에 아직 딱지가 제대로 앉지 않은 상처까지 켜켜이 쌓이고, 가슴이며 배며 온통 성한 곳이 없었다. 그의 놀란 얼굴을 본 여자가 말했다.

"나 아토피야."

여자가 자기 상처를 어루만졌다. 움푹한 배 부근에는 채 핏기가 가시지 않은 상처가 있었다. 어루만지던 손길 끝에 여자는 무의식적으로 그걸 긁었다. 그는 말을 잃은 채 여자의 벗은 몸을 바라보았다.

"나 이래서 싫어? 이거 옮는 거 아냐."

여자는 잠시 머뭇거리더니 쓸쓸한 표정으로 몸을 가렸다. 그러더니 이내 이불로 얼굴을 가렸다. 여자가 울기라도 할까봐 그는 괜찮다고 말하고 그녀를 안았다. 도무지 뭐가 뭔지 알 수가 없었다. 그는 여자의 상처에 자기 몸이 닿지 않게 하기 위해서 최대한 노력했는데, 그걸 여자가 느낄까봐 그게 걱정이었다. 상처에 관한 생각을 하지 않기 위해 뽀얀 얼굴만을 바라보았다. 몸이 이런 꼴일 거라고는 상상도 하지 못했다. 여자는 이마에 주름을 만든 채 그의 얼굴을 올려다보고 있었다. 키가 작은 여자였으므로 그가 고개를 좀 들기만 하면 얼마든지 여자의 시선을 피할 수 있었다. 여자의 눈을 피하며 그는 온통 만신창이가 된 기분이었다.

"결국 너한테 다 보여줬네."

상처에 관한 이야기였다. 술은 옷을 벗길 때 이미 깨버렸고, 그는 여자와 더이상 무슨 이야기를 나눠야 할지 모르겠는 상태로 누워 있었다. 여자는 일어나서 스웨터를 주워 입었다. 여자가 옷을 입을 때 그는 그녀의 옆구리에 있는 큰 상처를 보게 되었다. 그 상처는 마치 생사를 확인하기 위해 창으로 찔러본 자국처럼 보였다. 그가 경악하는 것을 아는지, 여자는 스웨터와 청바지까지 입은 채 다시 침대 위에 누웠다.

"나 공부하는 건 괜찮은데, 가려워서 너무 힘들어."

여자가 말했다. 그가 침대에서 일어나 씻으려고 하던 찰나였다. 그는 여자의 눈치를 보아 좀더 있다가 씻기로 마음먹었다. 머릿속에서는 그날 하루 쓴 돈에 관한 계산이 지나갔다. 술값이 육만원, 모텔은 칠만오천원. 중고로 나온 고시 뷔페의 식권을 사십 장은 살 수 있는 돈이다. 새소망독서실을 한 달 반은 다닐 수 있는 금액이었다. 그때 여자가 말했다.

"넌 아토피 뭔지 모르나보다? 나 원래 이 정도는 아니었는데, 공부하면서 심해졌어. 어떤 때에는 가려워서 그냥 죽고 싶어."

여자는 긁지 않기 위해 온 힘을 다한다고 했다. 온 힘을 다해 참은 뒤 화장실에 가서 옷을 들추고 실컷 긁는다고 했다. 피가 나도록 긁어두면 아물 때까지는 버틸 수 있었다. 아픈 건 별일 아니었다. 아픈 건 차라리 잊을 수 있어도 가려운 것만큼은 그럴 수 없다고 했다.

"지옥엔 분명히 불지옥, 이런 것 말고도 가려운 지옥이 있을 거야. 분명해."

그는 맞장구를 쳤다. 새소망독서실에는 무슨 벌레라도 있는 것인지, 공부하다보면 뭔가 기어올라오는 기분이라고 말했다. 그녀가 고개를 갸웃하더니 물었다.

"새소망?"

그녀는 뭔가 한참 생각하더니 다시 이야기를 시작했다. 여기저기 몰래 긁다가 다른 수험생들의 항의를 받고 독서실에서 쫓겨난 적도 있어서, 여자는 책상 앞에서 긁지 않기 위한 모든 방법을 강구해왔다.

미리 피를 내두고 그 안을 후벼두면 상처가 아무는 동안은 가렵지 않다고 했다. 시험이 임박했을 때에는 그런 식으로 하루를 버텼다. 상처가 아물 때쯤에는 다시 가려워지는데, 그때에는 무른 딱지를 뜯어내고 다시 속을 후볐다. 몸의 상처가 온통 덧난 것은 그 때문이었다.

"그러니까, 시험을 하도 많이 보다보니까 아토피 흉터가 이렇게 많아진 거지."

대체 몇 년이기에, 이 년, 삼 년, 그보다 더? 그녀는 대답하지 않았다. 그는 그녀가 밝고 맑은데다가 어려 보여서, 이제 막 수험을 시작한 사람일 거라 생각했다고 말했다. 그러자 그녀는 상체를 일으켜 그의 얼굴을 들여다보고는 혀를 찼다.

"야, 너야말로 초짜인가보네. 넌 가면우울증도 모르냐?"

그는 킬킬 웃었다. 그녀도 따라 웃었다. 카페에서 처음 봤을 때처럼 다시 재밌어지기 시작했다. 그는 그녀를 보듬고 머리를 쓰다듬어주었다. 그리고 '긍정적으로 생각해야 빨리 낫는 거야. 쓸데없는 생각하지 말고 난 이미 나았다, 하나도 안 가렵다, 이렇게 생각하면서 공부해'라고 말해주었다. 항상 웃으라고도 말해주었다. '웃는 동안은 안 가렵잖아, 그치?' 여자의 스웨터에서 정전기가 나고, 그를 따갑고 가렵게 했다. 스웨터를 벗기고 다시 그녀를 안았다. 그는 자기도 모르게 '다나, 다나'라고 여자의 이름을 불렀는데, 여자는 무슨 생각인지 그를 껴안은 채 다독이며 말했다.

"그래, 내가 다 낫게 해줄게."

그러자 순간 그녀에게 기대고 싶다는 생각이 들었다.

*

　그들은 동트기 전에 모텔에서 나왔다. 그녀가 일곱시까지 학원에 가야 한다고 해서 서두른 것이었다. 잠들면 언제 일어날지 몰라 걱정된다고 했지만 그런 이유보다도 뭔가 근본적으로 후회하고 있는 것이 느껴졌다. 그는 그녀가 여러 번 사양하는데도 굳이 따라갔다. 미용실이 있는 골목 앞에서 그녀는 이만 헤어지자고 했다. '이십대, 지금이 가장 예쁜 때입니다'라는 글귀를 간판에 내건 미용실이었다. 그 말은 그의 가슴마저 아프게 했다.

　"여기서, 여기서 헤어지자."

　그녀는 더이상 자기가 사는 곳을 알려줄 수 없다는 듯이 단호하게 말했다. 그는 알겠다고 했다. 그리고 다른 할말을 생각했다. 내일 영화 볼래, 라고 말하고 싶었지만 그들에게는 내일이 없었다. 다음에, 라고 말할까 생각했지만 그다음에 이어질 말이 생각나지 않았다. 궁리 끝에 생각해낸 말이 결국 '나중'이었다.

　"나중에 다시 보자."

　알 수 없는 표정으로 그녀가 그를 올려다보았다. 전화번호조차 교환하지 않았다는 것이 생각나서 그는 덧붙였다.

　"우연히 다시 볼 수는 있겠지."

　그녀는 이마에 주름을 세 개 만들며 어깨를 으쓱해 보였다.

　"어차피 못 알아볼 거야. 나 원래는 안경 쓰고 다니거든."

　그러자 머릿속에 뭔가 스치고 지나갔다. 갑자기 새소망독서실에서 봤던 여자가 생각났다. 변기 위에 두 다리를 버티고 서 있던 여자가 안경을 썼던 것도 같았다. 죄책감과 알 수 없는 그리움 때문에 며칠 밤을 잠 못 들게 한 여자, 사과라도 하고 싶었는데 흔적도 없이 사라져버린 그 여자가, 바로 다나였을까? 다나는 그에게 손을 흔들고는 먼저 가라고 했다. 그는 눈인사만 건넨 채 그녀로부터 돌아섰다. 몇 걸음 걷는 척하다가 모퉁이에 숨어서 그녀가 어디로 들어가는지를 지켜보았다. 그녀는 몇 번이나 돌아보며 확인하더니 여성전용 고시원으로 들어갔다. 무슨 의리 같은 것과 소유욕, 순식간에 찾아온 그리움에 휩싸인 채 그는 그녀의 뒷모습을 마지막으로 보았다. 그러고는 오랫동안 그녀를 잊지 못했다. 첫사랑이나 마지막 사랑이기라도 한 것처럼 그녀를 계속 생각했고, 거리에서 빨간색만 보여도 눈으로 찾아 헤맸다.

다 부질없는 일이다.

그는 머리를 흔들었다. 이번에도 떨어지면 그는 삼십대를 독서실에서 맞아야 한다. 그것만큼은 생각도 해보기 싫었지만 자꾸 상상이 된다는 것이 문제였다. 삼십대가 된 그가 꽃 피는 어느 봄날 독서실 창가에서 볕을 쬔다. 언제나 허용되는 것은 그만큼의 햇살. 벌써 여러 번 그런 식으로 봄이 지나갔다. 두려운 일이지만 익숙한 상상이었다. 그는 두려움을 물리치기 위해 다리를 떨어보았다. 피부 밑에서 뭔가 움직이는 것만 같던 느낌이 이내 사라졌다. 근처 어느 수험생의 책장 넘기는 소리가 날카로워서 그는 귀마개를 꽂았다. 좋은 일만, 좋은 일만 마음속에 그리자. 괴로움이나 두려움 같은 것은 무시해도 괜찮다. 감정에 사로잡힐 시간이 없다. 지금은 어차피 사람도 아니다. 생사가 갈린 시험이 딱 오 일 남았다.

그가 스스로를 사람이 아니라고 생각하며 버텼던 적이 전에도 있었다. 그 일이 떠오르지 않길 바랐지만 그는 결국 그 일을 생각하게 되었다. 불침번이던 선임병은 그를 깨워 아무도 모르게 구타했다. 마치 운동경기를 나가기 전에 몸을 풀기라도 하는 것처럼 호흡을 골라가며 뭔가 연습하는 것 같았다. 이유는 매번 있었다. 높임말을 잘못했다든가 청소 상태가 불량하다든가의 이유였는데, 마지막에는 항상 그가 쳐다보는 게 기분 나쁘다는 것을 가장 큰 이유로 삼았다. 어디를 때리면 소리도 안 나고 흔적이 남지 않는지를 연구하기라도 한 것 같았는데, 선임병은 그의 눈에서 반항기가 사라지는 날까지 때리겠다고 선포했었다. 정말 어느 순간부터는 반항기가 완전히 사라진 것인지 맞지 않을 수 있게 되었다. 사람이 아닌 것처럼 감정을 지워버리자, 라고 결심한 순간부터 그게 이루어진 것 같았다.

맞은 기억보다도 더 끔찍한 것은 그놈에게 악마 같은 친밀감을 느꼈다는 사실이다. 몸에 새겨진 느낌은 떨쳐지지가 않았다. 중대 전체에서 그는 그놈과 가장 끈끈한 것으로 연결되어 있다고 느꼈다. 악마와는 아주 먼 곳에서도 단 한 번에 눈이 마주쳤다. 악마는 입 모양을 한번 씹어뱉는 것만으로도 그를 조종했다. 그가 악마를 기분 나쁘게 하는 얼굴로 보일까봐 노심초사하고, 그렇게 보이지 않기 위해서 노력하는 모든 것들을 전부 알고 있었다. 일부러 곁을 스쳐가며 툭 치는 악마의 옆모습에는 그를 장악했다는 자신감이 미소로 실려 있었다. 그때마다 끔찍해서 죽고 싶었다.

그런 순간들만큼은 떠오르지 않기를 바랐는데, 이제는 더이상 버틸 수 없는 때가 왔다. 그는 막판 스퍼트를 올려야 할 중요한 때에 슬럼

프가 찾아온 것 같다는 위기감을 느꼈다. 그것을 떨쳐보려고 애쓰다가, 고개를 젓고 눈을 크게 떠보다가, 끝내 '씨발'이라고 외치며 책상을 두 주먹으로 내리쳤다. 모두가 소스라치는 기색이었다. 그는 누구에게인지 모를 분노에 휩싸여 누구든 잡아죽일 기세로 독서실을 박차고 나왔다.

*

어디를 가려는 건지도 모른 채 그는 무작정 걸었다. 스웨터의 여자를 처음 보았던 카페를 지났다. 모르는 남자를 뭘 믿고 따라왔느냐고 물었더니 '웃는 얼굴이 마음에 들어서'라고 했던 것이 생각났다. 하지만 이런 상황에서조차 웃을 수는 없었다. 그는 트레이닝복 주머니에 양손을 넣고, 선뜻한 외기에 목을 움츠린 채 재빨리 걸었다. 입꼬리는 원래 생긴 대로 처져 있게끔 내버려두었다. 슬리퍼 속의 맨발가락이 시렸지만 지금은 좀 추운 게 나았다. 켜켜이 앉아 있던 살아온 모든 날에 대한 분노가 분진처럼 피어올라 그를 에워싼 것 같았다. 담배를 피우던 시절에는 이렇게 나와서 재빨리 걷고, 연기를 뿜고, 오락실에 들어가서 천원어치 정도 오락을 하면 분노든 자책감이든 모두 견딜 만한 것이 되어 가라앉았다. 담배를 끊은 뒤에는 그것들을 온전히 감당해내는 것이 그의 몫으로 남게 되었다. 모든 것은 그의 잘못이다. 니코틴에 의존했던 것도, 집중력으로 승부해내지 못한 것도, 의지가 박약한 것도, 모두 그의 잘못이다. 그때 참았던 것도, 기왕 참기로 했으면 모든 감정을 지울 것이지 수치심만은 끝내 남겨두었던 것도, 빌어먹을 기억력이 쓸데없는 일에만 작동하는 것도 전부 그의 잘못이다. 그는 들끓는 분노를 서서히 잠재웠다. 마음이 가라앉으면서 발걸음이 느려졌다. 그리고 스스로가 어디로 가고 있었는지를 비로소 알아챘다.

미용실 간판이 보였다. 코너를 돌면 그녀가 사는 곳이었다. '이십대, 지금이 가장 예쁜 때입니다'라는 글귀 아래 사람들이 몰려 있었다. 꾸미고 다니면 합격으로부터 멀어지기라도 하는 것처럼 볼품없는 맨얼굴에 아무 옷이나 입은 여자 수험생들이 웅성거렸다. 몇몇은 입을 막고 경악하는 표정이었다. 여자들의 표정을 보자 심장이 내려앉았다. 불길한 예감에 그는 미용실 앞으로 뛰어갔다.

골목에는 앰뷸런스와 경찰차가 이미 들어차 있었다. 여성전용 고시원 앞이었다. 폴리스라인이 쳐져 있는 것을 보았다. 숨이 멎을 것만 같았다. 소리없이 하얗게 질린 여자들이 폴리스라인 쪽을 보고 있었다. 저 고시원에 사는 여자들인가? 그는 허둥대며 여자들을 살폈다. 안경 쓴 여자가 있는지 찾아보았다. 스웨터의 그녀는 그 속에 없었다. 무슨 일이죠? 무슨 일이에요, 누가 다쳤어요? 아무도 대답하지 않았다. 맞은편 고시원에서 나온 남자가 인상을 쓴 채 사람들을 뚫고 밖으로 나왔다. 뭐야, 씨발…… 죽으려면 지네 집에서나 죽지, 라고 중얼거리는 것을 분명히 들었다. 그는 그 남자를 붙들고 물었다. 죽었어요? 누가 죽었어요? 인상 쓴 남자는 재수 옴 붙었다는 표정으로 말했다. 그걸 내가 어떻게 알아요, 이런 일이 한두 번인가. 그는 떨리는 손을 감추지 못하고 지나가는 다른 사람을 붙들었다. 누가 죽은 거예요? 눈물을 흘리며 골목을 나오려던 여자 수험생이 비명을 지르며 그

에게 잡힌 팔을 뽑았다. 사람들의 시선이 그에게 쏠렸다. 그는 일단
자리를 벗어나 생각을 가다듬기로 했다.

사육신공원 쪽으로 빠르게 걸었다. 미용실 골목에서 몇 걸음만 떨
어졌을 뿐인데도 한결 마음이 가라앉았다. 어디선가 음악 소리가 들
려왔고 아이스크림이나 말발굽 모양의 튀김과자를 들고 지나는 행인
들의 표정이 해맑았다. 그는 침착해지기로 했다. 수험가에서 이런 일
은 원래 흔히 일어난다. 그녀가 사는 건물에서도 이런 일이 일어날 수
있다. 그렇지만 아마도 그녀만은 무사할 것이다.

그는 좋게 생각하기로 했다. 어딜 봐서도 죽거나 할 여자는 아니었
다. 그리고 그가 지금 할 수 있는 유일한 일은 긍정적으로 생각하는 것
이었다. 그녀도 부디 그러기를 바랐다. 그녀는 무사히 잘 있다. 자기가
사는 고시원에서 무슨 일이 일어났는지도 모른 채 학원 자습실 같은
곳에서 공부중일 거다. 화장실에 가서 여기저기 긁거나 하는 것 말고
는 그녀에게 아무 불편한 일이 없다. 그녀는 끝끝내 무슨 일이 일어났
는지 모른 채 밤늦게 고시원으로 돌아온다. 그리고 며칠만 버틴 뒤 시
험이 무사히 끝난 후에, 무슨 일이 일어났는지는 영원히 모른 채 합격
의 예감에 기뻐하며 방을 뺀다…… 그는 그렇게 생각하기로 했다.

사육신공원 앞에는 가로수 전지 작업이 한창이었다. 머리통만한 잎
이 뒹굴고 나무의 피비린내가 진동했다. 좋게 생각하려고 해도 계속
가슴이 무너졌다. 다나를 카페에서 처음 봤을 때, 그녀가 적어두었던
메모가 떠올랐다. '내 소원은 생각이 없어지고 기계처럼 되는 것'이라
고 적혀 있었다. 그는 길에 선 채 그대로 죽을 것만 같았다.

좋은 것만 생각하자. 잘될 거라고 생각하자. 계속 되뇌었지만 사지

가 떨려왔다. 그는 끝내 웃을 수 없는 스스로와 타협하기로 했다. 부디, 지금은 아무것도 생각하지 말자. 그는 다시 재빨리 걸었다. 시험이 끝난 뒤에, 그녀가 잘 있는지는 그때 확인해보자. 닷새만 아무 감정이 없기로 결심했다. 그것 말고는 할 수 있는 일이 없었다. 그는 언젠가 자신만이 홀로 울게 될 것이라고 느꼈다.

불확실한 삶

1

아이들은 숲속에 버려졌다. 불행히도 아이들에게는 더이상 하얀 조약돌이 없었고, 그들이 표식으로 남긴 빵조각은 짐승들이 남김없이 먹어버렸다. 집으로 돌아가는 길을 모르는 어린 남매는 허기에 지쳐 숲속을 헤매다 우연히 빵과 설탕으로 만들어진 과자의 집을 발견했다. 집주인 할머니는 낯선 방문객에게 친절을 베풀지만 사실 할머니의 정체는 마녀이다. 자신들을 잡아먹으려는 마녀의 계획을 눈치챈 남매는 기지를 발휘해 마녀를 처치하고, 마녀의 보석들을 전리품으로 가지고 집으로 돌아온다. 이은희 소설의 주인공들은 이 동화 속 남매의 현대적 분신(分身)들이다. 그들은 모두 안정적인 집/고향(home)의 세계에서 이탈하여 도시의 음지를 떠돈다. 운이 좋은 경우 잠시나마 머물 수 있는 거처가 허락되기도 하지만, 사실 그곳은 동화 속의 남매가 어둠을 피해 찾아들었던 마녀의 집처럼 위험하다. 하지만 동화와 달리 이들에게는 마녀의 집에서 무사히 탈출할 가능성이 없다. 이들에게는 세상 모든 곳이 마녀의 집이기 때문이다. 무엇보다 이들에게는 돌아 갈 '집'이 없다. '집'으로 상징되는 세계가 없다.

이 시대의 청춘은 아프다. 부유한 집안에서 태어난 소수의 운좋은 사람을 제외하면 모두가 아프지만, 지금은 아무런 기득권도 없는 청춘들이 특별히 더 아픈 시대이다. '컨슈머 키드' '친구지옥' '희망 난민' '일회용 청년' '쓰레기가 되는 삶'…… 수많은 신조어들이 거대한 사회적 배제와 마주한 청춘의 험난한 운명에 대해 경고하고 있다. 현대의 청춘은 자신이 그것의 부분집합임에도 불구하고 '사회'에 의해 체계적으로 버려진다. 그들은 더이상 사회계약의 주체로 셈해지지 않는다. 지금 '사회'라는 이름의 기계 - 시스템은 바이러스에 감염된 컴퓨터처럼 오작동하고 있다. 그것은 모든 공적 영역을 기업의 이윤추구의 장으로 변질시키고, 자신을 구성하고 있는 최소 단위를 추방함으로써 스스로에게 적대적인 신체로 변신하고 있다. 자가면역에 심각한 문제가 발생해 스스로를 파괴하는 이것, 우리는 이 이상하고도 불합리한 기계 - 시스템을 '카지노 자본주의' 또는 '축출 자본주의'라고 부른다. 이 사회 - 시스템은 '능력주의'라는 포장지를 이용하여 만인에게 성공 가능성이 주어져 있다고 선전하지만, 이 '희망'의 진짜 이름은 '지옥'이다. 지옥의 시계는 장밋빛 미래를 자꾸만 암울한 현재로 되돌려놓는다.

이은희의 소설에 등장하는 인물들은 이 사회 - 시스템의 변방을 부유하는 미약한 위성들(satellites)이거나, '운'좋게 그 시스템에 진입했

206

음에도 불구하고 그곳을 지배하는 권력의 메커니즘에 의해 희생되는 '미생(未生)'의 청춘들이다. 그곳에서는 지금 당장 버려지느냐, 일정한 유예기간 이후에 버려지느냐의 차이가 있을 뿐, 폐기될 운명에서 자유로운 사람은 아무도 없다. 한때 사람들은 이러한 인간존재를 '개인'이라고 불렀다. 그들은 문명의 혜택을 구가하며 개성적인 삶을 사는 것이야말로 존재의 궁극적인 이유라고 강변했고, 타인과 집단, 자본과 국가권력의 영향에서 자유로운 생각과 신념을 개인의 윤리라고 가르쳤다. 그들은 자신이 세계의 당당한 중심이라고 믿었고, 그러므로 그들 개인 사이에는 권리와 욕망의 평등이 존재할 뿐 위계 같은 것은 없어야 한다고 강변했다. 그 시절 '개인'이라는 기호는 모든 인간을 고독하게 만드는 '병'의 근원이었으나, 또한 그 병을 치유할 수 있는 강력한 '약'이기도 했다.

하지만 지금 우리가 발 딛고 있는 이 세계에는 그러한 믿음이 뿌리내릴 땅이 없다. 오늘날의 현실은 자발성에 기초해 무한한 선택의 가능성을 구가하는 '자유로운 개인'이라는 관념, 외부적 힘의 영향에서 벗어나 자신의 이성으로 생각하고 판단하는 '주체적인 개인'이라는 관념이야말로 최악의 허구임을 보여준다. 냉정한 시장주의의 사회적 압력이 극도로 커진 이곳에서 태어나 성장한 사람들은 자신의 운명이 개별적 생존의 문제임을 본능적으로 깨닫는다. 이러한 자연법칙이 사회를 지배하면 모든 개인은 기업의 이윤을 위해 사용되다가 버려지는 '부품'이 되며, 이 부조리한 현실에 불만을 느끼면서도 정작 자신이 타인보다 유용성이 높다는 것을 입증함으로써 삶을 이어나가야 하는 처지가 된다. 이곳에서 '개인'은 자본의 충실한 에이전트가 된다. 사회 – 시스템이 '사회적인 것'의 영역을 없애버렸기 때문에 이곳의 개인들은 사회적인 문제란 오직 '개인'의 층위에서만 해결될 수 있다고 믿는다. 이은희의 소설은 이 불합리한 현실과 맞닥뜨린 개인의 행방을 청년 세대의 삶을 중심으로 되묻는다.

2

이은희 소설의 키워드는 '개인'과 '청춘'이다. 둘 가운데 어느 것을 선택해서 읽어도 그녀의 소설은 우리를 동일한 지점으로 데려간다. 이은희 소설에서 '개인'은 이미 – 항상 세계의 폭력 앞에 내던져진 무력한 청춘이며, '청춘' 역시 악무한의 세계를 벗어나지 못하는 무력한 개인이기 때문이다. 이 책에 실린 총 일곱 편의 단편에서 주인공들이 머물고 있는 공간을 살펴보면 그들이 어떤 상태에 처해 있는지 쉽게 이해할 수 있다. 「선긋기」의 주인공인 여고생 '나'는 엄마와 함께 "도시고속도로 바로 옆, 지은 지 삼십 년 된 여덟 동짜리"(9쪽) 아파트에서 살고 있다. 전혀 새롭지 않은 그 '새 아파트'의 뒤쪽은 "부수다 만 빈집들과 '생존권을 보장하라'라는 붉은 글귀들"(10쪽)이 쓰여 있는 달동네이다. 「오빠」의 주인공 '혜수'는 스물한 살의 휴학생인데 이전에는 편의점에서, 지금은 마트에서 아르바이트를 한다. 그녀는 꿈에서도 "옆집 남자의 인기척"(41쪽)을 들을 수 있는 원룸에서 혼자 살고 있고, 이삿짐센터에서 일하던 그녀의 아빠는 질병으로 일찍 죽었다. 「푸른 문을 열면」의 주인공 '나' 또한 첫 직장을 그만두고 카페에서 아르바이트를 하는데, 엄마와 사별하고 할머니와 함께 살고 있다.

「너와 함께 웃을 것이다」에서 서른을 목전에 둔 가난한 공시생 '나'는 "돈 떨어진 장수생을 가두는 감옥"(181쪽) 같은 새소망독서실에서 "남들만큼 평범하게 살고 싶다는 그의 꿈을 조롱하고, 옅은 잠 속에서도 불안에 시달리게"(182쪽) 만드는 '나쁜 냄새'를 맡으며 취업 준비를 하고 있다. 그 역시 가난한 홀어머니와 함께 생활한다. '소' 자가 가려진, 그리하여 원래 취지와 달리 상호가 '새로 망하는 독서실'로 읽히는 이곳의 간판 글자는 주인공의 소망이 쉽사리 성취되지 않을 것임을 암시하는 듯하다.

재개발 지역에 접해 있는 낡은 아파트, 대형마트와 원룸, 카페, 낡은 독서실 등은 노동의 관점에서도 매우 불안정한 주변적인 세계이고, 주거 공간으로서는 더욱 그 가치를 긍정하기 힘든 곳들이다. 이 소설집에서 거주 공간과 노동 공간은 인물들의 불안정한 사회적 지위나 열악한 환경을 가리키는 소설적 기호처럼 기능한다. 흥미롭게도 주인공들에게는 예외 없이 가족의 일부 또는 전부가 지워져 있다. 가령 「선긋기」에는 아빠가 적극적으로 등장하지 않고, 「오빠」에는 아빠가 죽음, 즉 흔적으로만 등장한다. 「푸른 문을 열면」에서도 엄마는 죽은 존재로 기억되고 아빠는 등장하지 않으며, 「너와 함께 웃을 것이다」에서도 아빠의 존재 여부는 발설되지 않는다. 「1교시 언어이해」와 「꿈꾸는 리더의 실용지침」에는 딱히 가족이 등장해야 할 이유가 없으니 그 작품들을 제외한다면 오직 「1004번의 파르티타」에만 주인공의 양친이 모두 등장하는 셈이다. 하지만 이 경우에도 어머니는 아버지를 원망하며 자살로 생을 마감하고, 화자는 그런 아버지를 두려워하며 성장한다. 심지어 아버지는 자신이 한 번도 아내를 '아내'로 인정한 적이 없다고 주장하며, 이 가족의 주변 사람들은 어머니의 죽음에 대해 "죽을 자격도 없는 사람이 죽었다"(134쪽)라는 악담을 늘어놓는다. 이들의 관계를 '가족'이라고 불러야 할 이유가 있을까?

금간 담벼락에는 비어져나온 팔다리를 그리는 것이 더 나을 뻔했다. 콩나무 그림 같은 것보다 멍든 팔이 블록을 깨고 나와 전봇대를 부여잡는 것이 훨씬 어울릴 것 같았다. 엄마가 가지 말라고 했어도 나는 그 동네에 자주 갔다. 몰래 담배 피우기에 적당한 곳이 있었고 유치한 그림들도 볼 수 있었다. 내가 자주 찾는 장소는 꽃이 그려진 노란 담벼락과 파랑새가 그려진 하얀 담벼락 사이였는데 한 사람이 겨우 통과할 정도의 좁은 곳이었다. 동네는 지나치게 조용했다. 서늘한 것이 등덜미를 훑는 긴장 속에 쪼그리고 앉아 나는 담배를 피웠다. 다 피우고 나면 어느새 긴장이 가시고 쓸쓸한 위안이 찾아왔다. 그 느낌에 알 수 없이 가슴이 아파지기도 했다.(「선긋기」, 11~12쪽)

이은희 소설에서 주인공들에게는 제대로 된 거주(dwelling)의 공간이 없다. 아니, 이 가혹한 경쟁과 자본의 세계에서 여러 가지 이유로 밀려난 사람들이야말로 작가가 관심을 표시하는 존재라고 말하는 게 옳을 것이다. 그래서 이 소설집에는 인물들에게 심리적·내면적 안정감을 제공하는 공간이 거의 등장하지 않는다. 이는 주거 환경과 노동조건의 불안정성이 고스란히 개인의 실존적 불안으로 이어지는, 그리하여 불안 심리가 더이상 예외가 아닌 삶의 일반적 조건이 되어버린 시대 현실이 반영된 결과처럼 보인다. 이런 까닭에 「선긋기」에서 주인공 '나'에게 일시적이나마 "쓸쓸한 위안"을 제공하고, '나'를 고양이와 폐품 줍는 할머니와 연결시켜주는 담벼락 사이의 좁은 '틈'의 존재는 무척 의미심장하다. 낡은 담과 담 사이, 화자가 "한 사람이 겨우 통과할 정도의 좁은 곳"이라고 설명하는 그곳이 주인공에게 심리적 안정감을 주고. 바로 그곳에서 '나 – 고양이 – 할머니'는 아무런 조건 없는 관계를 형성한다. 어쩌면 이것은 이 음울한 세계에서 주변적인 존재들에게 허락된 공간의 넓이가 겨우 그 정도에 불과하다는 것을 보여주는 장면일지도 모른다. 하지만 한 개인('나')이 타인의 방해를 받지 않고 자신을 위로할 수 있는 공간이 동시에 인간과 동물, 소녀와 노인이 함께 거주할 수 있는 공간과 겹친다는 것이 단순히 우연이기만 할까.

3

하지만 이것은 단순한 '공간' 문제가 아니다. 이 소설집에 등장하는 개인/청춘들에게 비교적 쾌적한 주거 공간이, 안정적인 노동 공간이 제공된다고 해서 삶의 비루함과 세계의 폭력성이 곧바로 사라지는 것은 아니다. 자본이 장악한 현대의 공간은 개인 간에 존재하던 모든 사회적 유대를 끊어버림으로써 사람들을 고독하고 무력한 개인으로 만드는 '분리 – 기계'이다. 고전물리학자들의 생각과 달리 '공간'은 결코 중립적이지 않다. '공간'은 그곳에 머물고 있는 사람들의 생각과 행동을 이전과 다르게 바꿔놓는다. '공간'은 본질적으로 사람들의 행동을 통제하는 '공간 – 기계'이다. 현대인들은 이러한 공간 – 기계의 주체화

과정에 의해 만들어진 산물이다. 이는 이은희 소설의 주인공들 또한 예외일 수 없다. 판매원들 간의 위계질서와 경쟁을 강요하는 '대형마트-기계'(「오빠」), 상명하복의 묻지 마 복종이 정언명령인 '사무실-기계'(「1교시 언어이해」「꿈꾸는 리더의 실용지침」), 고객의 괴롭힘조차 친절하게 응대해야 하는 '카페-기계'(「푸른 문을 열면」) 등은 세계의 폭력성과 공간의 폭력성이 중첩되어 개인을 무력하게 만드는 대표적인 '공간-기계'의 형상들이다. 그래서일까? 이은희의 소설에 등장하는 인물들 모두 가족, 동료, 친구 등과 물리적·심리적으로 분리된 채 살아간다. 이것은 현재 독자인 우리의 운명이기도 하다.

현대의 '공간-기계'는 사람들 사이에 넘을 수 없는 '칸막이'를 강제한다. 누군가는 그것을 프라이버시를 지켜주는 방어막이라고 생각하겠지만, '칸막이'는 방어적일 때조차 '나'와 타인을 분리시키는 차단벽이다. 아파트, 컨베이어 벨트, 무한 경쟁, 계약서, 프라이버시…… 이 모든 것들은 현대적인 '칸막이'의 또다른 이름들이다. 현대인들은 이 '큐브' 안에서 각자에게 할당된 고독을 곱씹으며 살아가고, 다른 큐브의 거주자들을 잠재적인 경쟁자로 간주함으로써 스스로 무한 경쟁 시스템의 동력이 된다. 「선긋기」에서 음식물을 창밖으로 던지는 '칠층 아줌마'의 행동을 둘러싸고 생기는 갈등이나 자신들이 버린 재활용 쓰레기를 뒤진다는 이유로 폐품 줍는 할머니를 신고한 입주민들, 심지어 먹는 속도가 느리다는 이유로 학교 급식실에서 혼자 밥을 먹는 '나'의 모습은 우리가 이 '칸막이'에 어떻게 포박되어 있는가를 단적으로 보여준다. 공간-기계의 효과에 따른 인간적 관계의 왜곡은 마트 판매원의 이야기를 다루고 있는 「오빠」와 카페 아르바이트생의 이야기인 「푸른 문을 열면」에서도 동일하게 나타난다. 대표적인 현대의 서비스 공간인 '대형마트'와 '카페'는 '모욕'이 일상화된 세계이기도 하다. 이곳에서는 '모욕'이 '서비스'라는 이름으로 바뀌어 당연시된다.

이제 '노동'은 생계를 잇기 위해서라면 어떤 모욕조차 당연히 감내해야 하는 생존의 차원으로 전락했다. 자신에게 쏟아지는 모욕을 웃음으로 받아넘겨야 하고, 인간으로서의 최소한의 감정마저도 감추어야 하는 이러한 비정상적인 노동 현실이 우울증 체제를 재생산한다. 「오빠」에서 속으로는 "불편하게 해드려 씨발 죄송합니다, 씨발 고객님, 정말 씨발 죄송합니다"(35쪽)라고 생각하면서도 정작 웃는 얼굴로 고객을 맞이해야 하는 판매원들, '오빠'를 대신할 직원을 구하는 일은 계속 미루면서 정작 마트를 그만두겠다는 '선경 언니'에게는 "인간 도리" 운운하며 소리지르는 매니저, 입원한 아이를 봐줄 사람이 없어서 직장을 그만두는 아이 엄마에게 "애 있는 게 벼슬이야? 애는 지만 있어? 우리 애는 세 살짜리가 밤 열두시까지 어린이집에 있어!"(50쪽)라고 윽박지르는 '왕고 언니', 그리고 '혜수'가 품은 마음을 자신의 밀린 급여를 대신 받아내는 실용적인 용도로 이용하려는 '오빠'의 모습 등은 '마트'로 상징되는 현대적 노동이 개인들의 관계를 어떻게 왜곡시키는가를 적나라하게 보여준다. '인간 도리'에서 가장 멀리 벗어난 사람이 정작 '인간 도리'를 강변하며 큰소리치는 사회, 모두가 타인을 잠재적인 경쟁자 내지 자신의 화풀이 대상으로 간주하는 세상에서 주변적 존재에 불과한 이은희 소설의 주인공들은 그 모든 타인의 폭력을 고스란히 감내하면서 살아간다.

나는 내가 어느새 푸른 문을 지나왔다는 것을 깨달았다. 준비하지 않은 작별처럼 푸른 문 그림은 유리에 찢기고 붉게 물들어버렸다. 쓸쓸한 마음으로 나는 그림을 어루만졌다. 그 문을 볼 때마다 속으로 말했던 일을 생각했다. 연이가 왔으니 문 열어라. 연이가 왔으니 문 열어라. 문틈으로 새어나오는 빛이 두려웠지만 언젠가는 그 문을 내 손으로 열겠다고 생각했었다. 그러기 위해서는 내 품안의 푸른 문 그림을 향해 마지막으로 말해야 했다. 울지 마라.(「푸른 문을 열면」, 109쪽)

「푸른 문을 열면」은 세계의 폭력성과 인물의 내적 상처를 겹쳐놓았다는 점에서 흥미롭다. 특히 자신을 가로막고 있는 '벽'을 돌파하려는 주인공의 의지가 적극적으로 드러난다는 점에서 다른 작품들과 비교된다. 「오빠」에서 '혜수'의 애정은 '오빠'의 워킹홀리데이로 인해 성취되지 못하고, 「1004번의 파르티타」에서 '나'가 모든 리비도 에너지를 투사한 '진태'와 '연주'는 결국 '나'를 철저하게 배신하며, 「너와 함께 웃을 것이다」에서 고시생 '나'의 욕망의 대상인 "빨간 스웨터를 입은 여자"(185쪽)는 죽음을 암시하며 사라진다. 이은희의 소설에서 주인공들은 타인과의 관계를 열망하지만, 타인을 향한 그들의 욕망은 다양한 이유로 과녁에 도달하지 못하거나(「오빠」), 오인으로 귀결되거나(「1004번의 파르티타」), 심지어 과녁 자체가 사라지는 것(「너와 함께 웃을 것이다」)으로 급작스럽게 종결된다. 오직 「푸른 문을 열면」과 「선긋기」만이 예외적이다.

「푸른 문을 열면」은 케이크 카페에서 아르바이트를 하는 '연이'라는 여성이 "그림의 형식을 띤 문"(87쪽)을 통해 자신의 내적 상처와 대면

하는 과정에 대한 이야기이다. 이 소설의 주인공 '연이'는 어려서 엄마를 잃고 할머니와 함께 자랐고, 그녀의 할머니 역시 젊은 나이에 두 아이를 잃었다. 엄마를 잃은 아이는 엄마를 미워하는 연기("나를 버리고 일찍 떠났다고, 엄마를 미워한 것은 엄마가 보고 싶을까봐 그랬던 것일 뿐 진짜로 미워한 적은 한 번도 없었다."(108쪽))를 통해 결핍의 시간을 견뎌왔고, 그녀의 할머니 또한 남편이 몰래 묻어버린 두 아이의 무덤을 찾기 위해 나물을 캔다는 핑계로 산과 들을 찾아다녔으니, 두 사람은 사랑하는 대상과의 분리, 즉 '애도'에 실패했다는 공통점을 지녔다. 어느 날 누군가가 카페의 벽지에 칼질을 하는 사건—이것은 상처를 상징한다—이 발생하여 카페 사람들은 '벽지의 흉터'를 가리기 위해 그림 한 점을 구입한다. 그것은 '문'을 그린 평범한 불투명 수채화였다. 그러나 그것은 "이제 막 열리려는 듯한 푸른 문의 틈으로는 거품처럼 뽀얀 빛이 새어나왔다"(87쪽)라는 진술처럼 화자에게 낯선 세계로 진입하는 희망의 출구로 다가온다. 이 그림의 '문'과 '빛'은 일종의 푼크툼(punctum)이다. 그것은 응시자의 주관적 시각과 개인적인 체험에 근거한 강렬한 자극이다. 그런데 작가는 이 '(푸른) 문'에 여러 이야기를 겹쳐놓음으로써 그것을 상징화한다. 여기에서 '문'은 불투명 수채화에 등장하는 그림의 대상이고, "연이가 왔으니 문 열어라, 연이가 왔으니 문 열어라"(96쪽)라는 주문이 등장하는 전래동화 〈연이와 버들도령〉에서의 돌무덤 입구이며, 동화 〈푸른수염〉에 나오는 전처들의 시체와 피로 얼룩진 방으로 들어가는 비밀의 문이며, '나'가 일하는 카페의 출입구이기도 하다. 또한 "액자에 낀 먼지를 닦으며 나는 내가 푸른 문을 두려워한다는 것을 느꼈다. (……) 나는 내가 푸른 문을 두드리지도 못한다는 것을 생각했다"(103~104쪽)라는 진술처럼 과거의 경험 때문에 대면을 회피해온 낯선 세계로 들어가는 입구이다. 한 가지 분명한 것은 어떤 방식으로 읽어도 이 '문'은 지금–이곳과는 다른 세계로—그 세계가 긍정적인지 부정적인지의 문제와는 별개로—이어지는, 말하자면 지금–이곳의 출구라는 사실이다. 실존적인 맥락에서 이 '출구'를 통과하는 행위는 카페에서 벗어나는 것, 그리고 자신이 애써 억눌러온 내면의 상처를 극복하는 것으로 해석할 수 있다.

그런데 이 실존적인 출구 찾기는 '극복/승화'의 방향으로 진행되지 않는다. 주인공이 자신의 상처를 스스로 치유함으로써 애도에 성공(?)하는 장면으로 끝나지 않는다는 것이다. 자세히 읽으면 위의 인용 단락에는 두 개의 '문'이 등장한다. 하나는 '그림' 형식으로 카페 벽에 걸려 있는 문이고, 다른 하나는 "내 품안의 푸른 문 그림" 형식으로 주인공의 내면에 존재하는 문이다. 그런데 폭력적인 세계의 출구로 여겨지던 '문=그림'은 노신사가 던진 케이크로 인해 파괴되었다. "푸른 문 그림은 완전히 못쓰게 되어버렸다. 나는 내가 그 문을 두드려보지도 못했다는 것을 생각했다. 할머니가 이야기해줬던 손 없는 색시는, 두드릴 수 없는 푸른 문 앞에서 무슨 생각을 했을까?"(108쪽) 할머니의 옛날이야기와 달리 '손'이 아니라 두드릴 대상, 즉 '문'이 사라진 것이다. 그리고 이러한 대상 상실은 「너와 함께 웃을 것이다」에서 '빨간색 스웨터를 입은 여자'가 갑자기 사라지는 장면으로 동일하게 반복된다. "나는 내가 어느새 푸른 문을 지나왔다는 것을 깨달았다"라는 주인공의 자각은, 그리고 그 자각과 관련된 이야기는 결국 '케이크 카페'를 탈출하는 일이 쉽지 않을 것임을 예고한다. 그것은 「너와 함께 웃을 것이다」의 주인공이 '내일'이나 '다음에' 대신에 선택한 "나중에"(195쪽)라는 단어가 그들의 재회가 불가능할 것임을 예고하는 것과 같은 이치이다. 동화 속의 남매와 달리 그녀는 세계의 축도(縮圖)인 '과자의 집'에서 쉽게 탈출하지 못할 것이다. 그런데 "그러기 위해서는 내 품안의 푸른 문 그림을 향해 마지막으로 말해야 했다. 울지 마라"라는 진술은 사태의 또다른 측면을 드러낸다. 그것은 폭력적인 세계의 출구인 '문'을 열기 위해서는 "내 품안의 푸른 문 그림"으로 상징되는 '희망의 빛'을 포기하지 않아야 한다는 것이다. 즉 폭력적인 세계에서 벗어나기 위해서는 자신의 내면에 있는 '빛'에 관심을 기울여야 한다는 것, 그 위로가 이 폭력적인 세계를 견뎌내는 유일한 힘이라는 것, 그것을 통해 "내게, 울지 마라, 라고 말해주는 힘……"으로 남은 엄마와 '나'가 연결된다는 것이다. "내 기억 속의 엄마가 날 사랑했던 일은 등불 하나 지닌 것처럼 힘이 되었다. 유릿조각을 주우며 나는 그 힘에 관해 생각했다."(109쪽) 이것은 극복/승화가 아니라 위로, 그것도 자신의 내부로부터 힘을 발견하는 자기 위로라는 점에서 새로운 감수성이다.

4

이은희의 소설에는 비교적 '운'이 좋아 노동시장에 진입하는 데 성공한 사람도 있다. 교육 콘텐츠 판매회사에 다니는 '이우리'(「1교시 언어이해」)와 "국내에서 가장 알짜인 식품회사"(155쪽)의 영업기획운영평가팀 직원 '이우리'(「꿈꾸는 리더의 실용지침」), 즉 두 명의 '이우리'가 그들이다. 하지만 이들에게도 세상(또는 회사)이 폭력적인 것은 마찬가지이다. 지그문트 바우만이 '액체근대'라고 명명한 이 세계에서 영구적으로 안정적인 것은 없기 때문이다. "같은 자리에 머무르려면 계속 달려야 한다"라는 루이스 캐럴의 판타지는 우리의 현실이 되었다. 직장인들에게 주어진 안정성이란 기껏해야 그들의 쓸모가 의심되기 이전까지만, 그들이 조직의 일부로서의 기능을 충실하게 감당할 때에만 유효한 것이다. 이들 두 작품은 주인공의 이름만이 아니라 그들이 직장에서 겪는 불합리하고 폭력적인 현실을 다룬다는 공통점을 지니고 있다. 이우리들, 그들은 이름과 달리 '우리(we)'에 포함되는 데 실패하고 주변을 배회한다. 그들에게 회사–공동체는 벗어나기 어려운 우리(cage)일 뿐이다.

이은희의 소설에서 '회사'는 현실의 디오라마(diorama)이다. 작가는 그 세계를 항상 외설과 폭력의 장소로 그린다. '회사'는 폭력적이거나, 외설적이거나, 그렇지 않으면 폭력적이면서 외설적인 공간이다. 「1교시 언어이해」는 주인공이 교육 콘텐츠를 개발·판매하는 회사에서 겪는 부당하고 불합리한 일들을 메타픽션 형식으로 표현한다. 한때 국문과 대학원생이었던 주인공은 회사에 입사해 로스쿨 입시용 문항을 만드는 업무를 맡는다. 뛰어난 스펙에도 불구하고 교육 콘텐츠 회사에 입사한 처지를 한탄하는 데 열심인 동료들과 달리 주인공은 "하루에 세 문제"(60쪽) 출제하는 일에 만족하면서 자신의 역할에 충실한다. 그러다가 우연한 계기로 동료인 '우애경'과 갈등하게 되고, 주인공은 동료와의 화합을 도모하기보다 출제 문항 수를 늘리는 것으로 자신의 유능함을 인정받으려 하지만 결국 '왕따'가 된다. "우애경은 갑자기 유능함을 인정받기 시작했다. 우애경은 아무 문제도 생산하지 않았다"(67쪽)라는 진술처럼 주인공은 회사에서의 유능과 무능이 노력이나 능력의 차이가 아니라 학벌과 연줄에 의해 좌우된다는 것을 깨닫게 되고, 심지어 자신이 만든 문제들이 유명 강사의 프로필 관리용으로 출판되는 일을 겪는다. 그녀는 이 불합리한 관행에 항의하기 위해 대표이사를 찾아가지만 그는 문제는 해결하지 않고 그녀를 성적 대상으로 대할 뿐이다. 이것은 '회사'라는 노동의 공간에서 청춘의 열정과 사명감이 어떻게 "부품이고 도구"(83쪽)로 전락하는가를 보여주는 장면이다.

> 너 이 회사에 들어올 수 있었던 거 다 내 덕인 걸 알아? 언니가 너 불쌍해서 뽑자고 했어. 정대리가 말했다. 정대리는 그녀의 약점을 샅샅이 알고 있었다. 너 지난번 회사 그만두고 팔 개월이나 놀았고, 네 말로는 그 기간 동안 여행도 하고 공부도 했다고 하지만 공부는 무슨, 그동안 취직 못해서 고생했다는 건 네 얼굴에 다 쓰여 있었어. 그녀의 이력서가 취업 사이트에서 오랫동안 공개 상태로 있었다는 것까지도 정대리가 알고 있었다. 그녀가 지닌 경력은 이 회사에 도움될 바 없는 것이며, 학벌도 별로인데다가 무슨 자격증이나 대단한 어학능력이 있는 것도 아니었고, 말 잘 듣고 어린 신입사원에 비하면 쓸데없는 자기소개만 늘어놓은데다가 다른 회사에서 뽑히지 않을 만큼 나이가 많다고 했다.(「꿈꾸는 리더의 실용지침」, 170쪽)

「꿈꾸는 리더의 실용지침」의 주인공 '이우리'의 사정도 비슷하다. '이우리'는 식품회사의 신설 부서인 영업기획운영평가팀의 신입사원이다. 그런데 그녀가 이 회사에 채용된 이유는 능력이나 스펙이 뛰어나서가 아니라 그것들이 보잘것없어서이다. 취업 준비생의 입장에서 보면 그녀야말로 가장 '운'이 좋은 사람일 것이다. 그녀가 쓰려고 생각하고 있는 자기계발서에 적힌 실용적인 구절("나의 장점을 인정하는 사람들은 대개의 경우 그 장점을 사용하려 들거나, 아니면 시기하여 내가 사라지기를 바랄 것입니다."(157쪽))이 지적하듯이, 그녀는 '장점' 때문에 선발된 것이 아니다. 아니, 그녀의 경우는 장점이 없다는 것이 도리어 장점이 되어 선발되었다. 그렇다면 회사는 왜 그녀를 선택했을까? 그것은 불리한 조건을 가진 사람일수록 절박할 것이고, 절박한 사람일수록 옳고 그름을 따지지 않고 명령에 복종할 것임을 알기 때문이다. 이는 그녀에게 주어진 댓글 달기 임무("유부장은 그녀에게 46개의 아이디를 주고 인터넷 커뮤니티에 댓글을 달 것을 지시했다. 경쟁사의 제품에 관한 내용이었다."(167쪽))를 생각해보아도 짐작할 수 있다. 상사인 '유부장'은 그녀의 어려운 경제 형편을 이용하여 "을이 최소 삼 년간은 본사에 근속할 것"(155쪽)을 조건으로 한 계약을 체결한다. 이 계약서에 명시된 '삼 년'은 아무리 불합리한 명령이 내려져도 무조건 복종해야 하는 치욕의 시간이면서 동시에 그녀에게 허락된 안정적인 생존의 시간이다. "아니, 삼 년 뒤 일을 내가 어떻게 아나? 한 치 앞도 모르는 게 인생이야"(156쪽)라는 '유부장'의 말, 자진 퇴사를 거부하고 소비자발굴팀이라는 정체불명의 부서에서 혼자 근무하다가 자기 발로 회사를 떠나는 여직원이 들려주는 충고("내 말 잘 들어요, 이 회사에 서른다섯 넘은 여직원은 아무도 없어요. 어린 나이에 들어왔다가도 서른이 넘으면 하나씩 사라지죠."(167쪽)) 등은 '회사'에서 '(여)

직원'의 위상이 무엇인지 여실히 보여준다. 그들은 모두 쓰고 버려지는 일회용 인생이고, 회사라는 거대한 기계에 속박된 부품인 것이다.

이처럼, 취직 여부와 상관없이, 이은희의 소설에서 세계는 주인공에게 적나라한 폭력의 공간으로 경험되며, 무력한 청춘/개인은 자연상태에 가까운 그곳에서 온갖 폭력과 악의에 무방비 상태로 노출된다. 이는 작가가 세계와 인간을 바라보는 기본적인 시각이기도 한데, 그녀의 소설에서 공통적으로 목격되는 몇 가지 특징은 여기에서 비롯된다. 우선 그녀의 소설에 등장하는 인물들은 선과 악, 가해자와 피해자의 도덕적 범주가 비교적 분명히 구분된다. 한편에는 선한 본성과 능동적이지 못한 성격 때문에 쉽게 폭력의 대상이 되는 인물들이 있다. 두 사람의 '이우리'를 포함하여 길고양이에게 먹이를 주는 「선긋기」의 주인공, 차마 우유 도둑을 붙잡을 수 없어 마주치지 않기를 바라는 「오빠」의 마트 직원 '혜수'와 '선경 언니', 자신의 아르바이트비를 털어 카페를 찾는 잡상인 노인의 떡을 팔아주는 「푸른 문을 열면」의 '연이', 자신이 애지중지하는 헤드폰을 친구가 훔쳤다는 사실을 알면서도 친구를 잃을까봐 그 사실을 기억에서 지우려는 「1004번의 파르티타」의 '나' 등은 모두 약육강식의 세계에 적합하지 않은 식물성 인물들이다. 그리고 이들의 반대편에 「1교시 언어이해」의 '유부장', 「오빠」의 '왕고 언니', 「꿈꾸는 리더의 실용지침」의 '유부장'과 '정대리', 「푸른 문을 열면」의 '레드 언니'처럼 권력을 휘두르는 인물들이 있다. 이들의 관계는 권력의 소유 유무, 사회적 위계와 서열에 따라 결정되며, 그 차이가 곧 인성과 도덕의 문제로 구체화된다. 다음으로 이은희의 소설에는 종종 호의를 내세워 주인공에게 접근한 다음 그들의 뒤통수를 치는 음흉한 인물이 등장하는데,「푸른 문을 열면」의 노신사,「오빠」의 매니저,「1교시 언어이해」의 대표이사,「1004번의 파르티타」의 '진태'가 그들이다. 특히 이 작품들에서 주인공이 여성일 경우 상대방의 접근은 성적인 의도를 띠는데, 이는 권력의 이면에 외설성이 숨겨져 있다는 카프카의 시각을 닮았다. 권력은 잔혹하거나, 음란하거나, 잔혹하면서 음란하다.

5

무력한 개인/청춘은 이 세계의 '출구'를 찾을 수 있을까? 이 물음에 답하기 위해 우리는 먼길을 돌아서 이은희 소설의 출발점인「선긋기」로 돌아가야 할 듯하다. 알다시피 무력한 개인/청춘의 삶은 사회적 연대를 통해 해결될 수도 있다. 하지만 자본에 장악된 공간 – 기계가 불가능하게 만든 것이 바로 그것, 연대이다. "우리는 행동하고 싶어 하지 않습니다. 우리의 삶을 바꾸려면 삶의 방식을 바꿔야 하는데, 우리는 그것을 보통 내가 아닌 타인에게 요구하기 때문이죠."(지그문트 바우만) '연대'는 필요하지만 어렵고, 무한 경쟁을 내면화한 현대인들은 '연대'의 가까운 길보다 '경쟁'의 먼길을 선호하는 경향이 있다.

나는 그림의 바닥부터 맨 위까지 선이 쌓이게 놓아두었다. 결이 되고 면이 되도록 빈 종이에 선을 모으는 기분이었다. 신기하게도 어떤 선은 포동하고 뽀얀 빛을 지녔다. 손끝부터 어깨를 지나 반대편 손끝까지인 것처럼 어떤 것은 벌린 팔을 닮아 보였다. 우리 반 아이들은 그림을 보고 의아해했다. 너 왜 선긋기 해? 미술 처음 하는 사람이나 하는 거잖아? 나는 이렇게 가득 모아서 주고 싶은 사람이 있다고 대답했다. 누군가 알아들었을지 모르는 일이었다.(「선긋기」, 29쪽)

　「선긋기」는 도시고속도로 변에 위치한 낡은 아파트에서 반복적으로 발생하는 음식물 투척 사건을 둘러싸고 벌어지는 주민 간의 갈등이 주요 사건이지만, 앞에서 언급한 것처럼 '파지 줍는 할머니 – 길고양이 – 나'로 이어지는 주변적 존재의 연대, 그런 연대 – 사건이 발생하는 "좁은 틈"(12쪽)이라는 장소의 상징성이 돋보이는 소설이다. 작가의 의도는 아니겠지만, 이 작품은 은연중에 사건의 장소가 '중심'이 아니라 '주변'이라는 진실을 폭로하고 있다. 주변은 중심에서 밀려난 사람들이 머무르는 위태로운 곳이기도 하다. 소설의 주인공이자 화자인 '나'는 그림을 그리는 여고생이다. 그녀는 친구는 물론 가족과도 일정한 거리를 유지하고 있다. '선긋기'라는 제목은, 그런 그녀가 "할머니를 위한 그림"(29쪽)을 그리기 위해 '최초의 선'을 긋는 행위에서 가져온 것일 터이다. 하지만 작품을 거듭해서 읽으면 그것은 '~와 선을 긋다(draw the line)'라는 표현에 대한 저항의 의미처럼 읽힌다. 알다시피 '선을 긋다'는 일반적으로 엄격한 '분리'를 의미한다. 그것은 '단절'의 이미지이다. 그런데 이 소설에서 '나'의 선긋기는 그런 수직적인 이미지가 아니라 수평적인 이미지이다. '나'는 수직적인 분리의 선이 아니라 수평적인 선을 긋는데, 그것은 '단절'의 이미지가 아니라 쌓이는 것, 즉 '축적'의 이미지인 것이다. 어쩌면 이 '수평적인 선'은 파지 줍는 할머니가 모으려 했던 '파지'가 쌓인 형상인지도 모른다. "나는 이렇게 가득 모아서 주고 싶은 사람이 있다고 대답했다"라는 진술은 이런 맥락에서 이해할 수 있다. '나'는 선처럼 층층이 쌓인 파지를 할머니에게 선물하고 싶었을 것이다. 하지만 '나'가 당장 줄 수 있는 것은 '무언가를 주고 싶다는 마음'밖에 없다. 화자는 이 '수평적인 선'에서 "벌린 팔"을 읽는다. 이것은 환대/포옹의 기호이다. "연이가 왔으니 문 열어라"(「푸른 문을 열면」)라는 진술이 담으려던 의미 역시 이것이 아닐까. 타인을 향해 팔을 벌리는 행위, 수직적인 분할의 형상인 선긋기를 수평적인 형상으로 바꿔놓는 것, 그때 "포동하고 뽀얀 빛"(「선긋기」)을 지닌 선(line)은 "거품처럼 뽀얀 빛"(「푸른 문을 열면」)을 내뿜는 문(門)의 또다른 표현으로 읽을 수 있지 않을까.

작가의 말

제가 소설을 쓰는 이유는 '알고 싶기 때문'입니다. 저는 세상의 그림자에 대해 알고 싶습니다. 그러다보니 당연하지 않은 사실에 관해 생각하다가 막막함을 느낄 때가 있습니다.

속절없는 때에 저는 예술적 경험들을 떠올립니다. 기억 속에 예술적 경험이 존재한다면 그 빛나는 순간이 그렇지 않은 시간들을 버티게 해준다고 생각합니다. 좋은 작품을 감상하는 시간, 창작의 시간도 예술적 경험이지만 제게 무엇보다도 빛나는 추억은 사랑이 무엇인지 느꼈던 일들입니다. 어느 날 고개를 들었을 때 밤하늘에서 커다란 달을 발견한 일처럼, 자꾸 떠오르는 것들에 관해 생각하는 동안 첫 소설집이 나오게 되었습니다.

나를 아껴주고 참아주는 가족들, 특히 동생에게 감사의 말을 전합니다. 등단 소식을 전한 날 "작가가 되었으니 이제부터 너는 혼자 많이 울어라"라고 하신 어머께 첫 책을 가장 먼저 드리고 싶습니다.

생각하면 보고 싶고 만나면 행복한 닥쏠 동기들, 고마운 친구 김태을,
조성은에게 좋아하는 마음을 보냅니다. 저는 훌륭한 분들 덕택에 살
아온 것 같습니다. 제가 사랑하는 모두가 용맹하고 평화롭기를 소망
합니다.

우리가 같은 추억을 지니게 되기를 바랍니다.

2016년 가을
이은희

| 수록 작품 발표 지면 |

선긋기 ······ 2015년 세계일보 신춘문예 당선작

오빠 ······ 『현대문학』 2015년 4월호

1교시 언어이해 ······ 2015년 서울신문 신춘문예 당선작

푸른 문을 열면 ······ 문장 웹진 2015년 6월호

1004번의 파르티타 ······ 『문학동네』 2016년 봄호

꿈꾸는 리더의 실용지침 ······ 『황해문화』 2016년 여름호

너와 함께 웃을 것이다 ······ 『작가들』 2016년 봄호

문학동네 소설
1004번의 파르티타
ⓒ이은희 2016

초판인쇄 2016년 9월 13일
초판발행 2016년 9월 27일

지은이 이은희
펴낸이 염현숙
책임편집 황예인 | 편집 정은진 김내리 이성근
디자인 김마리 유현아 | 마케팅 정민호 박보람 이동엽
홍보 김희숙 김상만 이천희
제작 강신은 김동욱 임현식 | 제작처 영신사

펴낸곳 (주)문학동네
출판등록 1993년 10월 22일 제406-2003-000045호
주소 10881 경기도 파주시 회동길 210
전자우편 editor@munhak.com | 대표전화 031) 955-8888 | 팩스 031) 955-8855
문의전화 031) 955-3576(마케팅) 031) 955-8864(편집)
문학동네카페 http://cafe.naver.com/mhdn | 트위터 @munhakdongne

ISBN 978-89-546-4234-7 03810
* 지은이는 대산문화재단의 '2015년 대산창작기금'을 수혜하였습니다.
* 이 책의 판권은 지은이와 문학동네에 있습니다.
   이 책 내용의 전부 또는 일부를 재사용하려면 반드시 양측의 서면 동의를 받아야 합니다.
* 이 도서의 국립중앙도서관 출판예정도서목록(CIP)은 서지정보유통지원시스템 홈페이지
   (http://seoji.nl.go.kr)와 국가자료공동목록시스템(http://www.nl.go.kr/kolisnet)에서
   이용하실 수 있습니다.(CIP 제어번호: 2016021737)

www.munhak.com